SAMMLUNG
DEUTSCHER KRIMINALAUTOREN

Weitere mit dem Edgar-Wallace-Preis 1980/81
ausgezeichnete Autoren und Kriminalromane:

Detlef Blettenberg
Weint nicht um mich in Quito
5611

Gisbert Haefs
Mord am Millionenhügel
5613

Luisa Ferber
Mord in Ulm
5619

Jo Voigt
Der Todfeind
5620

Luisa Ferber
Tod auf Sylt
5621

GERHARD BAUMRUCKER

Die Weise von Liebe und Mord

Kriminalroman

Originalausgabe

mit dem
Edgar-Wallace-Preis 1980/81
ausgezeichnet

Wilhelm Goldmann Verlag

Herausgegeben von Friedrich A. Hofschuster

Made in Germany · 11/81 · 1. Auflage · 1115

Umschlagentwurf: Atelier Adolf & Angelika Bachmann, München
Umschlagfoto: Süddeutscher Verlag, München
Satz: Fotosatz Glücker, Würzburg
Druck: Presse-Druck Augsburg
Krimi 5612
Lektorat: Friedrich A. Hofschuster
Herstellung: Sebastian Strohmaier
ISBN 3-442-05612-8

Die Hauptpersonen

Andreas Pichler	Wandergewerbetreibender
Elfriede Mayr	seine Schwester
Jakob Mayr	deren Ehemann
Stefanie Mayr	beider Tochter
Dorothee Quast	Hausfrau
Max Illing	Handelsvertreter
Gustave Guillaume Conrade Mbuokwandengi	Student
Alice Herzog	Inhaberin einer Boutique
Robert Ramirez Radomski	ihr Freund
Charlotte Krasnjak	Astrologin
Hugo Wernicke	Makler
Frau Miksch	dessen Angestellte
Herr Strobl	ein Nachbar

sowie
Kommissar Florian Caspary
Oberinspektor Gregor Ohm und
Inspektor Wolfram Junker
von der Kriminalpolizei

Der Roman spielt in München

Für A

– gefolgt, je nachdem,
von B, C, D, E oder F,
von G, H, I, J oder K,
von L, M, N, O oder P,
von Q, R, S, T oder U,
von V, W, X, Y oder Z –
(vor allem jedoch,
wie gesagt, für A)

ohne die ich dieses Buch nicht hätte schreiben können.

Kapitel 1

Also, was dann kam – nein, das hatte wirklich und wahrhaftig niemand erwartet; weiß Gott nicht.

Alles war so heiter angelaufen, so fröhlich, so unbeschwert unter dem blauen Föhnhimmel mit den hellen, aufgefederten Wolkenfetzen hoch droben; ein bißchen atemlos vielleicht, Pulsschlag unwesentlich erhöht, ab und zu ein rasches Wort, ein rauhes gar, aber nichts Ernstes, nichts Bleibendes, bewahre, bloß nicht; wo doch alles, wie gesagt, so vortrefflich anhub, so lustvoll, köstlich, beschwingt, so maihaft besonnt und ohne jegliches düstere Vorzeichen.

Ach ja, nun, bitte, die Verkehrspolizei hatte auch diesmal ein Auto abschleppen müssen, so einen rostbraunen Japaner, Fürstenfeldbrucker Nummer, Wagenbesitzer unauffindbar, direkt unter dem Halteverbotsschild mit dem unmißverständlichen Zusatz *Dienstag 13 - 19 Uhr Marktbereich* geparkt; schön und gut, dergleichen geschah immer wieder, es fand sich jede Woche irgendeiner, der den Hinweis übersah oder einfach nicht zur Kenntnis nahm; das hätte weiter nichts zu bedeuten, gehörte gewissermaßen dazu, warf keine Schatten.

Allenfalls Pichler hatte es belästigt, nämlich: ein wenig aufgehalten, denn sein Standplatz war blockiert und folglich der Aufbau verzögert; aber keineswegs länger als eine Viertelstunde, dann war die Amtshandlung beendet, und bis zum Verkaufsbeginn um 14 Uhr hatte auch er seine Vorkehrungen getroffen, war bereit, und es dampfte und duftete aus dem nunmehr fest verankerten Kabäuschen.

(Zur Erläuterung: Pichler Andreas, Einmannbetrieb, und zwar Wurstbraterei; natürlich fahrbar, logisch, ambulantes Gewerbe; das heißt also: Hänger mit sämtlichen Schikanen einschließlich Propangas, Kühlung für Erfrischungsgetränke und Anschlüssen für Wasser und Strom; das Ganze von außen eierschalenfarben, gezogen von einem violetten BMW-Flaggschiff; jawohl, violett, und von wannen dieses, wieso und weshalb, und was dem Anderl, dem nüchternen, trockenen, manche meinten gar: knallharten, da im Sinn herumgespukt haben mochte – wo gibt's denn das, violett, was noch! –, darüber tuschelten sie nun schon, seit er dazugehörte – gehörte er wirklich dazu? –, und wurden nicht müde, die Schnäbel zu wetzen, die Zunftgenossen, die mehr oder weniger mißgünstigen; aber auch nur hinter seinem Rücken, wenn keine Gefahr bestand, daß er es mitkriegte; denn ihn etwa schlichtweg zu fragen, rundheraus, ins hakennasige Gesicht unter dem filzen Sennhut – alles, was recht ist, nein, das trauten sie sich nun doch nicht; wer konnte schon ahnen, was für eine Antwort man da erhielt vom Anderl, dem irgendwie undurchschaubaren; da mußte man auf alles mögliche gefaßt sein.)

Vielleicht lag's an Ludwigsried. Von all den Münchner sogenannten Außenbezirken, die sie in wöchentlichem Turnus anpeilten, besetzten, mit einem flüchtigen Hauch von Kirmes überzogen – den einen ganz-, den anderen halbtags –, war Ludwigsried ihnen der liebste, genehmste, weil offenste, ihrem kurzlebigen Eindringen aufgeschlossenste. Weder wurde hier, sozusagen, vor Ankunft der Basarzigeuner hastig die Wäsche von der Leine gerissen, noch gab es Herablassung, Naserümpfen, Pöbelei oder auch plumpe Anbiederung. Man schätzte den befristeten Kontakt: zufrieden, einander so bald wieder loszuwerden; zufrieden, einander so bald wieder nahezukommen.

Als hätte die ganze Anlage schon auf sie gewartet: bewacht vom zweitürmig-zehnstöckigen Wohnkomplex der *Helios* Versicherungs-GmbH (die Bezeichnung ›Heliopolis‹ war vom Volksmund als zu elitär verschmäht worden); die quadratische Granitpflasterpiazza mit den, obwohl original dackelgedüngten, doch nur halbherzig sprießenden Blumenrabatten, flankiert von den Sichtbetonpavillons hier der Sparkasse, dort des *Wienerwalds*, der im Obergeschoß zudem einer Zweigstelle der Stadtbücherei Asyl bot. Jenseits der, mit Verlaub, Reykjaviker Straße (sprachlicher Stolperstein biederer Taxifahrer) dehnte sich das Gelände zu einer bemühten Grünfläche vernatürlicht, zwischen Satteldach-Sozialblöcken mit kinderbehangenen Teppichklopfstangen und Eigentums-Reihenhäusern mit heckengeschützten Plastikplanschbecken bis hin zur Kirche Sankt Balduin, einem trutzigen runden Klinkerbau mit etwas pyknisch geratenem Campanile.

Der dienstagnachmittägliche Wochenmarkt fand entlang des Ostufers der Reykjaviker Straße statt, also sparkassen- und wienerwaldseits. Da wurde dann emsig und unermüdlich aufgebaut, abgeladen, angenagelt, weggeschoben, ausgepackt, eingefügt, hergeschleppt, hingebreitet, übergestülpt, untergebracht, umgestaltet, zugelangt, beigestellt, mitgezählt, vorgerechnet, nachgetragen.

Ob's fürs Softeis wohl noch zu früh war um diese Jahreszeit? Ob die Poularden sich würden absetzen lassen, bevor sie bis morgen verdarben? Ob der Vorrat an sauren Gurkenscheiben für die beliebten Fischsemmeln reichte? Ob der Nachschub an Alabasternymphen rechtzeitig anrollte? Ob der uralte Schlager, die neueste fettfreie Bratpfanne, noch ein paar letzte Käuferinnen hinterm Elektroherd hervorlocken würde? Ob es sich nicht statt dessen empfahl, auf dem gepflegten Teppich zu bleiben, dem dank biologischen Schaums aus der Tube verblüffend gereinigten?

Kaum wehte es von Sankt Balduin die Schläge der vollen Stunde herüber, begann es auch schon zu wimmeln, brach der gestaute Konsumbetrieb sich Bahn, wechselten Hühnereier gehobener Handelsklassen (frisch aus Niederbayern) mit aller gebotenen Vorsicht kartonweise den Besitzer, griffen Kinderhände begierig nach ketchuptriefenden Tüten, gefüllt mit ›Pomm-Fritz‹.

Helmerichs, Vater und Mutter, inmitten von Obst und Gemüse, vermißten den älteren Sohn (seit neuestem Eigentümer eines Motorrads). Uwe, der jüngere, dachte: Wartet nur, ihr, bis ich erst meinen Führerschein hab! Und wuchtete noch eine Kiste Orangen vom Deck des Transporters.

Flatternde bunte Kittelschürzen, an Bügeln aufgereiht, klarsichtverpackte Pullis zuhauf; Socken in sämtlichen Farben ...

Aber nein – Topflappen wurden befingert! Lag's am Ehepaar Szyblinksi? Spürten die Leute, daß sie sich nicht mehr vertrugen und nur noch nach außen so taten, als ob?

Der Goldrand auf den Eierbechern sah aus, als wäre der Dotter übergeschwappt. Kompottschälchen mit Spielkartendekor. Dazwischen ein schwangeres Milchkrüglein, von Gürtelrose befallen. Balthasar Vogel musterte, einen kalten Zigarrenstummel zwischen den Lippen, sein Angebot. Sonst niemand. Er seufzte.

Anders Therese Moll, die knusprige Blumentante. Umringt von Flieder und Chrysanthemen, von allerhand Grünzeug in Töpfen und Schalen, wurde sie kaum der Nachfrage Herr und kam nicht mal dazu, sich die widerspenstige Locke (rötlich) aus der Stirn zu pusten.

Bäckermeister Gundolff jonglierte gekonnt mit Vintschgauer Fladen, mit Laugenbrezeln und Vollkornbrot, und fand auch noch Zeit, seine Tochter Sieglinde zur Pflicht zu ermahnen, zum Dienst an Strauben und Streuselkuchen. Sie gehorchte mürrisch und ohne Schwung.

Am Käsestand gleich nebenan waltete Frau Mathilde Hanusch allein ihres Amtes, verlassen von Wolf, ihrem Sprößling. Wo steckte er bloß, der Herumtreiber? Schon jetzt in der Wirtschaft beim Bier? (Nach ihm hatte übrigens auch verhärmt Sieglinde Ausschau gehalten ...)

Erstaunlich, wie reibungslos der Betrieb in der Metzgerei Auracher klappte: Resi Scholz betreute die Wurstwaren, Rosi Schulz betreute das Fleisch. Und ganz ohne polternden Chef kamen die beiden zurande. Der lag angeblich mit einer Erkältung daheim im Bett. Seine Alte kam abends kassieren.

Sebastian Ehrenwirth grollte. Wie des öfteren schienen die Massen auch heute um seinen Imbißstand einen Bogen zu machen. Zwei, drei Kinder, dann war es verplätschert. Nur ein Spitz und ein Spaniel jagten einander im Kreis auf dem Gehsteig herum, und manchmal verharrten sie schnüffelnd.

Der ›Wurst-Wastl‹, so sein Spitzname (von der Zunft mochten alle ihn gern), schlich verstohlen hinaus und mischte sich unters offenbar keineswegs hungrige Volk.

Dunja, die unterm Kittel folklorebebluste, glutäugige Brutzelgehilfin, trällerte leise Südslawisches vor sich hin und träumte von einer Garküche samt Bootsverleih an der Strandpromenade von Crkvenica, wo kein Wurst-Wastl sie daran hindern würde, die Speisen mit Knoblauch zu adeln.

Doch da kehrte der Arbeitgeber – für Dunja: dieses wandelnde Beispiel dessen, was er verkaufte (sprich: dieses Würstchen) – vom Pirschgang heim, und zwar – immer das gleiche! – am Rande eines Infarkts.

Grund:

Er hatte vor Pichlers Stromlinienbude Kundschaft gesichtet ...

Frau Quast war immer die erste, seit jeher. Sie huldigte der liebgewordenen und überdies – wie sie fand – höchst vernünftigen Angewohnheit, sich vor den Einkäufen mit einer Bockwurst zu stärken. Hinterher, nach erfolgreichem Fischzug, die Netze überquellend vor Beute, wieder zu Hause angelangt, verstaute sie zunächst alles andere und löste dann als letztes die von Fräulein Sieglinde fürsorglich verpackten Schätze aus der Umhüllung: meist ein Stück Schokosahne und zwei Stück Holländer Kirsch.

(Nicht, daß sie all dies etwa sofort in sich hineinstopfte! Sie labte sich, begleitet von einer Tasse Kaffee, lediglich an der Schokosahne. Die beiden Holländer Kirsch bewahrte sie für den späten Abend auf. Das eine Stück war für ihren Neffen bestimmt, der gewiß arg enttäuscht gewesen wäre, wenn er es hätte entbehren müssen.)

Kein Wunder, daß Frau Quast rundum den Eindruck einer wohlgenährten Zeitgenossin erweckte, was indes weder ihrem Verstand noch ihrem resoluten Wesen Abbruch tat. Infolge der marzipanenen Glätte ihres Teints, ihrer wie von Meister Gundolffs Hand geformten Bäckchen zumal, schätzte man sie oft auf Ende fünfzig statt auf Mitte sechzig. Hei, wie funkelten da die verschmitzten Äuglein!

Frau Quast wohnte übrigens im Nordturm des bereits erwähnten *Helios*-Komplexes, gleich jenseits der Piazza im dritten Stock, und sie hätte jetzt nur den Kopf zu wenden brauchen, um den Widerschein der noch recht kühlen Maisonne auf den Fensterscheiben des gemeinsamen – genauer: zu Fernsehzwekken mit ihrem Neffen gemeinsam benutzten – Wohnzimmers zu erblicken. Dergleichen kam ihr jedoch mitnichten in den Sinn, und jetzt schon gar nicht, da sie schleunigst nach der Papierserviette griff, um zu verhindern, daß der köstliche Bockwurstsaft ihr vom Kinn auf das taubengraue Foulardtüchlein im Ausschnitt ihres flotten Übergangsmantels tropfte.

(Jawohl: Papierserviette. Ganzformat. Erstklassige Saugfähigkeit. So viel Komfort bot Andreas Pichler seinen Gästen stehenden Fußes! Hat Ihnen das noch nie zu denken gegeben, Herr Ehrenwirth?)

Zufrieden tauchte Frau Quast ihre Bockwurst erneut in den sowohl qualitativ als auch quantitativ ihren Beifall findenden Senfklecks auf der obligaten Pappunterlage.

»Gott zum Gruße, Herr Pichler«, erscholl da eine tenorale Männerstimme am anderen Ende der Theke. »Na? Wie steht's? Wie stets? Hab ich's wieder mal erraten?«

Die etwas allzu forsche Art des Neuankömmlings ließ auf eine Herkunft von weit jenseits der Mainlinie schließen. Frau Quast war gespannt, wie Pichler, dieser unverwechselbare Sohn des Voralpenlandes, reagieren würde.

Zu ihrer Verblüffung sagte er grinsend: »Hummel-Hummel.«

»Mors-Mors!« tönte es trompetengleich zurück.

Der Schlag mit der flachen Hand auf die nicht hundertprozentig stabile, da nur ausgeklappte Eßtheke trug dem Überschwänglichen nun doch einen zurechtweisenden Blick unter dem filzenen Sennhut hervor ein, und die Nüstern der Hakennase blähten sich erkennbar.

Frau Quast hatte die Pappunterlage nur dadurch am Wegrutschen hintern können, daß sie die Bockwurst um so energischer, bis auf den Grund, in den Senfklecks tunkte.

»Pardong«, wandte sich der Schuldige wohlerzogen an sie.

»Wär schad gewesen um den schönen Senft«, sagte Frau Quast mit hörbarem Schluß-T, aber schon halb versöhnt.

Der andere strahlte sie an.

»Ha!« Und sich zu Pichler umdrehend, mit stolz aufwärtsgerichtetem Daumen: »Bitte sehr!«

Frau Quast grub ihr kerngesundes Gebiß in die Wurst. Pichler verspürte anscheinend die Notwendigkeit eines Kommentars.

»Der Herr Illing vertritt nämlich die Firma«, erläuterte er, wenn auch zögernd. »Die, von der ich ihn bezieh.«

Moment! Wie war das? Andreas Pichler bezog Herrn Illing von einer Firma, die dieser selbst vertrat? Frau Quast setzte zum Schlucken an, um zu sofortiger Rückfrage ansetzen zu können.

»Max Illing, hocherfreut«, mischte sich da der Repräsentant ein. »Ich gebe überall, so auch hier, meinen Senf dazu. Gewissermaßen von Berufs wegen, hahaha.«

»Ach so!« (Erst schlucken ...) »Sie liefern den Senft für die Würstln?«

»Sie haben's erfaßt, Madamm. Ohne Ketchup, Sie wissen doch!« ermahnte er selbigen Atemzugs Pichlern, der ihm die übliche Willkommensportion Schaschlik zugedacht hatte. »Curry genügt, auch wenn er von der Konkurrenz ist.«

Pichler willfahrte kopfschüttelnd, nahm den Finger von der Drucktaste des Spenders am Ketchupeimer.

»Seinen eigenen Ketchup mag er nicht ...«

Das leuchtete dem Geschäftsmann offenbar nicht ein. Wo er den Ketchup doch gratis dazutat, ohne zehn Pfennig Preisaufschlag, wie andernorts der Brauch! (Klingen Ihnen die Ohren, Herr Ehrenwirth?)

»Also, der Senft ist wirklich – Respekt«, sagte Frau Quast und wischte das Gelobte sorgsam auf. »Von welcher Firma kommen Sie denn?«

»Mermos Hannover«, entrang sich's dem schaschlikzermalmenden Munde.

»Wie bitte?«

Auf und Nieder des Adamsapfels; ruck-zuck.

»Mermos. Abkürzung für Meerrettichmostrich. Damit haben wir die Brangsche aufgerollt. Was sagen Sie nun?«

Frau Quast nahm von jeglicher Äußerung Abstand, während

eine weitere Kostprobe des entzauberten Produkts ihren Gaumen entlangglitt. Wie konnte etwas so abscheulich heißen und immer noch einwandfrei schmecken wie Krensenf?

»Fittipaldi«, sagte gleich darauf unmittelbar neben ihr eine Stimme wie smaragdgrüner Velours.

Sie wandte den Kopf und erschrak überhaupt nicht. Obwohl der junge Mann schwarz war, wie mit Schuhcreme glasiert, ein Mohrenkopf wie aus dem Bilderbuch: plattgedrückte Nase, Kraushaar, Augen wie Porzellankugeln.

Er zwinkerte ihr zu. Frau Quast ging richtig das Herz auf. Sie hatte noch nie, und aus solcher Nähe schon gar nicht, einen Neger zwinkern sehen.

»Fittipaldi«, wiederholte er vergnügt.

»Ach Gott, ja«, stöhnte Pichler, und sein hageres Älplergesicht wirkte auf einmal sehr blaß. Aber das machte vielleicht nur der unverhoffte Kontrast.

»Fittipaldi, Mensch, das war doch noch lange vor deiner Zeit, Junge, da fuhr ja noch Stewart ... Und Lauda!« protestierte Herr Illing, von Nostalgie überwältigt.

Die Grußformel des dunkelhäutigen Nachbarn hatte indes nichts mit der Formel I des Automobilrennsports und einem ihrer erfolgreichsten Fahrer zu tun.

»Er meint ›Pfüat di, bis bald‹«, erklärte Pichler, dem das irgendwie peinlicher als nötig zu sein schien.

»Ich weiß, man sagt es zum Abschied«, räumte der anpassungswillige Exote treuherzig ein, übrigens in erstaunlich flüssigem Deutsch, »aber es gefällt mir so gut. Fittipaldi ... Schön.«

Herr Illing unterbrach auf halbem Wege die Geste, mit der er sich hatte an die Stirn tippen wollen, und widmete sich seiner zweiten Schaschlikhälfte.

Frau Quast nickte dem jungen Mann aufmunternd zu.

»Sie haben ganz recht, Bursch. Machen S' nur so weiter. Sie lernen's noch, Sie schon.«

»Und was willst du?« fragte Pichler verdrossen.

Der Bursch verdrehte die Augen zum Himmel, leckte sich mit einer bemerkenswert rosa Zunge die (übrigens gar nicht wulsti-

gen) Lippen und machte prompt so weiter.
»Heiße Würstl mit Senf.«
Pichler, als hätte er nichts anderes erwartet, begann wortlos zu hantieren. Möglicherweise zitterten ihm ein wenig die sonst so kräftig zupackenden Pratzen. Warum? Doch nicht aus rassistischen Vorurteilen, da er den jungen Mann offenbar kannte, inklusive gewisser Marotten?
Oder hatte er Angst? Wovor?
Frau Quast durchströmte ein Hochgefühl mitmenschlicher Verbundenheit.
»Gell, Sie sind gern bei uns in München?« erkundigte sie sich, von vornherein jeglichen ablehnenden Bescheid ausschließend.
Der Schwarze – er trug übrigens schäbige Jeans und ein bis zum leicht angeschmuddelten Kragen reißverschlossenes, gelblichbeiges Kordblouson, in dessen Taschen seine Hände steckten wie festgeleimt – wandte sich langsam zu ihr um und schaute sie nachdenklich an.
Was hat er denn? wunderte sich Frau Quast.
»Sodala«, brummte Pichler und stellte auf gewohnter Pappunterlage eine Portion Wiener mit Senf samt Semmel und Papierserviette – allzu schwungvoll? – auf die Eßtheke.
Die Papierserviette flatterte zu Boden. Der junge Mann zog die Hände aus den Taschen und bückte sich danach.
Im selben Moment hörte man so etwas wie die Fehlzündung eines möglicherweise auf der Reykjaviker Straße vorbeifahrenden Autos oder Motorrads.
Dem Pichler Anderl fetzte es den filzenen Sennhut vom Schädel – darunter war er kahl wie Kojak, und das war schier das absurdeste; noch absurder als das rote Rinnsal auf seiner Stirn. Er klammerte sich an den Wurstkessel, spürte wohl nicht mehr, wie heiß dieser war, und riß ihn mit sich hinab, als er in seinem festverankerten Kabäuschen zusammenbrach.

Kapitel 2

»Auch das noch ...«

Kommissar Florian Caspary war eindeutig sauer. Offenbar einer von jenen Tagen, da der Verdruß kein Ende nahm. Im Amt ein Rüffel von ziemlich hoch oben wegen irgendeiner Lappalie, die einen gar nicht betraf; und kein Wort des Bedauerns (oder fiel etwa ›ach so‹ unter diese Kategorie?) nach diesbezüglicher Meldung. Nächste Kreuzwegstation: der Kollege Junker, beim Zahnarzt zwecks Wurzelbehandlung, für heute des Dienstes enthoben. Dann widerrief Xaver Anschütz, der ›Sendlinger Dampfhammer‹, gestern mühsam weichgeknetet, unter Tränen sein Geständnis. Also wieder von vorn. Und jetzt das da.

»Ja, ja, der Föhn«, meinte Ohm Gregor am Steuer des Dienstfahrzeugs, ohne den Blick von der Straße zu wenden, und nickte verständnisinnig.

Oberinspektor Gregor Ohm war sozusagen Casparys dienstlicher Schatten. Es gab Momente, da hätte der Kommissar ihn mit größtem Vergnügen – sogar mit Rabatt – dem Teufel verkauft. Und es gleich hinterher, das wußte er selbst nur allzu genau, von ganzer Seele bereut.

»Ein Würstlmann«, sagte er düster.

Der Oberinspektor lachte kurz auf. Es klang wie das Knurren eines Bernhardiners, den nichts mehr erschüttern konnte.

»Sie haben doch nicht im Ernst gedacht, so einer ist gefeit gegens Umgebrachtwerden?«

Man war miteinander per Sie. Ohm Gregor hatte seinem Vorgesetzten etliche Jahre voraus. Dem Kommissar war das unangenehm. Er hatte weiland, als der Thron vakant gewesen war, nicht wirklich damit gerechnet, ihn zu besteigen. Jetzt wurde er bisweilen das Gefühl nicht los, er schwinge das Zepter so relativ unangefochten nur dank der Gutmütigkeit seines Paladins.

»Auf dem Wochenmarkt ...«

»Um so besser. Dutzende von Zeugen.«

»In Ludwigsried.«

Oberinspektor Ohm spähte besorgt aus dem Augenwinkel in Richtung Beifahrersitz.

»Fehlt Ihnen was, Chef?«

»Herrgott«, explodierte Caspary, »ich *wohne* in Ludwigsried!«

Er schaute kurz in die Runde, napoleonisch, wie er das immer tat, wenn er den Fuß auf noch unerforschtes Gelände setzte. Nur – diesmal war alles geradezu blödsinnig vertraut, und das störte ihn maßlos.

»Polizeiobermeister Löhlein, Isar neunzehn.« Ein Funkstreifenbeamter, das vorgereckte Kinn blond überwuchert, hatte sich vor dem Kommissar aufgebaut und salutierte betont lässig. »Tatort unter Kontolle. Alles unangetastet. Ein Toter. Darf ich vorausgehen?«

»Danke. Will sagen – bitte.«

Bei solchen Gelegenheiten – wie er, zum Beispiel, gefolgt vom Gefolge, hinter dem Subalternen herschritt – machte Caspary meist eine beneidenswert gute Figur: etwa wie Escamillo beim Einzug in die Arena. (Obwohl Ohm Gregor ihn fast um Haupteslänge überragte.) Derrick verblaßte, zumindest bis zum Freitagabend, und würde sich arg am Riemen reißen müssen.

Die raunende Menge öffnete bereitwillig eine Gasse. Doch dann begab sich Seltsames.

Polizeiobermeister Löhlein hielt inne und meldete mit einer Geste, als böte er echte Antiquitäten zu Schleuderpreisen an: »Die Augenzeugen.«

Kommissar Florian Caspary atmete langsam tief durch.

Herr Illing öffnete mehrmals lautlos den Mund und klappte ihn wieder zu wie ein Fisch auf dem Trockenen.

Oberinspektor Ohm wartete auf einen Wink, um ihn an die Mitarbeiter des Stabes weiterzuleiten.

Frau Quast breitete, wenn auch nicht gerade stürmisch, sondern einigermaßen erschöpft, die Arme aus und hauchte weithin vernehmbar: »Flori, endlich, Gott sei Dank!«

Der Leiter der Mordkommission trat beherrscht auf sie zu und begann – es klang sogar eher teilnahmsvoll als verdattert (wonach ihm zumute war) – die Ermittlungen mit der Frage:

»Um Himmels willen, Tante Dorothee, was machst du denn hier?«

Vor allem redeten sie durcheinander, fielen sich gegenseitig ins Wort: Max Illing, *Mermos*-Repräsentant, noch vor Unterzeichnung des neuen Auftrags eines treuen Kunden beraubt, doch just ob dieses Schicksalsschlags zu nie gekannter Wichtigkeit aufgebläht – und Tante Dorothee (das heißt also: Frau Quast).

In deren Busen rangen Empfindungen unterschiedlichster Art um die Vormacht: Rührung vermischt mit Stolz, durchsetzt mit Beschützerinstinkten. War doch diese Respektsperson kein anderer als Flori, der in simplen Haushaltsbelangen so sehr auf sie angewiesene Neffe; derselbe, der ihrer zwirnsbefrachteten Nadel, ihrer Kartoffelsuppe (mit Pilzen und Majoran ...) so dringend bedurfte! Mußte sie ihm nicht auch jetzt und hier unter die Arme greifen, ihm nicht auch beruflich – welche Chance! – auf die Sprünge helfen?

Florian Caspary, 43, beurteilte das – aus dem Blickwinkel des Kriminalisten – ein bißchen anders. Begreiflicherweise litt sein Rollenverständnis unter dem so offenkundig aufwallenden Gluckhennen-Syndrom. Von Zeugenvernehmung im Sinne verbindlicher Vorschriften war dieses Geplänkel denn doch ziemlich weit entfernt.

Gerade schickte Herr Illing sich zu hitziger Gegendarstellung des Vorgefallenen an.

Mit stählernem Zeigefinger deutete der Kommissar auf das kaltjüngferliche, weil dem Verzehr entronnene Paar Wiener Würstchen, samt Senf und unangebissener Semmel, auf einem Pappteller zwischen zwei anderen, überbleibselverkrusteten Papptellern gelegen.

»Und für wen war diese Portion bestimmt?«

Der Betreffende hatte sich mittlerweile verflüchtigt.

Kapitel
3

Es wäre naiv, wollte man daraufhin so tun, als sei der junge Mann in Jeans und geblichbeigem Kordblouson, der zögernden Schrittes, nach allen Seiten scheu um sich blickend, aus den Tiefen des Untergrundbahnhofs ›Münchner Freiheit‹ auftauchte, ein x-beliebiger Neger. Nein, nein, er war's, bei lebendigem Leibe: Fittipaldi, der eben oben vermißte.

Er schien sich in Schwabing auszukennen, brauchte jedenfalls nicht nach dem Weg zu fragen, den er zielstrebig einschlug, obwohl er zunächst den falschen Ausgang erwischt hatte. Zusammen mit anderen Passanten, unter denen er nicht weiter auffiel, überquerte er die Leopoldstraße und schritt sodann – eigentlich nicht mehr zögernd, sondern fast schon lässig – in Richtung Wedekindplatz, wobei er (und nicht nur vor Pizzerias) schnuppernd die Luft einzog.

Auch die nächsten paar Ecken umrundete er, seiner Sache anfangs noch sicher, ohne groß darauf zu achten. Doch dann, plötzlich wieder auf dem Wedekindplatz angelangt, hielt er verdutzt inne. Na so was ... War er etwa kopflos daran vorbeimarschiert?

Er setzte sich abermals in Bewegung, mit geschärfter Aufmerksamkeit, aber auch sichtlich müder. Er schaute so genau hin, daß ihm jetzt alles ungeheuer fremd vorkam, fast abweisend. (Nun ja, früher hatte er diese Gegend meist nachts durchstreift, allenfalls in der Dämmerung, und immerhin, es war schon einige Zeit her ...) Wäre ihm nicht, als er am wenigsten damit rechnete, das Schild ›Andersenstraße‹ aufgefallen, er hätte das Haus, das er suchte (warum?), wohl auch beim zweiten Anlauf verfehlt.

Andersenstraße Ecke Wurmboldstaße. *Black Panther.* Im übrigen halb so wild. Eben eine Kneipe, nichts Besonderes. Mit etwas besserer (deftiger gewürzter) Küche vielleicht, was kaum jemand gewußt – oder auch nur: zu schätzen gewußt – hatte. Publikum unter dem Durchschnitt.

Von alledem jedoch – keine Spur.

Das Haus war offensichtlich renoviert. Lindgrün gestrichen, mit zartgelben Fensterumrandungen. Im Erdgeschoß nunmehr eine Boutique: *La Duchesse*.

Er holte ein zerknittertes Päckchen Gauloises aus der Tasche und zündete sich eine an. Am Filter. Also Filter abgezwackt und noch mal angezündet. Er kaute auf den Tabakkrümeln herum, die an den Lippen kleben blieben. Stand da, vis-à-vis, und schaute (versonnen?) hinüber. Schnupperte auch jetzt wieder.

Ein Polizeifahrzeug kam die Wurmboldstraße entlang, bremste (rechts vor links) und kroch weiter.

Er trat die Kippe aus, leckte kurz am angesengten Mittelfinger und wischte sich die Handflächen seitlich an den Hosenbeinen ab. Räusperte sich grundlos.

Ein geradezu winziges güldenes Krönchen zierte in Augenhöhe die Eingangstür. Wenn man sie aufstieß, bimmelte leise, hoch und wie ganz von fern ein Glockenspiel etwas vage Bekanntes: eine sozusagen zölestische Version des Signals ›Kein Anschluß unter dieser Nummer‹.

Und so schien es sich in der Tat zu verhalten. Kein menschliches Wesen beeinträchtigte die göttliche Stille. Es duftete (wonach es hier – das konnte er beschwören – noch nie geduftet hatte!) nach irgend etwas Zartem: Lavendel, Jasmin oder frischen Limonen.

Er hatte den Raum viel enger, viel kleiner im Gedächtnis. Das lag wohl an einer gewissen Zierlichkeit der Ausstattung. Schränkchen, Kästchen, Spiegelchen, Vitrinchen, Bänkchen, Hockerchen: weißer Schleiflack, Bezüge türkis; dazu eine Tapete mit Schwärmen hingetupfter Schmetterlinge. (Seinerzeit hatte man sich zwischen Theke, Klavier und knapp fünf Tischen kaum umdrehen können; der Durchgang zum Klo fast blockiert vom Zigarettenautomaten, den es auch nicht mehr gab.)

Zwei türkisene Samtportieren. Was mochte sich jetzt dahinter befinden? Ein Schritt darauf zu, und er stieß ungewollt gegen einen chromblitzenden Drehständer, an dem einzeln aufgeknüpfte Seidentücher, mit abstrakten Mustern bedruckt, ins Flattern gerieten: Mondrian-Makulatur, Vasarely-Verschnitt, auch ein Kleckschen Klee dazwischen; gar nicht so übel, alles in allem. Hübsch, hübsch. Und, ach, die Kleiderfähnchen, Latzhosen, Wickelröcke, Fledermausblusen, Gürtel, Kordeln, Mützen, Schals, die Taschen, Beutel, Ketten, Reifen, Ringe, Bikinis und Glitzergeschmeide, Gestricktes, Geflochtenes, Häkelstolen, Kissenbezüge, Kerzen und Leuchter und Lampen, die Körbchen, das Plüschgetier und sonstiger Schnickschnack.

Auf einmal spürte er Müdigkeit in sämtlichen Knochen. Was will ich eigentlich hier? Am liebsten hätte er unverzüglich auf dem Sofa Platz genommen, anscheinend für die sieben Zwerge vorgesehen, überdacht von drei aufgespannten, verschieden gepunkteten Regenschirmen, die von einem Drahtgeflecht herabhingen. Lustig, lustig. Aber er kam sich vor wie ein Müllkutscher und fürchtete um das Puppenmöbel, wollte es nicht mit dem Dreck zweier Kontinente auf seinem Hosenboden entweihen.

Ein Hauch. Ein Rauschen von türkisfarbenem Samt.

»Grüß Gott. Kann ich Ihnen ...«

Ein Mädchen – besser vielleicht: eine junge Dame –, brünett, mit geradezu erschreckend blauen Augen; nach oben gerichtet. (Sie reichte ihm knapp übers Kinn.)

»Excuse me. Can I help you somehow?«

Eine Altstimme, klangvoll, nur ganz leicht aufgerauht, ein Anflug von Gurren, das einen verwirrte.

Das Lächeln verhalten.

Er war so durcheinander, daß er nur eine Geste zustandebrachte (tolpatschig, wie ihm schien) und ein Grinsen (belämmert, des war er sich gewiß).

Einziger Trost: Er war von Natur aus so dunkel, daß es niemandem auffiel, wenn er errötete.

»Well?«

Sie trug einen schimmernden Hosenanzug mit diagonalen Streifen in sämtlichen Regenbogenfarben. Als Ohrgehänge zwei kleine silberne Davidsterne.

Er fuhr sich, wie um die Gedanken zu lockern, mit der Hand übers Kraushaar.

»Vous savez, mademoiselle, je suis francophone.«

Also sprach Fittipaldi.

Kapitel 4

Die Experten – Arzt und Ballistiker – waren sich einig.

»Tod, äh, infolge zerebraler Hämorrhagie, äh, hervorgerufen, äh, durch ein stirnseits in die, äh, Schädeldecke eingedrungenes, äh, Projektil, äh, abgefeuert, äh, aus größerer Entfernung, äh, da keine, äh, Austrittswunde vorhanden, äh, das Geschoß, äh, steckt also noch im Kopf, äh.« (Gespreizte Hand beschwörend erhoben, als wollte er keinesfalls fotografiert werden, der Herr Gerichtsmediziner:) »All dies, äh, versteht sich, äh, ohne Gewäh–, ohne Gewähr und vorbehaltlich des, äh ...« (Sich auf halbem Weg zum Auto umwendend:) »... Autopsiebefunds, äh. Mahlzeit.«

Der Kommissar kam gar nicht mehr dazu, sich zu bedanken. Das nächste Resümee.

»Also, der Täter, der hat mit an Sicherheit grenzender Wahrscheinlichkeit, wie man so sagt, nicht wahr, eine Flinte benutzt, nicht wahr. Also, wenn Sie die Körpergröße des Ermordeten, also, wenn Sie die berücksichtigen, meine ich, und seinen Standort, nicht wahr, da drin in der Bude auf Rädern, also den Abstand, nicht wahr, vom Boden zur Straßenoberfläche, nicht wahr, und wenn Sie außerdem – also, das ist bisher nur geschätzt, nicht wahr, und noch nicht bewiesen, mein ich, weil da brauchen wir, also, die Meßergebnisse von der Obduktion dafür, nicht wahr, aber ich will Moritz heißen, Herr Kommissar, wenn ich mich täusch –, also wenn Sie außerdem den Einschußwinkel, nicht wahr, in Betracht ziehn, also dann glaub ich, dann können Sie davon ausgehn, daß der Täter, nicht wahr, von einem von diesen Fenstern da drüben, also im dritten oder vierten Stock, mein ich, also daß er von dort aus, nicht wahr, geschossen hat.«

Der Finger des Fachmanns zeigte unfehlbar auf jenen Bereich des nördlichen der beiden *Helios*-Türme, wo sich die Wohnung seines Chefs befand.

Kommissar Caspary nickte und biß die Zähne zusammen.

»Aus unserer Wohnung?« Tante Dorothee blieb mitten auf der Piazza stehen und starrte empor. »Du mußt verrückt sein, Flori. Wie sollte ... Und wie könnte jemand ... Ich war doch den ganzen Tag daheim!«

»Nicht, als der Schuß gefallen ist«, sagte der Kommissar. »Da warst du gerade beim Einkaufen.«

»Aber ... Einkaufen! Du lieber Gott, ich hab ja noch gar nichts eingekauft, bei der ganzen Aufregung! Rosenkohl und Rindsfilet und Vollkornbrot und ...«

»Soso. Da würd ich aber an deiner Stelle ...«

Es lag auf der Hand: pure Hinterlist und Berechnung. Der Neffe hatte das Reizwort ›Einkaufen‹ nur in die Debatte geworfen, weil er hoffte, Tante Dorothee loszuwerden, indem er sie an ihre Hausfrauenpflichten erinnerte.

Sie schaute ihn an, mit schräggeneigtem Kopf, zweifelnd, mißtrauisch. »Wirst du mir auch keinen Unsinn anstellen, Flori, wenn ich dich allein laß? Aus unserer Wohnung!« Sie schnaubte empört. »Einfach zum Lachen!«

Kommissar Caspary vermied es sorgfältig, Oberinspektor Ohm anzusehen, der es noch sorgfältiger vermied, seinen Chef anzusehen. Aber um die Mundwinkel der beiden Beamten von der Spurensicherung zuckte es verdächtig.

»Ich hab gesagt – aus einer von vier möglichen Wohnungen, unter anderem auch der unserigen.«

Verdammt noch mal, seit wann mußte er seiner Tante Rechenschaft über die laufenden Ermittlungen ablegen? Soweit kam's noch!

»Na gut«, sagte Frau Dorothee Quast, wenn auch bei weitem nicht überzeugt. »Dann bis nachher. Und, gell, wie immer, Holländer Kirsch, ja, Flori?«

Caspary wandte sich an den Oberinspektor.

»Sie, Ohm Gregor« – der Spitzname war offiziell in Verwendung –, »Sie kümmern sich am besten hier unten um diese ganze Marktwirtschaft. Hören sich an, was man so redet. Würden Sie das bitte übernehmen?«

Wenn er gar so sehr um Höflichkeit bemüht war, brodelte es zumeist in ihm.

»Gemacht.«

»Sie beide« – dies zu den Spurensicherungsbeamten – »brauch ich vielleicht.«

Zu dritt marschierten sie auf den Hauseingang zu.

Dort hatte ihnen Herr Pfundt aufgelauert, der Hausmeister, vollgepumpt mit Verantwortungsbewußtsein, und hatte sich nicht abwimmeln lassen.

»Von mir aus. Kommen Sie mit.«

(Aber wenn der Abfluß verstopft ist, dauert's zwei Tage ...)

»Wer hätte das gedacht, Herr Kommissar, was? Bei uns in Ludwigsried. Und mit Ihnen im Haus.«

(Mach einen Punkt, Mensch ...)

Als sie im dritten Stock den Fahrstuhl verließen, stellte sich heraus, daß es vielleicht gar nicht so dumm gewesen war, den Hausmeister mitzunehmen.

»Ja, da schaugst!« Herr Pfundt – es stimmte schon, ihm entging nichts – deutete fassungslos auf das angelehnte Fenster, von dem aus man den gesamten Marktbereich (inklusive Tatort) überblicken konnte. »Und ansonsten bringt's keiner auf, nicht mal mit Gewalt!«

»Ach?«

»Ihre Tante, die Frau Quast, hat sich auch schon beschwert, Herr Kommissar, weil auf dem Treppenabsatz nie gelüftet wird, und der Herr Strobl mit seinen Zigarren ...«

»Pfoten weg!« rief der glattrasierte Kollege von der Spurensicherung und packte den Hausmeister, der schon die Hand nach dem Fenstergriff ausstreckte, an der Schulter.

Caspary nickte ihm zu.

»Machen Sie mal.«

Der schnurrbärtige Kollege trottete weiter mit. Herr Pfundt schwankte, ob er beleidigt oder beeindruckt sein sollte. Na ja, die Bullen halt ...

Auf dem Hausflur roch es nach einer Mischung aus Bohnerwachs und Fichtennadelspray.

Der Kommissar zog einen Schlüsselbund aus der Tasche und sperrte mit undurchdringlicher Miene seine eigene Wohnungstür auf. Hoffentlich liegt nichts herum, dachte er. Die himmelblauen Frotteesocken, zum Beispiel, die er so gern zum Fernsehen anzog. (Tante Dorothee hatte den strikten Auftrag, sie nicht anzurühren, weil der Neffe jedesmal fluchte, wenn er sie nicht fand.)

Von den Socken keine Spur. (Sollte er sich ärgern?) Auch sonst verlief die Suche erfolglos. Im Wohnzimmer war für eine Person fein säuberlich der Kaffeetisch gedeckt. Tasse und Teller noch unbenutzt. Das war alles.

»Was meinen Sie, Herr Kollege?«

»Nichts, Chef«, bestätigte der Schnurrbärtige. »Null Hinweis auf einen Eindringling.«

»Aber schon gleich gar keiner«, pflichtete auch der Hausmeister bei. »Die Socken da, die gehören wohl Ihrer Frau Tante, stimmt's, Herr Kommissar?«

Herr Pfundt zog die himmelblauen Prachtstücke mit Daumen und Zeigefinger ganz vorsichtig aus der Zeitschriftenablage neben dem großen Lederfauteuil.

Caspary warf ihm einen verzweifelt-vernichtenden Blick zu, der ihn von weiteren Nachforschungen abhielt.

»Dann darf ich bitten ...«

Sie verließen die Wohnung des Kommissars und seiner fürsorglichen Tante, befanden sich wieder auf dem Flur. Caspary ging nach rechts, blieb vor der Nachbartür mit dem Namensschild ›Strobl‹ stehen und hob die Hand zum Klingelknopf.

»Da werden Sie leider Pech haben, Herr Kommissar«, ließ sich Herr Pfundt schon wieder vernehmen. »Die Strobls sind nämlich auf Urlaub.«

Caspary klingelte trotzdem. Nichts.

»Die ganze Familie?« fragte er.

»Auf den Kanarischen Inseln. Mit Neckermann. Morgen kommen sie wieder. Dann laß ich mir die Dias zeigen, und nächstes Jahr flieg ich auch.«

»Hm.« Was so ein Hausmeister alles wußte! Vielleicht wußte er auch, wo der Dosenöffner war, dem Tante Dorothee seit einer Woche nachweinte ... »Haben Sie die Schlüssel, Herr Pfundt?«

»Ich?« (Beinahe entrüstet.) »Doch nicht ich!«

»Und wer gießt die Blumen?«

»Ihre Frau Tante. Wer denn sonst?«

Er hatte sich lange bezähmt, aber jetzt seufzte der Kommissar. Ausgiebig und aus tiefster Seele.

Dann, zum Schnurrbärtigen: »Untersuchen Sie das Türschloß. Und nachher gehen Sie mit offenen Augen die Treppe hinunter. Man kann nie wissen.«

»Wird erledigt, Chef.«

Am Treppenabsatzfenster nichts Neues.

»Falls irgendwelche Spuren da waren, sind sie abgewischt worden«, sagte der Glattrasierte.

Die Putzfrau muß auch noch interviewt werden, fiel Caspary ein. Er kannte sie, gab ihr zu Weihnachten immer zwanzig Mark. Sie hieß Sophrosyne Papatzinakis, war aus Korinth und sprach fast ausschließlich Griechisch.

»Kommen Sie mit«, befahl er. »Im vierten Stock ist auch so ein Fenster. Wir gehen zu Fuß hinauf.«

Schon im Hausflur dröhnten die Bässe, jaulte der Synthesizer im höchsten Diskant, begleitet vom Trommelfeuer mittlerer Feldhaubitzen oder dergleichen. Hard Rock.

»Daß man unten gar nichts davon hört?« wunderte sich der Kommissar.

»Solide gebautes Haus. Da dürfen Sie froh sein.«

»Ich hab gedacht, über uns wohnt ein Rentnerehepaar?«

Der Hausmeister zuckte die Achseln.

Auf dem Türschild stand ›Kiesewetter‹. Der Name löste in Florian Caspary keinerlei Assoziationen aus. Vorsichtshalber läutete er Sturm.

Es dauerte kaum eine Sekunde, dann wurde geöffnet.

Natürlich war er ihm schon begegnet – im Aufzug oder sonst irgendwo –, dem Männlein mit dem schlohweißen Haarschopf, Hosenbund bis fast unter die Achseln hochgezogen, darüber ein offener Zopfmuster-Stickjanker.

»Herr Kommissar!« überschrie Herr Kiesewetter mit gellender Fistelstimme sämtliche Nebengeräusche. »Wie gut, daß Sie sich persönlich bemühn! Das nenn ich Nachbarschaftshilfe, fürwahr!«

(Wörtlich so: fürwahr.)

»Grüß Gott, Herr Kiesewetter. Dürfte ich –«

»Was? Herein, herein! Sie auch, Herr Pfundt! Wie oft habe ich Ihnen schon ... Kommen Sie, hurtig!«

Herr Kiesewetter führte sie unaufgefordert ins Wohnzimmer, wo er sich normalerweise vorkommen mußte wie in einem Tanzsaal. Seine Bewegungen waren irgendwie abgehackt, marionettenhaft, und er hüpfte fast, wenn er ging. Wie Rumpelstilzchen. Gleich drohte es ihn zu zerreißen.

Er stand jetzt mitten im Raum, zwischen altdeutschen Möbeln, die ihn umdräuten wie Wälle und Wehrtürme, und schüttelte beide Fäuste in Richtung der einen Seitenwand; als bedrohte er die friedliche Bäuerin am Spinnrad (Original-Ölgemälde), die dort – ein wenig schelmisch, wie es schien – aus dem wuchtigen Goldrahmen blinzelte. Gleich daneben war die Tapete beschädigt.

»Hören Sie sich das an!« kreischte das Rumpelstilzchen. »Wer soll das aushalten? Den ganzen Tag! Die heutige Jugend, fürwahr!« Kopfdrehung, funkelnden Auges: »Schreiten Sie ein, Herr Kommissar!«

»Haben Sie –«

»Was? Alle andern trauen sich nicht heran an den Lümmel, den renitenten, zu feige, jawohl, auch Sie, Herr Pfundt, keine Widerrede, und meine Frau ist halb taub, der macht auch ein Düsenflugzeug nichts aus!«

»Ich meine, ob Sie vielleicht einen Schuß –«

Der Lärm von nebenan war wirklich kaum zu ertragen. Caspary kam sich vor wie bescheuert mit seiner dämlichen Frage. Er hakte nicht weiter nach.

»Aber ich habe meine fünf Sinne noch beisammen!« keifte das Rumpelstilzchen. »Gesindel, infernalisches!«

Auf einmal schwang Herr Kiesewetter einen Spazierstock (in seiner Hand wirkte er wie ein Bischofsstab), hüpfte jäh vorwärts, holte aus und drosch mit der grobgeschnitzten Krücke gegen die Wand, dreimal hintereinander. Kein Wunder, daß solche Behandlung der Tapete auf die Dauer nicht gut tat.

Akustische Konsequenzen: gleich Null.

Mit einigem Hin und Her brachte der Kommissar noch in Erfahrung, Frau Kiesewetter – »aber die ist ja halb taub, die fühlt sich nicht mal durch die Sirene auf dem Dach gestört!« – sei auf dem Markt, und betreten habe die Wohnung – »nein, fürwahr« – seit Stunden kein Mensch. Auch nicht an der Tür geklingelt.

Caspary schubste den Hausmeister hinaus auf den Flur und bedankte sich gemessen, ohne den eigentlichen Grund seines Hierseins auch nur zu erwähnen. Wozu?

»Greifen Sie durch, Herr Kommissar, mit aller gebotenen Strenge!« rief Herr Kiesewetter bebend. (Ob er in früheren Tagen Lehrer gewesen war?) Und mit füglichem Nachdruck: »Ich habe mein Leben lang Steuern gezahlt!«

»Sie können beruhigt sein.«

Nur bedauernd, und weil der obrigkeitliche Blick des Kommissars ihm selbiges nahelegte, schloß das Rumpelstilzchen die Tür seiner Wohnung von innen. Vermutlich hätte es gar zu gern der Hinrichtung beigewohnt.

Diesmal dauerte es etwas länger. Dann öffnete ein Knabe, schätzungsweise vierzehn, einen guten Kopf größer als Herr Kiesewetter. Er sah aus wie einem Comic-Strip entstiegen: Jeans und Pullover, schlaksig, blondes Engelsgelock; dazu Sommersprossen, die sich beiderseits der Nasenwurzel fortpflanzten und von relativ dicken Brillengläsern entsprechend vergrößert wurden. Jetzt grinste er gar und entblößte vorstehende Schneidezähne!

»Nanu? Polente? Bloß weil's mich mit meinem Fahrrad gegen den neuen Papierkorb unten an der Haustür geschleudert hat? Noch dazu bei Regen!«

»Du warst das also« – Herr Pfundt lief rot an – »Mistbub, elendiger! Wegen dir hab ich –«

Caspary hob einhaltgebietend die Rechte.

»Dürfen wir eintreten?«

Überwältigt von so viel Korrektheit, trat der Knabe zur Seite, grinste jedoch schon wieder (oder noch immer) und fragte gekonnt aus dem Mundwinkel: »Wo bleibt der Durchsuchungsbefehl, Sheriff?«

Im Wohnzimmer schritt der Kommissar dann ohne viel Federlesens zur Tat. Er drückte den einschlägigen Knopf des unübersehbaren Tuners (er besaß den gleichen), und die beiden Stereoboxen (er besaß etwas kleinere) verröchelten unter Dezibelentzugserscheinungen.

Der Knabe zuckte nicht mit der Wimper, war solche Maßnahmen offenbar gewohnt. (Florian Caspary übrigens dito. Seine Tante war gegen Opernarien allergisch, zumal gegen italienisch geschmetterte.)

»Name?«

Der Knabe schluckte, nun doch recht mulmig berührt.

»Matthias Just.« Er schluckte noch einmal und ergänzte mit einem Anflug von Herausforderung: »Genannt Rocky Frankenstein.«

»Aha.«

Befragt, ob eine dritte (also eigentlich: zweite) Person – befugt oder unbefugt – sich in der Wohnung aufgehalten habe, vermochte der Zeuge, abgesehen von einer Verneinung, keine weiteren sachdienlichen Angaben beizusteuern. Befragt, wann er selbst aus der Schule heimgekommen sei, verstieg sich der Zeuge im Anschluß an die gewünschte Auskunft zu einer phantastisch anmutenden Behauptung.

»Um halb eins«, gab er Bescheid. Und dann: »Seitdem hock ich hier herum wie im Käfig und mach Hausaufgaben.«

Hausaufgaben! Welch dreiste Lüge! (Ein Blick auf den mit Büchern, Heften und Zetteln übersäten Eßtisch belehrte den Kommissar gleichwohl eines besseren.)

»Bei dem Krach?«

Rocky Frankenstein kippte schier um.

»Krach? Wieso Krach? War's denn laut?«

»Mensch, Rocky!« sagte der Kommissar unwillkürlich.

Hinter der Stirn des Knaben begann es zu ticken.

»Ach so ... Deshalb hat der Opa von nebenan pausenlos gegen die Wand gedonnert ... Ich hab schon gedacht, der hat's drauf abgesehn, daß ich in Mathe einen Riesenscheiß bau! Wie soll man da arbeiten? Ich hab schon drüben klingeln und fragen wollen, ob er sie nicht alle beisammen hat ... Ehrlich, Sheriff, ist so was erlaubt?«

Herr Pfundt stand offenen Mundes im Türrahmen.

Caspary räusperte sich und zielte mit dem Zeigefinger mitten aufs Herz (?) des Delinquenten.

»In Zukunft *con sordino*, verstanden?« knurrte er.

Rocky Frankenstein schüttelte verdutzt das Engelsgelock.

»Con was?«

»Mit Dämpfer. Nie gehört, oder?«

Das Karnickelgrinsen brach wieder durch die aufgelockerte Bewölkung.

»Aye, aye, Sir. Alles klar auf der ›Andrea Doria‹.«

Auch wenn es Herrn Pfundt ganz und gar nicht einleuchtete: Die pädagogische Strafe des Kommissars bestand darin, zu verschweigen, daß Rocky Frankenstein beinahe in einen echten Mordfall verwickelt worden wäre.

Auch im vierten Stock ließ sich am Treppenabsatzfenster nichts feststellen.

»Packen Sie zusammen«, sagte Caspary zum glattrasierten Kollegen von der Spurensicherung.

Während sie auf den Fahrstuhl warteten, zündete sich der Kommissar, ganz in Gedanken, eine Zigarette an.

Was jetzt?

Während die Kabine abwärtsglitt, hatte der Hausmeister einen schweren Innenkampf auszufechten. Herr Caspary, Mieter, von Beruf Kriminalkommissar, rauchte im Aufzug, und das war verboten. Er starrte sogar das betreffende Schild an.

Herr Pfundt besiegte sich selbst und schwieg.

Unten am Hauseingang wartete der Schnurrbärtige und meldete: »Das Türschloß der Wohnung Strobl ist völlig intakt. Wurde nicht gewaltsam geöffnet. Im Treppenhaus keinerlei zweckdienliche Spuren.«

Na schön. Dann hatte also ein Gespenst geschossen.

Kapitel

5

Mittlerweile konnte er auch wieder deutsch. Der französische und der bayrische Akzent hielten einander ungefähr die Waage.

»Ich heiße übrigens ...« (Sollte er? Und wenn sie lachte? *Je m'en fiche,* dann war's eben gleich wieder kaputt.) »Ich heiße Gustave Guillaume Conrade Mbuokwandengi.«

Sie lachte überhaupt nicht; sie war über die Maßen beeindruckt. Sie berührte mit dem linken Zeigefinger ihre Nasenspitze.

»Gustave«, wiederholte sie, »Guillaume ...«

»Conrade«, half er aus, ein wenig geniert.

»Ja, richtig!«

»Mbuokwandengi.«

Gegen Lächeln hatte er nichts einzuwenden, wirklich nicht; und gegen ihres schon gar nicht.

»Ich fürchte, das muß ich erst eine Weile üben ...«

»Einverstanden. Und Sie?«

»Ich? Ach so ...« Sie schob das locker herabfallende Haar mit dem linken Handrücken über die linke Schulter zurück. »Ich heiße Alice Herzog.«

»Enchanté«, sagte er ganz formell, sogar mit einem Hauch von Verbeugung. Dann deutete er auf die von innen spiegelverkehrt sichtbare Aufschrift am Schaufenster. »Herzog – La Duchesse ... Muß ich Sie mit Euer Gnaden anreden?«

Sie schüttelte den Kopf, und die ersten vorwitzigen Strähnen wagten sich schon wieder über die linke Schulter.

»Alice genügt.« Ein rascher Blick aus den geradezu erschrekkend blauen Augen. »Wenn Sie wollen.«

»Ich will.«

»Also abgemacht. Und wie nennt man Sie? Bei Ihnen gibt's ja massenhaft zur Auswahl. Gustave, Guillaume, Conrade ...«

Nun wäre er am liebsten in den Boden versunken, aber es half nichts – er mußte durch den brennenden Reifen springen. (Wieso eigentlich? Warum log er nicht einfach? Warum zwang er sich lieber zu einer Aufrichtigkeit, die ihm peinlich war?)

»Fittipaldi«, gestand er mit seiner Veloursstimme.

»Was?«

Verlegen fuhr er sich ein paarmal mit dem Handteller übers Kraushaar, als wollte er Shampoo einreiben.

»Das ist so ...«

Alice Herzog akzeptierte zwar die Hintergrundstory, aber den Spitznamen – unmöglich, den akzeptierte sie auf gar keinen Fall. Fittipaldi – nein, das kam überhaupt nicht in Frage. Was hatte er mit einem brasilianischen Automobilweltmeister der frühen siebziger Jahre gemein?

(Fittipaldi ersparte sich den Hinweis, daß er nicht einmal einen Führerschein besaß; jedenfalls keinen deutschen.)

»Wir werden schon etwas finden«, meinte sie zuversichtlich. Dann, abermals mit dem linken Zeigefinger ihre Nasenspitze berührend: »Wieso heißen Sie eigentlich Conrade?«

Er rollte die Augen.

»Nach Adenauer.«

»Ach! Und Guillaume?«

»Nach Kaiser Wilhelm.«

»Nein! Als Franzose?«

»Ich bin kein Franzose.«

»Hm ... Und – lassen Sie mich, warten Sie, ich komm von selber drauf! – Gustave?«

Er holte tief Luft und betete herunter: »Nach dem Afrikaforscher Doktor Gustav Nachtigal, der 1884 Togo im Auftrag von Bismarck unter die Schutzherrschaft des damaligen Deutschen Reiches gestellt hat.«

Uff! Er verspürte Lust, sich die Handflächen wieder an den Hosenbeinen abzuwischen, aber er traute sich nicht.

Sie zog die Brauen zusammen.

»Togo?«

Er nickte.

»Ich komme aus Lomé. Das ist die Hauptstadt.« Er hatte das Gefühl, aufhören zu sollen, aber es ging nicht, er hatte plötzlich den ganzen heimatlichen Mief in der Nase, konnte ihn riechen, beinahe mit Händen greifen. »Meine Leute, wissen Sie, meine Familie, die empfinden alle ungeheuer deutsch. Die haben damals – das muß mein Urgroßvater gewesen sein – von Anfang an mitgemacht. Ich weiß nicht, ob das gut war. Heute spricht man so viel von Kolonialismus ... Ganz richtig. Aber mein Großvater zum Beispiel, seinerzeit, da war er jünger als ich heute, der war im Ersten Weltkrieg Soldat bei der deutschen Schutztruppe, der kriegt heute jeden Monat aus Bonn eine Pension. Nicht viel, aber es treibt ihm jedesmal die Tränen in die Augen. Deshalb die Vornamen ... Nur daß es eben französisch sein mußte, Frankreich hatte die Treuhandschaft, auch der Pfarrer war ein Franzose, wir sind alle katholisch ... Na ja, ich mehr so pro forma. Deshalb haben sie mich auch nach Deutschland zum Studieren geschickt, nicht nach Paris, wie die meisten ... Ich weiß nicht, vielleicht wär's gescheiter gewesen, sie hätten mich nach Paris geschickt. Mein Großvater war Maurer«, setzte er unvermittelt hinzu. »Mein Vater hat eine kleine Baufirma. Ich bin die Krönung von drei Generationen – ein verkrachter Architekturstudent.«

Auch jetzt schob sie wieder das Haar mit dem linken Handrücken über die linke Schulter zurück.

»Entschuldigen Sie, Fr– ...« Er biß sich auf die Unterlippe, Fehlstart, noch mal: »Alice.«

Ganz einfach, oder?

»Hm, hm, hm«, machte sie, wandte sich ab und versetzte den Drehständer mit den Seidentüchern in wilde Rotation.

Er sah ihr Profil in einem Spieglein an der Wand. Ihre Nase, die hatte es ihm angetan: schmal, ein wenig vorgewölbt, aquilin ... So apart, so exotisch! Nicht wie er – plattgedrückt. So einen Knollen hatte daheim fast jeder.

»Mir scheint, ich sag einstweilen doch lieber Fittipaldi zu Ihnen.« Sie stand wieder vor ihm. »Ziemlich kompliziert, das alles. Nimmt einen richtig mit. Soll ich uns einen Kaffee kochen?«

»Das wäre fabelhaft.« Er leckte sich mit seiner bemerkenswert rosa Zunge die Lippen. »Hauptsache, Sie gewähren mir Asyl, bis es dunkel wird, damit mich« – die Verloursstimme kratzte jetzt ein bißchen –, »damit mich die Polizei nicht erwischt, Alice. Bitte. Ja?«

Das Glockenspiel bimmelte ›Kein Anschluß unter dieser Nummer‹.

»Kundschaft«, flüsterte Alice Herzog.

Merde, dachte Gustave Guillaume Conrade Mbuokwandengi.

Kapitel 6

Oberinspektor Gregor Ohm, der gemütliche, behäbige, durch nichts aus der Ruhe zu bringende Zweizentnermann (aber wehe, wenn er zum Sprint ansetzte, da hatte kein Ausreißer eine Chance!), der pfundige Onkel des Dezernats (in früheren Jahren bayerischer Polizeimeister im Schwergewichtsboxen ...), der prompt jedem einen Zehner pumpte, der ihn darum anging, ihn aber ebenso prompt zum vereinbarten Termin wieder zurückverlangte – Ohm Gregor also fühlte sich sozusagen in seinem Element. Mit einfachen Leuten reden, sich ›unters Volk mischen‹ (Blödsinn! Hatte er sich je davon abgesondert?), scheinbar nebensächliche Kleinigkeiten zusammenklauben – das lag ihm, das kam ihm entgegen, das machte richtig Spaß. Und wenn er erst pensioniert war (Zeit genug, nicht so hastig!), das nahm er sich ernstlich vor, dann würde er jeden Tag so einen Markt erkunden, kreuz und quer und von allen Seiten.

»Und was darf's für Sie sein?«

Als Meister Gundolff, mit Vornamen Melchior, von der Registrierkasse aufblickte, schwante ihm gleich, es würde sich nicht um Backwaren drehen.

»Eine Auskunft, wenn's recht ist.« Ohm Gregor zückte den Dienstausweis. »Kriminalpolizei.«

Die dralle Sieglinde ließ eine Nußroulade fallen und sagte altmodischerweise: »Heilige Muttergottes!«

»Sie haben ihn doch gekannt, den Pichler?« fragte Ohm Gregor so beiläufig, daß es fast schon wieder auffiel.

Er hatte mit seiner Aktion, weil's egal war, ganz einfach am Nachbarstand begonnen: einem zum Bäckerladen umgebauten

Wohnmobil mit abgetrennter Fahrerkabine.

»Ja, schon«, sagte Sieglinde eifrig, »aber gemerkt haben wir rein gar nichts davon hier drin. Erst wie die eine Frau nebenan geschrien hat und die Leute zusammengelaufen sind ...« Auf einmal begann ihre Stimme zu zittern. »Ich hab's gar nicht glauben wollen.«

Sie wischte sich mit dem Ärmel des weißen Kittels über die Augen.

»War er heut irgendwie anders als sonst, der Pichler?«

Sie schüttelte den Kopf und schluchzte kurz auf.

Meister Melchior hatte all dies mit gerunzelter Stirn beobachtet. Jetzt stülpte er die Lippen vor und gab einen schmatzenden Laut von sich. Ohm Gregor schaute ihn überrascht an.

»Sieglinde, du machst hier weiter, ich bin gleich wieder da«, gebot der Bäckermeister. »Aber daß du dich nicht verzählst!« Und zum Oberinspektor: »Kommen S' doch bittschön mal zur Hintertür, Herr Nachbar.«

Schon griff er nach der Klinke.

Ohm Gregor trabte also zur Hintertür, wo Meister Melchior ihn schon erwartete.

»Ich muß Ihnen unter vier Augen was sagen«, fing er sofort an. »Die Kundschaft braucht's ja nicht zu hören. Und das Dirndl ... Das hat Zeit bis daheim, heut abend!«

»War da was mit dem Pichler?« platzte Ohm Gregor heraus, der ansonsten Umwege richtiggehend genoß.

»Passen S' auf, der Pichler, der Anderl, das war ein ganz großer Bazi, ein ausgschamter. Der hat mitgenommen, was er hat kriegen können. Der hat keine Gelegenheit auslassen.« Er schnaubte. »Und das Dirndl – ich sag's, wie's ist – erwartet was Kleines.«

Der Oberinspektor dachte, ihn trifft der Schlag. Auf Anhieb fündig geworden! Wo gab's denn so was?

»Und der Pichler ...« vergewisserte er sich.

Meister Melchior Gundolff kratzte sich am Kinn.

»Entweder der«, druckste er plötzlich herum, »oder der Hanusch, der Wolfgang, der Käsbub, der windige.« Ein gequälter Ausdruck trat auf sein Gesicht. »Wenn ich das wüßt ... Ich könnt sie derschlagen, alle beide.«

Ohm Gregor seufzte und räusperte sich zugleich.

»Na, den einen hat's ja schon erwischt!«

Der Bäckermeister erschrak und wurde so weiß, wie sein Kittel gestern noch gewesen war.

»Nix für ungut, Herr Nachbar, ich ... Ich hab verkauft, wie's passiert ist, da drin!« Er pochte an die Außenwand seines Gefährts. »Das kann meine Tochter bezeugen, und andere können das auch!«

Ohm Gregor winkte ab.

»Schon gut. Ich glaub's Ihnen ja ...«

Am Käsestand war gerade nichts los. Der Oberinspektor wies sich aus und begann mit den üblichen Fragen: Wo man zur Tatzeit war, ob man irgend etwas bemerkt hatte, und sei's noch so belanglos nach außen hin.

»Tja, hier natürlich, wo denn sonst?« antwortete der Sohn wie aus der Pistole geschossen.

Er hatte ein Vollmondgesicht, der Wolfgang; es hätte sich ohne viel Mühe aus einem der ausliegenden Camemberts nachformen lassen; mit Augen aus Gorgonzola, einem Mund aus der Rinde vom Edamer und Ohren aus Olmützer Quargeln; die Stupsnase konnte man vergessen.

Mutter Hanusch entfuhr ein Glucksen, aber offenbar nicht aus Heiterkeit, nach ihrer Miene zu schließen.

Ohm Gregor schaute vom einen zur anderen.

»Sie möchten da gern widersprechen?«

»Wieso denn?« begehrte der Sprößling auf.

»Wolfgang ...«

Der Oberinspektor verlegte sich – was erfahrungsgemäß auch keine schlechte Methode war – aufs Zuhören.

»Was hast denn, Mama?«

»Weil's doch wahr ist ...«

»Geh weiter, Mama, was soll denn wahr sein?«

»Wolferl, gib's halt zu! Wie schaut denn das nachher aus, wennst einer Lüge überführt wirst ...«

»Einer Lüge überführt!« (Gezwungenes Lachen.) »Geh, red

doch nicht so gschwollen daher, Mama!«

»Dann sag's halt ich. Der Wolferl war um die Zeit in der Wirtschaft drüben; ein Bier trinken.«

Ohm Gregor wandte sich an den Wolferl, auf dessen Wangen rötliche Flecken sichtbar wurden.

»Im Wienerwald?«

»Kann schon sein«, brummte er; irgendwie klang es fast weinerlich. »Ich hab nicht auf die Uhr geschaut.«

»Na also«, meinte Ohm Gregor. »Das ist ja kein Verbrechen. Ob sich wohl jemand an Sie erinnert?«

Wolfgang Hanusch zuckte die Achseln.

»Siehgst, jetzt ist es heraußen, jetzt hast nix mehr zu befürchten«, tröstete ihn die Mutter.

»Das glaubst du, Mama«, brummte der Sohn und schob sich ein Stück Appenzeller in den Mund.

Arme Sieglinde, dachte der Oberinspektor.

Im *Wienerwald* herrschte Hochbetrieb wie sonst nie um diese Stunde. Vor allem in der sogenannten Gassenschenke. Marktleute, Kunden, Lieferanten. Einziges Gesprächsthema war der Mord am Würstlmann Pichler Andreas. Man war sich einig: So ganz geheuer war er ihnen allen nie gewesen, der Anderl. (Gott hab ihn selig. So schnell kann's gehn. Ja, ja.) Wer's getan haben könnte, darüber redete man – sonderbar, nicht? – eigentlich am wenigsten.

Als Ohm Gregor eintrat, erzählte Herr Pfundt – bekanntlich entging ihm nichts – gerade, wie er dem Kommissar – »der Flori halt, ihr wißt's schon, der wohnt da seit Jahren mit seiner Tante, die führt ihm den Haushalt, also da könnt ich drauf verzichten« – bei unerläßlichen Ermittlungen hilfreich zur Hand gegangen war.

»Gibt's eine Belohnung für die Ergreifung des Täters?«

»Kruzitürken, das hab ich gar nicht gefragt ... Ach was, schwoab'mer's obi, oder, wie der Preuße sagt: Spülen wir es hinabwärts!«

Ein tiefer Zug aus dem Glas.

Als Oberinspektor Ohm sein Inkognito lüftete, hätte der

Hausmeister – »Teifi, der war mir gleich so verdächtig!« – sich lieber verkrümelt, aber die Neugier hielt ihn zurück.

»Was? Der Kästandler? Da legst dich nieder!«

Der Schankwirt bestätigte, ja, den Wolfgang Hanusch habe er heute schon gesehen, aber ob er um die Tatzeit noch hiergewesen sei, nein, das könne er nicht mit Sicherheit behaupten.

»Wär schon möglich ...«

Zwei der Anwesenden glaubten sich zu erinnern, zwei weitere widersprachen heftig. Die restlichen hatten sich erst eingefunden, nachdem der Schuß gefallen war, den im übrigen keiner gehört oder nicht als solchen identifiziert hatte.

»Möchten S' auch eine Halbe?«

Ohm Gregor hing die Zunge danach heraus.

»Geht nicht. Leider. Im Dienst. Pfüat euch, Leut.«

Das Vertrauen der Basis in unseren Rechtsstaat hinterblieb gekräftigt. Übereinstimmend: »Solche wie den sollt's mehrerne geben bei der Polizei, dann täten mir fei anders dastehn mit denen Terroristen!«

Am Metzgereistand – auch er auf fest blockierten Rädern – hatte der Umsatz mittlerweile schon wieder etwas angezogen.

Der Oberinspektor reihte sich brav ins zweite Glied der wartenden Kundschaft ein. Meist Hausfrauen, über die er natürlich prompt hinwegschauen konnte.

Für Rosi Schulz genügte ein Blick.

»Gell, Sie sind von der Kripo?«

Ein Dutzend Augenpaare schwenkten auf den armen Ohm Gregor ein, dem das entsetzlich peinlich war.

»Woher wollen Sie das denn wissen?«

»So was sieht man halt ...«

Die Leute hatten ganz automatisch Platz gemacht. Auf einmal stand er in der ersten Reihe, und das Geschäft war ins Stocken geraten. Alles starrte.

»Lassen Sie sich von mir nicht stören, Herrschaften!«

Er grinste nach allen Seiten und kam sich dabei vor wie ein Affe im Zirkus.

»Geht's um was Bestimmtes?« erkundigte sich Rosi Schulz,

und zwar so, daß nur ja alle es hören konnten.

»Eigentlich schon«, sagte der Oberinspektor und musterte das Angebot mit geradezu amtlicher Miene. »Ich hätt gar zu gern ein halbes Pfund Leberkäs, nur so, gleich hier zum Essen, bevor ich umfall.«

Beifälliges Gemurmel, vereinzeltes Gelächter. Na, wenigstens ist der Auftritt ein Erfolg, tröstete er sich.

»Dann müssen Sie sich aber, bittschön, zu mir herüberbemühn!« meldete sich da innerlich triumphierend Resi Scholz, der das Wurstwarendezernat unterstand, vom anderen Ende der Theke.

»Öha!« Und zur Nachbarin zur Rechten: »Tschuldigung ... Täten Sie mich vorbeilassen? Dankeschön ...«

Resi Scholz hatte schon ein gehöriges Trumm abgesäbelt und präsentierte es Ohm Gregor auf einem Blatt fettundurchlässigen Einwickelpapiers. »Möchten Sie was dazu?«

Er schüttelte den Kopf, schon im Abbeißen begriffen.

»Dann darf ich weiterbedienen?«

Er nickte, bereits mitten im Kauen.

Nachdem er bezahlt hatte, fragte er, eine momentane Flaute ausnützend: »Von wo hat eigentlich der Pichler seine Würstln bezogen? Von euch?«

Die Mienen der beiden Verkäuferinnen verdüsterten sich schlagartig.

»Von uns ganz bestimmt nicht«, sagte Resi Scholz, und es klang fast feindselig.

»Aha. Und ihr schmeißts den Laden da ganz allein, ihr zwei Hübschen?«

Die Mienen der beiden Verkäuferinnen hellten sich ebenso schlagartig wieder auf.

»Nur ausnahmsweise«, gab Rosi Schulz Bescheid. »Solang der Chef mit seinem Katarrh daheim im Bett liegt. Hoffentlich bleibt's noch eine Weile so.«

»Aha.« Er wischte sich den Mund ab. »Gut hat's geschmeckt. Alsdann – auf Wiedersehn«, verabschiedete sich Ohm Gregor und meinte es wörtlich.

Kapitel 7

Er saß jetzt doch auf dem Zwergsofa unter den drei aufgespannten Regenschirmen. Es war nicht in seine Einzelteile zerfallen, und diese erstaunliche – auch: ein bißchen beunruhigende – Person mit Namen Alice (›la Duchesse‹) Herzog hatte offenbar keine Angst davor, daß er oder seine Kleidung abfärbten. (Hinsichtlich letzterer hegte er selbst allerdings gewisse Zweifel.)

Die Kundschaft – eine skandinavisch wirkende Blondine leptosomen Zuschnitts – war nach einigen Auswahlkrämpfen dann doch mit einem Poncho (angeblich echt Lamahaar) wieder abgezogen, und Alice hatte den versprochenen Kaffee gekocht. Zu diesem Zweck war sie hinter der rechten Portiere aus türkisfarbenem Samt verschwunden. (Hinter der linken vermutete er die sanitären Einrichtungen, und bei passender Gelegenheit würde er wohl auch darauf zu sprechen kommen müssen.)

Dann hatte Alice – mit dem linken Fuß – ein Tischchen mit marokkanisch gehämmerter Kupferplatte herangezogen, darauf ein fernöstlich lackiertes Tablett abgesetzt und aus einem zierlichen Kännchen schwarzes Gebräu in noch zierlichere Täßchen eingegossen. Es war alles ungeheuer stilvoll, aber auch wohltuend.

Jetzt hockte sie vor ihm auf einem von diesen zweckentfremdeten Kamelsätteln, die anscheinend niemals ausstarben, und bedachte ihn mit einem geradezu bis zur Unerträglichkeit hinausgezögerten Blick aus diesen Augen, deren Blau jedes menschliche Maß schier überstieg.

Der Kaffee schmeckte wie blankes Gift.

Von seinem (voreiligen?) Hinweis, er lege keinen Wert darauf, von der Polizei geschnappt zu werden, war seither nicht mehr die Rede gewesen.

»Das ist nämlich so«, fing er unvermittelt an und machte eine raumgreifende Geste, »hier war früher – noch vor zwei Jahren – eine Kneipe.«

»Ich weiß.« Alice hielt ihm ein Zigarettenpäckchen hin.

»Möchten Sie? Zum Kaffee gehört's eigentlich dazu.«

Er wagte nicht, nach seinem zerknitterten Gauloises-Päckchen zu fummeln, bediente sich also. Peinlicherweise war sie auch mit dem Feuerzeug schneller als er.

»Danke.« Er paffte. Das Zeug schmeckte nach weniger als überhaupt nichts. »Ja. ›Black Panther‹. Sie haben das Lokal gekannt?«

Sie schüttelte den Kopf hinter Qualmschleiern.

»Nur davon gehört, als ich eingezogen bin.«

»Drum. Wär auch nichts für Sie gewesen.«

»Meinen Sie?«

»Mit Nachdruck. Ich war in dieser Kneipe nämlich jeden Abend. Sozusagen engagiert. Als Black Panther zum Vorzeigen.« Er grinste flüchtig. »Das heißt, eigentlich nur als Klavierspieler.«

»Ach?«

»›Stardust‹, ›Laura‹, ›Blue Moon‹, die alten Schmachtfetzen ... Geräuschkulisse. Aber schön. Oder?«

(Als hänge von ihrer Zustimmung alles weitere ab.)

Sie lächelte, nickte, nippte Kaffee.

»Ich hab das Geld gebraucht«, fuhr er fort. »Student und so weiter ... Eines Abends war dann plötzlich die Polizei da. Razzia. Alles auf den Kopf gestellt.«

»Und – nichts?« fragte sie, als er schwieg.

»Im Gegenteil! Rauschgift. Heroin oder so was ... Ich kenn mich da nicht aus. Nicht viel, nur ein Beutel. Und raten Sie mal, wo!«

Sie zuckte die Achseln.

»Im Klavier. Innen drin. Mit Klebeband festgemacht. Warum lachen Sie nicht?« (Fast vorwurfsvoll.) »Sie sind der erste Mensch, der bei dieser Geschichte nicht lacht ...«

»Weil ich ahne, was kommt«, sagte sie.

»Und zwar?«

»Mit dem Rauschgift hatten Sie nichts zu tun?«

»Überhaupt nichts.«

»Aber abgeschoben hat man Sie trotzdem. Arbeit gegen Entgelt ohne Arbeitserlaubnis. Unerwünschter Ausländer. Husch,

husch, in die Heimat!«

»Genau.« Er ließ den Kopf hängen. »Scheiße. Verzeihung.«

»Armer Fittipaldi«, sagte sie mit ihrer leicht aufgerauhten Altstimme, und es hatte die gleiche Wirkung wie Streicheln mit kühlen Fingerspitzen.

»Aber da bin ich wieder.« Er richtete sich langsam auf. »Seit gestern bin ich wieder da. Reinen Tisch machen. Ich will weiterstudieren, Herrgott noch mal! Irgendwie muß ich doch meine Unschuld beweisen können!«

»Nach zwei Jahren?«

»Auch schon was ... Jawohl!«

»Hm.« Offenbar berührte sie, wenn sie nachdachte, unwillkürlich ihre Nasenspitze mit dem linken Zeigefinger. »Und Sie sind also illegal eingereist?«

»Ja.« Er drückte die Gleich-Null-Zigarette aus. »Von gestern auf heute habe ich bei einem alten Bekannten übernachtet. Dem damaligen Pächter der Kneipe, Koch von Beruf. Heute hat er eine Wurstbraterei ... Hatte«, verbesserte er sich. »Hatte. Ich wollte gerade ein Paar Würstl mit Senf essen, da hat ihn jemand von irgendwoher, von irgendeinem Fenster aus, vermute ich, erschossen. Einfach niedergeknallt.«

Sie hob die Brauen.

»Jetzt bedenken Sie mal, was mit mir passiert, wenn irgend so ein Polyp mich auf der Straße anhält!«

Sie schob – auch diese Bewegung war ihm schon vertraut – widerspenstige Haarsträhnen mit der linken Hand über die linke Schulter zurück.

»Verzeihen Sie«, sagte er. »Verzeihen Sie bitte, Alice.«

Wieder so ein fast melancholisches Achselzucken.

»Was gibt's da zu verzeihen? Man hat's nicht leicht. Was wollen Sie? Schauen Sie *mich* an. Ich bin Jüdin. Schlimm genug. Und außerdem noch Linkshänderin. Können Sie sich das vorstellen?«

Er konnte es sich nicht vorstellen, aber er war – ja, was? Auf eine unbegreifliche Weise fasziniert.

»Ich glaub, ich nenne Sie doch lieber Gustl, wenn Sie schon so heißen«, sagte Alice.

Kapitel

8

Die Anschrift wußten sie aus Pichlers Führerschein, der – neben allerhand unwichtigem, aber trotzdem sorgsam registriertem Kram – bei dem Toten gefunden worden war.

»Unterfranzing«, murmelte der Kommissar ganz leise, mehr für sich. »So was Deppertes. Unterfranzing. Nie gehört. Wo fahren Sie denn hin?« fragte er plötzlich alarmiert.

Ohm Gregor, wieder am Steuer, bog bei der Eisenbahnunterführung ziemlich scharf nach rechts ein, um auf der Menzinger Straße zu bleiben. Die Reifen hatten ein bißchen gequietscht, kein Grund zur Besorgnis.

»Nach Unterfranzing, denk ich«, sagte er dann.

»Aber hier geht's nach Untermenzing«, wandte Caspary ein. »Das ist etwas anderes.«

»Vollkommen richtig«, bestätigte Ohm Gregor. »Dahinter kommt Allach, und nordwestlich davon ist Unterfranzing. Sie können mir's glauben.«

»Nordwestlich von Allach? Im Dachauer Moos?«

»Knapp davor.«

Der Kommissar wollte nicht schon wieder ›Auch das noch‹ sagen. Aber es lag ihm auf der Zunge.

»Gehört das überhaupt noch zu München?« erkundigte er sich statt dessen mißtrauisch.

»Grad noch!« Man wußte bei Ohm Gregor nie, ob er lachte oder hustete. »Irgendwann eingemeindet.«

»Also, in Gottes Namen, fahren Sie zu.«

Caspary lehnte sich zurück und schloß die Augen.

Als er sie wieder aufschlug, war man fast schon am Ziel. Einöde rechts und links. Hochspannungsmasten. Der Kommissar hatte geträumt, er singe den Scarpia (Tosca, Puccini) unter der Stabführung von Leonard Bernstein. (Warum sang er im Traum niemals Tenorpartien?) Und jetzt das da. Unscheinbare Wiesen, Sumpfdotterblumen oder dergleichen; ein Bach, ein paar Weidenbäume. Na ja.

Die tristen dörflichen Häuser mit den Satteldächern versetzten ihn auch nicht in Entzücken.

Buschwindröschenweg 1 war am Ortsausgang. Ohm Gregor bremste scharf und, wie üblich, in letzter Sekunde. Weit und breit keine Spur von Buschwindröschen. Dafür ein kleines Anwesen, offenbar ziemlich heruntergekommen.

Schiefer Zaun mit größeren Lücken. Das Haus etwas in die Breite gezogen, ebenerdig, mit ausgebautem Dachgeschoß. Darauf zwei Fernsehantennen. Außerdem zwei Eingänge, unmittelbar nebeneinander, jeder mit separatem Briefkasten.

Sie stiegen aus. Schritten über einen Trampelweg inmitten von mickrigem Gras. Wichen den Pfützen aus, die noch vom Regen der vergangenen Woche übrig geblieben waren. Standen schließlich vor den beiden verwitterten Haustüren, von denen die letzten Reste ehemals grüner Farbe demnächst abblättern würden.

Auf den linken Briefkasten hatte jemand in ungelenken Versalien MAYR draufgepinselt; am rechten klebte eine Karte mit dem verwaschenen Namen *Pichler*.

Caspary klopfte an die pichlerseitige Tür. Erfolglos.

Als Ohm Gregor – mit äußerster Diskretion zwar, wie ihm schien, aber eben doch: mit der Faust – gegen die Mayr-Tür schlug, ging diese von selbst nach innen auf und knarrte.

»Mit Ihnen hab ich noch nie einen Nachschlüssel gebraucht«, sagte der Kommissar wie nebenbei.

Plötzlich erschien im Türrahmen – Gott weiß, woher – eine Frau, so um die vierzig herum, und sagte: »Wenn Sie zu meinem Bruder wollen, das wird nämlich nicht gehn. Der ist tagsüber immer unterwegs.«

Ums Kinn und um die Hinterbacken hatte sie eine gewisse Ähnlichkeit mit einem Pferd. Sie trug eine farblose Strickjacke, einen farblosen Rock und braune Gummistiefel. Um das Haar ein ausgebleichtes Baumwolltuch.

»Sie sind also dem Andreas Pichler seine Schwester?« erkundigte sich der Oberinspektor gewissenhaft.

»Ja, freilich. Die Elfriede, verehelichte Mayr. Wieso?«

Als hätten sie sich verabredet, zückten beide Beamten gleichzeitig ihren Dienstausweis.

»Wir müßten was mit Ihnen besprechen, Frau Mayr.«

»Polizei?« Sie riß die Augen auf, wie sie's hundertmal im Film gesehen hatte. »Ist was mit dem Anderl?«

»Täten Sie uns, bittschön, hineinlassen?«

Die gute Stube – als solche am Fernsehgerät zu erkennen, das diagonal die eine Ecke beherrschte – war ziemlich niedrig. Bestückt mit Möbeln aus, na, aus den fünfziger Jahren oder so: Nierentisch, Tütenlampe mit Schwenkarm, nylonbeplüschte Polstersesselchen. Eine riesige Zimmerlinde verstellte den Ausblick aus dem einen Fenster. Vielleicht glücklicherweise. Aus dem anderen sah man auf einen Holzschuppen, der sich an eine Garage neueren Datums lehnte. (Jedenfalls war der Verputz noch dran.) Irgendwo krähte ein Hahn.

Nachdem sie erfahren hatte, was ihrem Bruder zugestoßen war, löste Frau Elfriede, die verehelichte Mayr, den Knoten des Kopftuchs, nahm es ab und legte es vor sich auf den Tisch. Dazu schüttelte sie das plattgedrückte Haar, letzteres ebenfalls farblos. (Der Kommissar hatte einen Moment lang erwartet, sie würde kahl sein wie ihr Bruder. Anschließend schalt er sich makaber.)

Dann sagte sie: »Entschuldigen Sie, wie ich ausschau. Ich hab grad unsere Hühner gefüttert.«

Es wurde – mit leichtem Befremden zwar, doch mit verständnisvoller Miene – zur Kenntnis genommen.

Dann sagte sie: »Das ist doch nicht möglich!« (Wie sie's hundertmal im Film gehört hatte.) Und: »Wer soll denn den Anderl ermordet haben? Erschossen?«

»Wir wissen's nicht«, sagte Caspary.

»Noch nicht«, ergänzte Ohm Gregor, irgendwie drohend, wie er es – wie oft? – im Film gesehen und gehört hatte.

Dann sagte sie: »Jetzt fang ich doch noch an zu plärren ...«, griff nach dem eben abgelegten Kopftuch und schluchzte – allerdings lautlos – hinein.

Und dann kam sie ganz von selbst ins Erzählen. Es bedurfte kaum eines Anstoßes.

»Das Haus, das gehört nämlich uns beiden gemeinsam, dem Anderl und mir. Da sind wir aufgewachsen. Da haben schon die Eltern drin gewohnt. Unser Vater, der hat seinerzeit sogar noch richtig eine Landwirtschaft betrieben, eine kleine, nur ein paar Felder, ein paar Schweine ... Das war schon damals kein Honiglecken. Heutzutage rentiert sich so was ja überhaupt nicht mehr. Der Jakob, was mein Mann ist, der arbeitet im Ort drin beim ›Altwirt‹ in der Metzgerei, da, wo auch der Anderl seine Würstln her hat, fürs Geschäft ... Ach Gott, ja, das ist auch so eine Geschichte ... Kann ich Ihnen irgend etwas anbieten, die Herren? Einen Kaffee oder so?«

Die Herren schüttelten synchron den Kopf.

»Der Jakob und der Anderl, die haben sich nämlich nie so recht miteinander vertragen. Die haben sich einfach nicht riechen können. Schon ganz von Anfang an. Wie ich damals, knapp volljährig, den Jakob geheiratet hab, weil die Steffi schon unterwegs war, und hab gesagt, wir werden hier wohnen, weil's ja schließlich auch mein Haus ist, da hat der Anderl Zeter und Mordio geschrien und drauf bestanden, daß es geteilt wird, richtig abgeteilt in zwei Hälften, jede mit einem eigenen Eingang. Bis zum Advokaten ist er gegangen, damit er nur ja jede Möglichkeit ausschöpft, solang's ihm rechtmäßig zusteht. Ganz genau die Hälfte hat er haben müssen, kein Fleckerl weniger, nicht für eine Million hätt er uns was abgetreten, wo er's doch überhaupt nicht gebraucht hat, wo er doch immer allein da gewohnt hat, und wir waren zu zweit, und nach vier Monaten ist dann die Steffi auf die Welt gekommen, da waren wir sogar zu dritt, und später auch noch die beiden Buben, der Hansi und der Klaus, da waren wir dann fünf, und er noch immer Junggeselle und sowieso beinah die ganze Zeit irgendwo in der weiten Welt.«

Sie tastete die beiden Taschen der Strickjacke ab, fand nichts, und schneuzte sich pro forma in das Kopftuch, das sie sich anschließend unters Gesäß schob.

»In der weiten Welt?« fragte der Oberinspektor.

»Damals war er ja noch Schiffskoch«, fuhr Elfriede Mayr fort. »Es hat ihn nicht gehalten, daheim, den Anderl, der hat ja unbedingt fort müssen, zur See fahren. Schon als Bub hat er angeblich davon geträumt. Er ist – er war – wir waren zehn Jahre auseinander, er der Ältere.«

Stocken, Schlucken.

»Soso, Schiffskoch«, meinte der Kommissar.

»Auf irgendwelchen Frachtern. Mal nach Afrika, mal nach Ostasien, immer woandershin. Und drüben das halbe Haus unbewohnt, nicht mal die Schlüssel hat er uns dagelassen, auch ich hab drüben nicht hinein dürfen, aufräumen oder lüften, die eigene Schwester. Und wir zu fünft, hier herüben, einer stolpert über den anderen.«

»Ja, hat's denn irgendeinen Grund gegeben«, bohrte Ohm Gregor, »für diese – Abneigung? Dieses – Zerwürfnis?«

Elfriede Mayr zuckte die Achseln und strich mit beiden Händen das Tischtuch glatt, obwohl es gar keine Falten aufwies.

»Ich glaub, der Jakob, also mein Mann, mein späterer Mann, denn das muß noch früher gewesen sein, bevor wir uns kennengelernt haben –, also der Jakob hat ihn, glaub ich, immer besiegt, beim Fingerhakeln im Wirtshaus, jeden Samstagabend, jahraus, jahrein ... Vielleicht ist der Anderl sogar nur deshalb Seemann geworden, weil er's nicht hat verwinden können, auf die Dauer ... Nur die Steffi, die hat er irgendwie gern gehabt, schon als ganz kleines Wuzerl, wenn draußen der Kinderwagen gestanden ist, da hat er sich immer so drübergebeugt, und erst wenn jemand von uns sich gezeigt hat, ist er schnell ins Haus gegangen.«

»Die Steffi, das ist Ihre Tochter?« Caspary wartete das bestätigende Nicken ab und fragte dann weiter: »Wie alt ist sie? Was tut sie?«

»Zwanzig«, sagte Elfriede Mayr. »Sie arbeitet in der Stadt, in einem Büro, in einem – wie heißt das? – Immobilienbüro. Als Sekretärin.«

Der Kommissar erfuhr vermittels geduldiger Nachhilfe sogar auch den Namen der Firma: Hugo Wernicke und irgendwelche geheimnisvollen Buchstaben, HG oder OK, die Auskunft über die Art der Firma gaben.

»Ja, die Steffi, das war die große Ausnahme. Der hat er immer Ansichtskarten geschickt, aus Südamerika und von überallher. Die hat sie heute noch irgendwo aufgehoben, in einer Schachtel.

Und wie er dann genug gehabt hat von seinem Ozean, der Anderl, wie er die Kneipe übernommen hat, als Pächter oder so, da hätt er wollen, die Steffi soll dort arbeiten, als Bedienung! Aber da war sie erst fünfzehn oder knapp sechzehn. Da hab ich dem Jakob recht gegeben, daß es besser war, das Dirndl bleibt auf der Handelsschule. Auch wenn sie mir die Ohren vollgeplärrt hat, weil sie lieber Bardame geworden wär bei ihrem Onkel.«

»Eine Kneipe, sagen Sie?« hakte der Oberinspektor sofort nach. »Was denn für eine Kneipe?«

»Ach, irgend so ein Lokal in der Stadt, irgendwo in Schwabing, mehr weiß ich auch nicht. Mit irgend so einem ausländischen Namen. Am Schluß ist es ja dann auch schiefgegangen, das war so ungefähr vor zwei Jahren, und seither zieht der Anderl von einem Wochenmarkt zum nächsten mit seiner fahrbaren Wurstbraterei.«

Plötzlich begann die Standuhr neben der Tür – ein altmodisches Perpendikelgerät, offenbar ererbt – zu stöhnen und gab dann kund, es sei jetzt halb sechs.

»Mei, so spät schon! Da muß ich langsam ans Abendessen denken für den Jakob und die Buben ...«

»Wo sind die denn alle?« erkundigte sich der Kommissar.

»Der Jakob in der Metzgerei, beim Altwirt, und die Buben beim Fußballspielen. Die möchten, scheint's, gar zu gern in die Bundesliga, mit dem FC Unterfranzing ...«

»Und die Steffi, wann kommt die heim?«

»Da fragen Sie mich zuviel.« Elfriede Mayr seufzte gottergeben und stand auf, da auch die beiden Beamten dazu Anstalten trafen. »Die Steffi, die macht, was sie will, und sagt nichts. Die ist schon ganz verstädtert.«

Caspary ärgerte sich maßlos, weil er vergessen hatte, die Schlüssel einzustecken, die bei dem Toten gefunden worden waren. Zur Strafe bekannte er den schmachvollen Tatbestand seinem Kollegen.

»Dem Pichler seine Schlüssel?« meinte Ohm Gregor mit der Miene eines abgefeimten Unschuldslamms. »Das wär gar nicht gegangen, Chef. Die hätten Sie gar nicht an sich nehmen können.«

»Wieso nicht?«

»Weil – die hab nämlich ich.«

Der Vorgesetzte schaute den Untergebenen mehrere Sekunden lang an, ungefähr so, wie er den ›Sendlinger Dampfhammer‹ angeschaut hatte, als dieser mit seinem Widerruf herausgerückt war.

»Also, worauf warten Sie noch?« knurrte er schließlich.

Demgemäß war auch diesmal kein Nachschlüssel vonnöten.

Andreas Pichlers Domizil machte auf grundverschiedene Weise einen ähnlichen Eindruck wie dasjenige seiner Verwandten von nebenan; das heißt: einen eher tristen. Spürte man drüben, wie abgewohnt alles war, wie durchgesessen, ausgebleicht und erneuerungsbedürftig, so störte einen hier das Fehlen menschlicher Wärme. Als müßte man eine Dose mit konzentriertem Mief-Spray versprühen. Die Möbel sahen genauso aus wie auf den Bildern im Katalog: unbenutzt und zu teuer. Alles war furchtbar gediegen und mehrere Nummern zu groß: die Couch, der Ledersessel, das Sideboard. Die Kombination aus Farbfernseher und Video-Recorder: wie die Kommandobrücke eines Raumschiffs. Einige Porno-Kassetten, logisch. Etwa ein Dutzend Schallplatten mit Jodlern und Shanties. Keine Bücher. Keine Bilder. Keine Pflanzen. Auf dem Bretterfußboden ein scheußlicher, irgendwie blutwurstfarbener Teppich.

Wie vorzeitig verwaist, dachte der Kommissar.

Im Erdgeschoß – außer dem Wohnraum – Küche und Bad (auf dem neuesten Stand der Technik) und eine kleine Diele mit steiler Treppe nach oben. Unterm Dach drei Kammern. In der einen das ungemachte Bett: ein verschnörkeltes Monstrum. In den beiden anderen: Wände und grobgezimmerte Borde, vollgepflastert mit Gerümpel aus sämtlichen Breiten. Chinesische Drachen, malaiische Dolche, tansanische Speere, ghanaische Masken, karibische Trommeln und guatemaltekische Götzen. Kokosnüsse, Kaurimuscheln. Ein Bumerang durfte nicht fehlen, ebensowenig ein Schrumpfkopf aus Ecuador. Auch eine Nargileh war selbstverständlich vorhanden. Doch seltsam – in all seiner Fülle, all seiner krassen Fremdheit erzielte das Angehäufte letztlich doch nur einen Kramladen-Effekt. Als wär's hier lediglich gelagert und obendrein keineswegs günstig.

Etwas, was ihnen weitergeholfen hätte, fanden sie nicht, obwohl sie angestrengt suchten. Ohm Gregor klemmte sich eine Mappe mit diversen Papieren (vorwiegend wohl Dokumenten) unter den Arm. Dann schaute er sich noch einmal um.

»Mir gfallt's ja nicht«, meinte er abschließend. »Ich möchte das Zeug nicht geschenkt haben. Mich tät nur eins interessieren. Wo hat der Pichler das Geld hergenommen dafür?«

Kommissar Caspary nickte, nicht minder versonnen.

»Ich glaub, er war kein glücklicher Mensch«, lautete sein Resümee.

Außen an der versperrten Tür hinterließen sie ein amtliches Siegel.

Auf dem Rückweg machten sie Halt im Ort, und zwar vor dem *Altwirt*. Was das Wetter betraf, so hatte sich's irgendwie eingetrübt. Für die Dämmerung war es noch zu früh, aber es sah so aus wie deren Generalprobe. In der Metzgerei brannte bereits das elektrische Licht.

»Lassen Sie nur, ich geh schon«, sagte der Kommissar, als Ohm Gregor den Sicherheitsgurt lösen wollte.

Kein Mensch im Laden.

»Hallo!« rief der Kommissar.

»Ist da wer?« erklang es von irgendwo jenseits der Tür, die nach hinten führte. »Komm schon!«

Ein kleiner Stämmiger mit einer karierten Mütze tauchte auf, in der einen Hand ein riesiges Messer.

»Grüß Gott«, sagte Caspary.

Der andere wartete ab

»Sind Sie zufällig der Herr Mayr?«

Der andere schüttelte langsam den Kopf. Man merkte ihm an, wie enttäuscht er war.

»Der Jackä? Der ist heut nachmittag nicht gekommen«, gab er Bescheid.

»Ach?«

»Nicht daß er mir gefehlt hätt. Ich überleg mir schon, ob ich ihn wirklich noch brauch. Seit's bei uns in Unterfranzing einen Supermarkt gibt, könntst dich hinlegen und sterben.«

Der Kommissar nickte vor sich hin.

»Soso, nicht gekommen ist er ... Wann haben Sie ihn denn zuletzt gesehn, den Mayr?«

»So nach zwölf halt, bevor er zu Mittag heim ist. Warum?«

Der Kommissar wandte sich zum Gehen.

»Ein schönes Geräuchertes hätt ich, ein saftiges«, hörte er hinter sich die traurige Stimme des Metzgers.

Der Kommissar machte auf dem Absatz kehrt.

»Zeigen Sie's her!«

Kapitel 9

Es war fast wie *Casablanca*.

Die ehemalige Küche – der überraschend weite Raum hinter der rechten Samtportiere also – war zu einem hinreißenden Universalzimmer umgestaltet worden, in dem Alice Herzog ›hauste‹. (Was für eine Untertreibung!) Man fühlte sich darin wie in Abrahams Schoß.

»Das Klavier!?« hatte er ungläubig ausgerufen, kaum daß er die – gar nicht vorhandene – Schwelle überschritten hatte. »Das von damals?«

Alice hatte nur gelächelt und genickt.

»Ich hab's mit übernommen. Als einziges.«

Das Klavier war feuerwehrrot lackiert (»Eigenhändig!« hatte sie stolz beteuert), aber tadellos gestimmt. Es klang besser als seinerzeit. Bedeutend besser.

Nun saß Gustl Mbuokwandengi also auf einem – gleichfalls feuerwehrrot lackierten – Drehschemel und spielte *As time goes by*.

Wie gesagt: beinahe wie *Casablanca*.

Die Boutique war längst geschlossen. Es mochte so ungefähr sieben oder halb acht sein. Gelegentlich mußte er sehen, daß er hier wieder wegkam. Frage: Wohin? Etwas würde sich finden. Gestern hatte sich die mit schwarzem Kunstleder bezogene Couch in Andreas Pichlers kaltem Prunkwohnzimmer gefunden. Vorgestern das Wartehäuschen einer Bushaltestelle am Stadtrand von Saarbrücken. Dazwischen auf Achse. Heute spielte er Klavier bei gedämpfter Beleuchtung.

»Das machen Sie sehr schön«, meinte Alice nach einer Weile. »Wirklich sehr schön.«

»Ich bin ein bißchen aus der Übung.« Zwei Jahre Maurer- und Zimmermannsarbeiten in der väterlichen Firma (und das bedeutete: mehr schuften als alle anderen) hatten nicht gerade zur Verfeinerung des Anschlags beigetragen. Er nahm die Hände von den Tasten. »Und jetzt spielen Sie etwas.«

»Wenn ich's nur könnte!« Sie hockte auf einem der beiden Rattan-Stühlchen, die Beine hochgezogen, und sah aus wie eine regenbogengestreifte Katze aus dem alten Ägypten: Pharaohs Liebling – nah, doch unnahbar. »Ich hab's nie gelernt. Ich klimpere nur so mit zwei Fingern.«

»Und da bewahren Sie ein altes Klavier auf –«

»Ich hab immer eins haben wollen!«

»– und streichen's auch noch rot an?«

»Zur Warnung. Was wollen Sie, Gustl? Sonst hätten Sie's am Ende gar nicht bemerkt.«

Er wackelte mit dem Kopf hin und her.

»Sie glauben, es hat hier auf mich gewartet?«

Er stand auf und wollte die obere Abdeckplatte hochklappen, aber das ging nicht: eine Reihe von Büchern, Rücken neben Rücken, an den Seiten gestützt von zwei sich dagegenstemmenden Teak-Elefanten.

»Es ist nichts drin.« Sie lachte. »Vergangenen Sommer habe ich den Pelzmantel drin eingemottet, in einem großen Plastiksack. Und dann hat's zu Pfingsten geschneit.«

Jetzt war er schon aufgestanden, jetzt war es am besten, er ging. Bevor er sich daran gewöhnte.

»Ich hab den Laden einfach zugesperrt und meine Mutter besucht. In Tel Aviv. Da lebt sie bei Verwandten, seit sie allein ist.« Eine flatternde Geste. »Eben damit sie nicht so allein ist.«

(Konversation. Wozu?) »Was glauben Sie, wie sie mich empfangen hat, ihre einzige Tochter? Mit den Worten: So kommst du nie auf einen grünen Zweig.« Und, irgendwie mißtrauisch: »Müssen's unbedingt grüne Zweige sein? Wie auf Sukot?«

Was auch immer das sein mochte. Ob er sich in eine von den Pizzerias hineinwagen konnte? Teufel, wieviel Geld hatte er eigentlich noch in der Tasche?

»Was haben Sie jetzt vor?« fragte Alice unvermittelt.

Das war's dann wohl. Ende des Plauderstündchens. Wink mit dem Zaunpfahl.

»Ich staune ein paar Bauklötze und mach mir daraus eine Hütte.« (Das hatte er einmal irgendwo gelesen.) »Dann lach ich mir einen Ast; nach Möglichkeit einen aufsteigenden. Keine Sorge.«

Sie verzog nicht mal andeutungsweise die Mundwinkel.

»Viel Spaß. Haben Sie heute überhaupt schon was Vernünftiges gegessen?«

Im selben Moment, wie auf Kommando, knurrte ihm unüberhörbar der Magen. Er schämte sich und grinste.

Alice schwang die Beine auf den Teppich (finnischer Knüpf–, Natur), stand auf – man sah gar nicht, wie; es wirkte fast schwerelos – und deutete (er paßte auf: linkshändig!) auf eine kleine Kommode.

»Sie können einstweilen den Tisch decken.«

Es gab einen fernöstlichen Suppeneintopf (aus der Tiefkühltruhe hinter der anderen Samtportiere, wo sich außer den sanitären Einrichtungen – in einem separaten Raum, versteht sich – auch noch anderes Nützliches befand, etwa der Gaskocher und die Wasserleitung). Dazu köstliches Brot.

Gustl – in solchen Augenblicken konnte er gar nicht anders heißen – verspeiste mindestens achtzig Prozent des Dargereichten. Alice war zufrieden.

»Jetzt noch ein Spiegelei?«

»Wenn schon, dann – bitte – zwei.«

»Sie brauchen nicht auch noch zu dichten!«

»So gut ist mir's lange nicht mehr gegangen ...«

Also schaufelte Gustl auch noch zwei Spiegeleier in sich hinein. Sein schwarzes Gesicht glänzte vor Wonne. Alice schaute zu, nippte an einem Gläschen Rosé und rauchte eine von ihren Babyzigaretten.

Schließlich, in wieder einwandfrei kuschelechtem Veloursston: »Vergelt's Gott.«

Er legte Messer und Gabel artig auf dem Teller ab.

»Was nun?«

Er streckte ihr abwehrend die hellen Handflächen entgegen. Dann angelte er seine zerknautschten Gauloises aus der Tasche und steckte sich eine an. Die vorletzte.

»Adieu, feminines Flair«, stöhnte Alice, die Nase rümpfend. Dann: »Schenken Sie sich was ein.« Und: »Im Ernst also. Was nun?«

Gustave Guillaume Conrade Mbuokwandengi führte ein klassisches Achselzucken vor, gefolgt von einer kurzen Kraushaarmassage.

»Ich hatte so fest damit gerechnet, dieser Pichler würde mir helfen«, sagte er kleinlaut. »Er war immer so freundlich zu mir. Und Lomé hat er auch gekannt, meine Heimatstadt.« Er seufzte. »Bestimmt hätte er mir geholfen. Er hat's mir gestern abend noch versprochen. Aber ich war so müde, ich bin gleich eingeschlafen. Und heute ... Kaum bin ich in seiner Nähe – fällt er tot um. Wird erschossen. Ob er jemandem was von mir erzählt hat?«

»Wem?«

»Was weiß denn ich? Denen, die damals das Heroin im Klavier versteckt haben!«

»Sie glauben, er hat diese Leute gekannt?«

»Ich hab keine Ahnung. Er hat gesagt, er weiß überhaupt nichts. Aber er wird sehn, was er für mich tun kann.«

»Und Sie halten's für möglich, er hat einem von denen erzählt, Sie sind wieder im Lande, und – man hat ihn daraufhin umgebracht?«

»Könnte ja sein, oder?«

»Warum ihn und nicht Sie?«

Er riß die Augen auf. Sah jetzt aus wie Louis Armstrong in

High Society nach seinem Duett mit Bing Crosby. Nur beträchtlich jünger. Und nicht ganz so fröhlich.

»Jesus, Maria und Josef«, brachte er schließlich hervor. »Verschonen Sie mich mit solchen Gedankengängen!«

»Was wollen Sie? Entweder die Sache ist ernst, und mir scheint, das ist sie, oder ... Nein. Wenn ich mir's richtig überlege, dann gibt's kein Oder.«

Jetzt schenkte er sich doch einen Schluck Rosé ein. Er mußte achtgeben, daß er nichts verschüttete.

»Also noch mal«, sagte Alice. »Was nun? Ich hab gedacht, Sie wollen sich rehabilitieren? Es sieht mir so aus, als wäre das hier damals kein Irrtum gewesen, sondern ein abgekartetes Spiel. Wollen Sie sich noch immer rehabilitieren?«

»Ja.«

Es klang nicht sonderlich begeistert. Vielleicht weil er so gut zu Abend gegessen hatte.

»Oder wollen Sie lieber das Handtuch werfen und ... Haben Sie überhaupt ein Rückflugticket?«

»Nein.«

»Dann lassen Sie sich was einfallen. Kapiert?«

Er nickte. Warum war sie auf einmal so streng? Wollte sie ihn jetzt endgültig loswerden, nachdem sie ihre gute Tat für heute vollbracht hatte?

Seltsames Wesen mit dieser wunderschönen konvexen Nase, diesen geradezu erschreckend blauen Augen ...

Jemand pochte von außen gegen die herabgelassene Jalousie. (Man war ja parterre!)

Er zuckte zusammen.

Alice drückte die Zigarette aus und strich sich das Haar zurück. Alles mit der linken Hand.

»Das wird Bobby sein«, meinte sie.

Bobby war mindestens zweiunddreißig, ungelogen, gab sich jedoch für einen Studenten aus. Angeblich hatte er einen spanischen Vater, eine polnische Mutter, einen venezolanischen Paß und einen festen, wenngleich unzulänglichen Wohnsitz (möbliertes Zimmer, Ostbahnhofgegend) in Deutschland. In Wirklichkeit und mit vollem Namen hieß er Roberto Ramirez Radomski. Bobby für seine Freunde – und Feinde hatte er, sagte er, keine.

All dies erfuhr Gustl Mbuokwandengi (wortkarg geworden und sichtlich vergrübelt) in den ersten fünf Minuten der neuen Bekanntschaft.

Bobby wirkte äußerlich eher wie das unscharfe Jugendbildnis eines Violinvirtuosen: aschkenasisch-aschblondes Haar, wellig; sommersprossige Augenlider (mit hellen Wimpern); dito Handrücken, letztere zusätzlich flaumig; dazu irgendeine panslawische Knochenbaukomponente, falls es das gab. Er trug eine graue Flanellhose, ein kaffeebraunes Wildledersakko, Hemdkragen offen, warum auch nicht.

Was, um der ewigen Seligkeit willen, erblickte Alice in diesem Menschen? Denn ausschließlich seinetwegen (da gab's keinen Zweifel!) hatte sie vorhin auf eine Entscheidung gedrängt ... Versteh einer die Frauen: erst Speis und Trank, und zum Nachtisch einen Fußtritt!

»Oh, ah«, sagte Bobby, und sein Gebiß blitzte auf beim sardonischen Lächeln, »man hat miteinander getafelt, wie man sieht. Je nun, da kann man nichts machen.«

»Hm«, machte Alice, auch nicht gerade überschwenglich.

Sie hatte den linken Zeigefinger – ganz unbewußt – der Nasenspitze genähert.

»Jegliches renoviert der Wonnemond, et cetera«, paraphrasierte Bobby mit feinsinniger Anzüglichkeit.

»Du sagst es«, bestätigte ungerührt Alice.

»Was studieren Sie eigentlich, wenn man fragen darf?« beteiligte sich Gustl am Gespräch.

Das brachte den armen Bobby schier aus dem Konzept. Er winkte ab, halb verächtlich, halb irritiert.

»Es ist mir momentan entfallen. Ich müßte erst in meiner Autobiographie nachsehn.« Und, hinterhältig: »Man kennt sich schon länger?«

»Es reicht«, konstatierte Alice und ließ offen, was. »Jedenfalls wirst du die Güte haben, mich – zumindest für diese Nacht – bei dir unterzubringen.«

»Oh, ah, wieso?« fragte Bobby verdattert.

»Weil Monsieur Mbuokwandengi bei mir Asyl genießt, bis er etwas Besseres findet.«

Jetzt wäre es an Gustl gewesen, ›Wieso?‹ zu fragen. Die beiden schauten ihn an. Alice mit Verschwörermiene. Bobby so, als wäre ihm aus heiterem Himmel – endlich! – nun doch ein Feind erstanden.

»Oh, ah«, lautete sein Kommentar.

»Ich möchte mich aber nicht aufdrängen«, sagte Monsieur Mbuokwandengi dankbar.

Aber das war's nicht, nein, obwohl er es natürlich als sensationell empfand, daß er hierbleiben durfte. Trotzdem, das war's nicht, was ihm die Fassung raubte, was ihn mit kalten und heißen Schauern überrieselte. Das andere war's, das völlig Unerhörte: Sie hatte sich seinen Familiennamen gemerkt!

Kapitel 10

Etwas Prosaischeres als Florian Casparys Büro im Präsidium konnte man sich kaum vorstellen. Schreibtisch, Garderobe, Aktenschrank, ein paar Sitzgelegenheiten. Diverse Türen. An der Wand ein riesiger Plan von München und Umgebung. Wenn man sich auf ganz bestimmte Weise aus dem Fenster lehnte, ohne das Gleichgewicht zu verlieren, konnte man einen Daumenbreit Fußgängerzone erblicken.

Punkt halb neun kreuzte der Kommissar auf, da kannte er nichts. Während der Nacht hatte ihm geträumt, er singe den Jago (schon wieder ein Bariton!) unter der Stabführung Herbert von Karajans. Genauer: Der Vorhang konnte nicht aufgehen, weil Othello nirgends aufzufinden war. Caspary, das Stimmwunder, machte sich erbötig, den Mohren auch noch zu übernehmen, aber das war natürlich Blödsinn. Wie hätte er mit sich selbst – ›Si, pel ciel marmoreo giuro!‹ – das berühmte Racheduett anstimmen sollen? Und überhaupt.

Irgendein Zusammenhang mit dem Neger – oder durfte man

dieses Wort nicht mehr gebrauchen, ohne gleich faschistoider Tendenzen bezichtigt zu werden? –, der so unauffällig vom Tatort wieder verschwunden war? Mit diesem Schwarzen also, diesem Würstl-mit-Senf-Enthusiasten, an dem Tante Dorothee einen Narren gefressen hatte?

»Soweit kommt's noch, daß ich meine Fälle per Traumdeutung aufkläre ...«

Kollege Junker kündigte fernmündlich Verspätung an. Er müsse vorher noch beim Zahnarzt Station machen, zwecks Kontrolle der behandelten Wurzeln oder dergleichen. Der Kommissar vermied es durch einen Akt des Willens und der Selbstdisziplin, sein eigenes Gebiß vermittels impulsiver Knirschvorgänge zu gefährden.

Er telefonierte mit der Zentralkartei, ob irgendeine Eintragung unter dem Stichwort ›Pichler Andreas‹ vorlag.

Warten auf Antwort. Blick aus dem Fenster. Himmel verhangen. Münchner Mai: feuchtkühl. Kein Föhn mehr, anscheinend. Caspary war's egal. Er hielt sich für immun gegenüber klimatischen Phänomenen.

Doch, ja, schon, es liege was vor, aber es sei kaum der Rede wert, kein Straftatbestand im eigentlichen Sinne, jedenfalls kein erwiesener.

»Schicken Sie mir's trotzdem herauf!«

Man konnte nie wissen.

Ohm Gregor saß rittlings auf dem Stuhl, die Ellbogen oben auf die Lehne, das Kinn auf die beiden Pranken gestützt. So konnte er bei Besprechungen stundenlang verharren, zum Mißvergnügen höherer Dienstränge vom Kriminalrat aufwärts. (Womöglich hätte er so auch beide Teile von Goethes *Faust* an einem Abend überdauert, aber seinetwegen änderte kein Intendant die Bestuhlung. Also scheute er Musentempel.)

Der Kommissar blätterte in einem Aktenfaszikel, starrte hinein, streckte ihn von sich, legte ihn weg, langte mit Daumen und Zeigefinger in die Ziertuchtasche seines Pepitasakkos, zog eine winzige, goldgefaßte, als solche kaum wahrnehmbare Halbbrille aus der Tasche, deponierte sie mit geübter Geste auf Ohren und Nasenhöcker und griff erneut zu den Unterlagen.

Der Oberinspektor – zwar mit dem Gemüt einer Taube, jedoch mit der Sehkraft eines Falken ausgestattet – starrte derweilen scheinbar unbeteiligt auf den Stadtplan, wo er zu seiner Genugtuung das Wort *Unterfranzing* eindeutig entziffern konnte.

»Pichler Andreas«, räusperte sich Caspary (ab da klang es einwandfrei). »Die Daten sind uns ja bekannt. Aber da ist eine komische Geschichte. Noch vor ziemlich genau zwei Jahren hat er eine Kneipe in Schwabing betrieben. Ecke Andersen- und Wurmboldstraße. Auch das wissen wir; von seiner Schwester. Sie werden sich erinnern. Hier steht sogar, wie sie geheißen hat.«

»Geheißen hat? Elfriede Mayr.«

»Falsch. Die Kneipe. ›Black Panther‹.«

Ohm Gregor gab ein Schnauben von sich.

»Wenn eine Wirtschaft so heißt, dann gangert ich schon mal von Haus aus nicht hinein.«

»Sie existiert übrigens nicht mehr.«

»Und grad recht gschieht's ihr!«

»Darum geht's nicht. Hören Sie zu. Jetzt kommt die komische Geschichte, wegen der die Kneipe nachher hat zusperren müssen. Eines Abends kriegen die Kollegen vom Rauschgiftdezernat einen anonymen Anruf, im ›Black Panther‹ werde mit Drogen gehandelt. Solche Anrufe kommen zu Dutzenden, meist von der neidischen Konkurrenz, aber was will man machen, man geht ihnen nach, notgedrungen. Und was soll ich sagen –«

»Die haben was gefunden!« platzte der Oberinspektor heraus.

Caspary schaute mürrisch über den Brillenrand.

»Sie kennen die Story schon?«

»Ach wo ... Ich hab mir's nur gedacht.«

»Na schön. Wenn Sie schon grad am Kombinieren sind – und wo hat man das Heroin gefunden?«

»Ich bin doch kein Hellseher ...«

»Aha. In einem Plastikbeutel, der mit einem Klebestreifen innen drin im Klavier festgemacht war.«

Diesen Brocken vermochte Ohm Gregor anscheinend nicht so ohne weiteres zu verdauen.

»Wo gibt's denn das noch, heutzutag?« meinte er. »Ein Klavier! Womöglich mit einem Barpianisten!«

»Genau. Und was war das für ein Barpianist, Sie Detektiv, Sie? Na?«

Der Oberinspektor wurde allmählich stocksauer.

»Gehn S' zu, Chef, ich fleh Sie an ...«

»Ein afrikanischer«, trumpfte der Kommissar auf.

»Ein – hä?«

»Ein dunkelhäutiger. Ein Student aus Togo. An der Staatsbauschule. Ein gewisser – Moment mal, das geht nur mit Anlauf – M–b–u–o–k–w–a–n–d–e–n–g–i.«

»Wie?«

»Einmal genügt. Mit Vornamen Gegezeh. G-Punkt, G-Punkt, C-Punkt. Irgendwo steht's auch ausgeschrieben. Egal. Ich meine nur –«

»Und was hat man mit ihm gemacht?«

Caspary runzelte die Stirn und seufzte.

»Das ist ja eben das Komische an der Geschichte. Nachweisen hat man ihm nichts können. Aber abgeschoben hat man ihn trotzdem. Als unerwünschten Ausländer. Unter dem Vorwand – also, weil er in der Kneipe Klavier gespielt hat, für Geld, ohne Arbeitsgenehmigung. Jetzt sind Sie dran.«

Ohm Gregor löste das Kinn aus den Händen und umklammerte nunmehr mit diesen die Lehne des Stuhls. Es knisterte schon.

»Ja, wo gibt's denn so was?«

Der Kommissar zuckte die Achseln.

»Bei uns in Bayern?«

Der Oberinspektor rüttelte an der Stuhllehne.

»Und wenn's wirklich so was gibt, bei uns in Bayern, dann ist das eine Sauerei!«

Caspary machte eine flatternde Handbewegung.

»Entweder Sie stehn auf, oder Sie bleiben sitzen. Eins von beidem. Die bewilligen mir nicht alle vierzehn Tage einen neuen Stuhl.«

Daraufhin erhob sich Ohm Gregor zu voller Größe.

»Ich sag der Huberin, sie soll uns einen Kaffee machen. Einen starken.«

Nachdem ›die Huberin‹ mit dem leeren Tablett wieder gegangen war, erfolgte das übliche Ritual. Der Kommissar kostete den dampfenden Kaffee, schüttelte sich – vor Wonne! –, zündete sich eine Zigarette an, zückte sodann seine Geldbörse und warf – von seinem Mitarbeiter strengstens überwacht – ein Fünfzigpfennigstück in das Sparschwein auf der Korrespondenzablage. (Hierzu hatte er sich verpflichtet, als er dem Gelöbnis, das Rauchen aufzugeben, zum drittenmal untreu geworden war. Jeweils am Faschingsdienstag wurde das Gehortete in Sekt verwandelt.)

Ohm Gregor bevorzugte sein Vormittagsgift mit viel Milch und noch mehr Zucker. Er balancierte Tasse samt Untertasse auf der Stuhllehne, hatte übrigens noch nie gekleckert.

»Und Sie meinen«, begann er, »das könnt unser Mohr von Ludwigsried sein?«

»Wär doch möglich, oder?«

»Schon. Was hat denn der Pichler damals ausgesagt?«

»Daß er nichts weiß. Daß er den Klavierspieler nicht näher kennt. Daß er's ihm aber – und das find ich interessant! – unter Umständen zutraut.«

»Dann hätt also dieser – dieser Afro-Lucki eine Wut auf den Pichler haben müssen!«

»Falls er was gewußt hat von der Aussage.«

»Dann hätt er also einen Komplizen dazu anstiften können, daß er auf den Würstlmann in der Bude, wo er selber . . . Ziemlich an den Haaren herbeigezogen, gell?«

Caspary verschwieg wohlweislich, daß er ähnliche Überlegungen angestellt hatte.

»Da gab's nämlich noch wen«, deutete er an.

»Wo? Wann?«

»Damals im ›Black Panther‹. So eine Art Barfrau.«

»Ich denk, seine Nichte –«

»Nein. Die war damals noch ein Kind.«

»Eben!«

»Eine andere. Eine gewisse Charlotte Krasnjak.«

Der Kommissar hatte auch mit diesem Namen Mühe.

»Nix wie Ausländer im Gaststättengewerbe«, konstatierte sein Gegenüber.

»Die hat ausgesagt, sie weiß zwar auch nichts, aber der ›Bläkki‹ – für sie hat er anscheinend ›Bläcki‹ geheißen –, also der ›Bläcki‹ war's auf gar keinen Fall, das könnt sie einfach nicht glauben.«

Ohm Gregor kaute mit den unteren Schneidezähnen an seiner milchkaffeegetränkten Oberlippe.

»Mir gangst«, sagte er dann, womit er seinen Bedenken nicht nur hinsichtlich der Glaubwürdigkeit, sondern darüber hinaus auch hinsichtlich des Lebenswandels der obengenannten Barfrau Ausdruck verlieh.

»Eine Charlotte Krasnjak steht im Telefonbuch«, enthüllte Caspary. »Wohnhaft in Bogenhausen.«

»Öha! Nobel geht die Welt zugrunde.«

»Ich glaub, ich werde der Dame einen Besuch abstatten«, verkündete der Kommissar.

»Wenn's Ihnen dafürsteht ...«

»Jawohl. Nichts außer acht lassen. Vorher schau ich aber noch in diesem Immobilienbüro vorbei, ob ich dem Pichler seine Nichte dort erwisch. Wie heißt sie doch gleich?«

»Steffi«, gab Oberinspektor Ohm prompt Bescheid, wobei er sich eines Grinsens nicht entschlagen konnte. »Dann wünsch ich Ihnen eine erfolgreiche Dienstausübung.«

Es war sozusagen amtsbekannt, daß der Chef der Überzeugung huldigte, mit Zeug*innen* käme er besonders gut zurecht. In allen Ehren, versteht sich. Auf die chevalereske Tour. Weiß der Teufel, vielleicht stimmte es sogar! Wenn man ihn so anschaute ...

Florian Caspary erriet die Gedanken seines Mitarbeiters ziemlich genau. »Oder wollen Sie das übernehmen?« fragte er eine Idee zu steif, zu förmlich.

»Gott behüte, nein! Ich geh auf den Markt und mach dort weiter. Da gibt's noch massenhaft in Erfahrung zu bringen.

Überhaupt«, fügte Ohm Gregor in aller Aufrichtigkeit hinzu, »wenn Sie mich fragen, dann war das eine marktinterne Abrechnung. Nichts anderes. Da tät ich wetten! Da überlaß ich Ihnen mit Vergnügen Ihre Nichten und Bardamen und Klavierspieler. Nix für ungut, Chef, so seh ich das halt.«

Kapitel 11

Er hatte auf Alicens Pfühl geschlafen wie ein Murmeltier.

(Er hatte zwar noch nie eins gesehen, konnte sich nichts darunter vorstellen – unter dem französischen *marmotte* ebensowenig, und in Togo gab's keine Murmeltiere, dort schlief man ›wie ein Stück Holz‹, vermutlich auch unter französischem Einfluß: *›comme une souche‹*, *›comme un sabot‹*, aber das war erst recht falsch, denn Holz schlief ja gar nicht, es arbeitete, besonders nachts, da half keine Gewerkschaft. Er fühlte sich dem Murmeltier, allen Murmeltieren auf Erden, jedoch verwandt oder zumindest innig verbunden.)

Er stand auf, schüttelte das letzte Echo von Traumbefangenheit ab und machte einen Pirschgang durch Alicens Wunderland. Verstohlen, obwohl das ja gar nicht nötig war. Weder Dieb noch Eindringling. Logiergast. Und doch: Zu unwahrscheinlich, das Ganze. Verrückt. Er glaubte sogar zu wissen, wie Alice es bezeichnen würde: meschugge.

Absurderweise war es auch erst halb sieben. Alice hatte gesagt, sie würde so gegen neun wieder hier antanzen. Da war's knapp zehn gewesen. Dann hatte sie sich, diesen Bobby quasi hinter sich herschleifend wie ein etwas zu groß geratenes Stofftier, auf französisch empfohlen: *»N' oubliez pas de fermer à clef!«* Er hatte also nicht vergessen, den Laden gleich hinter ihr (hinter Bobby) abzuschließen, und war dann sofort in die Kissen gesunken. Hatte noch einmal kurz geschnuppert, und adieu, rauhe Wirklichkeit.

Immerhin: achteinhalb Stunden. Er fühlte sich willens und befähigt, Bäume auszureißen.

Zunächst öffnete er das Fenster bei herabgelassener Jalousie. Kalte Luft. Schwer, sich wieder daran zu gewöhnen ... Dann gönnte er sich ein Bad. Anschließend schlüpfte er – vorübergehend verdrossen – wieder in seine angeschmuddelten Klamotten. Da war nebenan eine ganze Boutique, vollgestopft mit Textilien, und er ... Was denn, was denn. Das konnte er seinem Großvater doch nicht antun, diesem schokoladenhäutigen Beutegermanen, dem er übrigens innig zugetan war. Weißes Kraushaar, der Schädel wie mit Schneeflocken bestreut, die der Alte nur vom Hörensagen (und aus seiner vorsintflutlichen deutschen Schulgrammatik) kannte ...

Tu songes, Gustave, du träumst, hatte der Pater ihn schon in der Elementarschule zurechtgewiesen. ›*Tussonges*‹, das war noch heute sein Spitzname bei den alten Freunden in Lomé. Ob sie an ihn dachten?

Er spülte das Geschirr von gestern abend. Räumte es auf, wo es hingehörte. Setzte die Kaffeemaschine in Betrieb. (Alice hatte ihn – sie dachte an alles – darin unterwiesen.) Das heiße Wasser gluckerte. Er zog die Jalousie hoch und – rasch – die Gardine vors geschlossene Fenster. Dann war der Kaffee fertig. Schmeckte bei weitem nicht so gut wie der gestern von Alice zubereitete. Er schnupperte noch einmal. Kein Vergleich. Er zündete sich seine letzte Gauloises an, knüllte das leere Päckchen zusammen, verfehlte den Papierkorb, stand auf, bückte sich, warf es hinein. Dieser Bobby hätte es garantiert liegen lassen, dachte er, da wette ich jeden Betrag. Noch nicht bald neun? Die erste Zigarette kratzte immer ein bißchen im Hals. Der Kaffee war kalt geworden.

Tussonges.

Er saß noch immer so da – genauer: schon wieder, nachdem er auch das Frühstücksgeschirr gesäubert und das Bettzeug verstaut hatte –, als direkt vor dem Fenster, am Straßenrand, ein feuerwehrroter Volkswagen (drei Versuche waren sogar bei der Fahrprüfung gestattet!) rückwärts einparkte. Ihm entstieg ein Mädchen – besser vielleicht: eine junge Dame –, brünett, in eine schwarze Häkelstola gehüllt, in der Hand ein Köfferchen.

Sturmgepäck für die Nacht außer Haus. (Alice hatte auch so eins mitgenommen. Genau so eins.) Alice!

Er schoß wie der Blitz in den Laden, rumpelte prompt gegen Körbchen und Kästchen, drehte den Schlüssel herum, riß die Tür auf. (›Kein Anschluß unter dieser Nummer ...‹ Wirklich nicht? Wer sagt's denn?) Pfui Teufel, es nieselte! Sie kam um die Ecke getrabt. (Hätte er sie jetzt auf Anhieb erkannt, an der Bewegung, an der Silhouette? Kaum. Erst von ganz nah.)

»Mademoiselle ...« (Fehlte nur die Livree.) »Fittipaldi«, zog er's dann ins Kindische.

Sie streckte ihm die Zunge heraus, nickte ihm huldvoll zu, gab das Köfferchen partout nicht aus der Hand und hielt Einzug.

»Soll ich noch mal zusperren?«

Erst hinterher fiel ihm auf, wie zweideutig das klang (katholisch erzogen), und er hätte sich am liebsten die Zunge abgebissen.

»Egal ...« kam's von hinter der Portiere links.

Ohne Köfferchen tauchte Alice wieder auf.

»Alles in Ordnung?«

Ein prüfender Blick, über drei Meter Distanz hinweg, mindestens, aber deutlich spürbar, fast meßbar.

»Natürlich«, sagte er. Und auch: »Danke, gleichfalls.« Obwohl ihm auch das nur so herausgerutscht war.

Sie rückte ein Körbchen zurecht, ein Kästchen, hängte die Häkelstola – sie war nur geliehen – zurück zu den anderen, betrat ihren Universalraum, hielt inne.

Er gleich hinter ihr.

»Tut mir leid, ich hab vorhin meine letzte Gauloises ... Aber jetzt sind sie alle.«

Sie drehte sich zu ihm um, strahlte ihn an – husch, wie ein Leuchtturm mit blauer Laterne! –, fast ein bißchen überrascht.

»Sie haben das Geschirr gespült?«

»Wieso? Hätt ich's nicht tun sollen? Es ist noch ganz.«

»Kindskopf!«

Ihre Stimme war offenbar am Morgen noch eine winzige Spur aufgerauhter. Sie kramte in irgendeiner Tasche, holte etwas hervor, drückte es ihm in die Hand.

»Ich hab Ihnen was mitgebracht, Gustl.«

Er glotzte es an: ein Päckchen Gauloises. Er glotzte Alice an, wußte, was er mußte (nämlich: dankeschön sagen), brachte keinen Ton heraus.

Ihr schien es nichts auszumachen.

»Jetzt muß ich mir aber endlich etwas anderes anziehn. Sie dürfen einstweilen den Laden hüten.«

Er nickte und machte kehrt. Er kannte das Wort ›Ladenhüter‹: etwas, was man nicht loswurde, so sehr man sich auch anstrengte ... Absicht oder Zufall?

»Aber draußen, wo die Sachen hängen, rauchen Sie mir keine von diesen Stinkadores, verstanden?« rief sie ihm noch nach.

Sie trug jetzt einen langen Rock: irgend so etwas Indisches, Seidenbedrucktes: pfauenblau und grün, wie Schlingpflanzen durcheinander. Dazu einen Pullover: curryfarben. Es kitzelte in der Nase, wenn man sie anschaute. Trotzdem. Ging nicht anders.

»Und was macht Bobby?« erkundigte er sich.

Sie warf ihm einen raschen Blick zu: ob er grinste, vermutlich. Er war geradezu feierlich ernst.

»Der schläft noch, wie ich ihn kenne«, sagte Alice. Und, unaufgefordert: »Ein schrecklicher Snob, in jeder Beziehung. Was glauben Sie, wie dem Ihre Hautfarbe imponiert hat! Ehrlich.« Dann: »In Togo würde er wahrscheinlich auf Blondinen fliegen, auf mit Bimsstein geschrubbte.«

Da mußten sie beide lachen.

»Der Bobby, der kann schon recht lustig sein«, meinte sie noch, fast wie unter Zwang. Und plötzlich: »Warum haben Sie sich kein frisches T-Shirt genommen? Hier liegen zu Dutzenden welche herum ...«

»Na, hören sie mal!«

»Ach so, hm. Sicherlich. Ist ja auch anständig von Ihnen. Muß man schon zugeben.«

Das kränkte ihn seltsamerweise ein bißchen, obwohl's doch nicht bös gemeint war

»Ich weiß auch schon, was ich unternehme«, verkündete er.

»Ja? Da bin ich aber gespannt.«

»Es ist mir eingefallen, wie ich in aller Herrgottsfrühe hier herumgewandert bin. Dort drüben war nämlich damals die Bar. Und hinter der Theke – Charlotte.«

Brauen hoch.

»Charlotte?«

»Genau. Die war hier – wie sagt man? – ein fideles Haus. Wir haben uns prachtvoll verstanden. Echt.«

»Schon gut, ich bin überzeugt davon.«

»Na ja ...« (Warum genierte er sich? Wofür?) »Vielleicht weiß die was. Und wenn die was weiß, dann hilft sie mir garantiert. Auf Charlotte ist Verlaß.«

»Charlotte – und wie weiter?«

»Was – wie weiter?«

»Ihr Familienname.«

Hand aufs Kraushaar. Kreisbewegung.

Dann: »Keine Ahnung. Aber ich weiß, wo sie wohnt!«

»Und zwar?«

»Auf dem Platz mit der Kirche. Das Haus vis-à-vis von der Kirche. Im zweiten Stock. Früh um sechs oder so haben immer die Glocken geläutet. Es war furchtbar.«

»So genau will ich's gar nicht wissen. Und wie heißt er?«

»Wer?«

»Der Platz mit der Kirche, verdammt noch mal!«

Er machte ein Geräusch wie ein Fußball, aus dem die gesamte Luft entweicht. Er schrumpfte auch so ähnlich ein.

»Ich hab gedacht«, fing er an, »ich kauf mir eine Tagesnetzkarte und fahr mit der Trambahn und mit dem Bus kreuz und quer durch die Stadt ...«

Sie schaute ihn lange an, den linken Zeigefinger auf der Nasenspitze. Lange und durchdringend. Kaffeegesicht ... Es wurde ihm schon peinlich. Die blauen Augen und überhaupt. Sie vergaß total, sich das Haar zurückzustreichen. Sie schien nach Curry zu duften. Er mochte Curry.

Schließlich schüttelte sie den Kopf.

»Meschugge.« (Da war's! Hatte er's nicht geahnt?) »Ich fahr Sie mit meinem Auto herum.«

Also, das ... Ihm wurde ganz schwindlig.

»Kommt nicht in Frage!«

»Nur – in diesem Aufzug wäre das heller Wahnsinn; orientalisch gewandet ... Also muß ich mich noch mal umziehn. Und den Bobby anrufen, er soll mich vertreten kommen. Sie warten hier im Laden.«

»Aber –«

»Oder noch besser, Sie schnappen sich den Staubsauger und machen sich nützlich! Wie finden Sie das?«

Nun saß er in der Falle. Seine Hilfe verweigern – ausgeschlossen. Ihre Hilfe ablehnen – ach, Gott.

»Aber Sie sind in keiner Weise verpflichtet –«

»Weiß ich. Was wollen Sie? Daß ich Sie Ihrem Schicksal überlasse? Charlotte! Was noch?«

Das Flattern der Portiere.

Als sie wiederkam, hatte sie Jeans an, wie er, und einen abscheulichen grünen Parka. Mit der Fußbodenpflege war sie offensichtlich zufrieden.

»Wo bleibt der Mensch?«

Gemeint war: Don Roberto Ramirez Radomski.

Eine Viertelstunde später kam er atemlos an. Mit der U-Bahn. (Immerhin: vom Ostbahnhof ...)

»Was ist los? Oh, ah!« Er jubelte förmlich und schüttelte Monsieur Mbuokwandengi überschwenglich die Hand. »Man reist ab? Ist es das? Ich darf mich verabschieden? Alles Gute!«

»Laß die Witze, Bobby«, sagte Alice. »Du sollst mich hier im Geschäft vertreten.«

Er nickte beflissen.

»Und du bringst ihn zum Flughafen ... Nein? Zum Bahnhof? Na ja – schnell, sicher, bequem. Alle reden vom Wetter, wir nicht. Es hat übrigens aufgehört zu regnen.«

Alice holte tief Luft.

»Wir haben etwas zu erledigen, der Gustl und ich.«

»Der Gustl? Was für ein Gustl?«

»Wir müssen Kirchen besichtigen. Hier hast du den Schlüssel zur Kasse.«

Sie schubste den Gustl aus der Boutique. Der ließ es sich überwältigt gefallen.

Kein Anschluß unter dieser Nummer ... Von wegen!

Kapitel 12

Die Angestellte im karierten Trägerrock – etwas zu jugendlich für diesen vollbusigen Matronentyp, dachte Florian Caspary; aber was ging's ihn an? – hieß Franziska Miksch. Der Lehrling (oder was auch immer) mit den Pickeln im Gesicht und dem Kicksen in der Stimme – Himmel, war unsereins auch mal so? – hieß Jochen Bärlapp. Es handelte sich um die – wiewohl unvollständige – Belegschaft der Firma *Inter-Im* Hugo Wernicke OHG/KG; Wohnungen, Immobilien, Treuhandschaften; Europa und Übersee.

Das Büro befand sich indes nicht etwa in einem stilvoll modernen Bedürfnissen angepaßten, ehemals gräflichen Stadtpalais. Es beanspruchte drei Zimmer im obersten Stockwerk eines dieser nun auch nicht mehr ganz taufrischen Geschäftsgebäude an der Sonnenstraße, irgendwo zwischen Stachus und Balkan. Ein schwacher Geruch nach Fotokopierchemikalien und unausgewaschenen Kaffeetassen (obwohl keine herumstanden) schwebte in den Räumlichkeiten.

»Es tut mir ja so furchtbar leid, Herr Kommissar, aber bei uns geht heute alles drunter und drüber«, entschuldigte sich Frau Miksch nun schon zum drittenmal.

Zwischendurch hatte tatsächlich immer wieder das Telefon geklingelt: manchmal in dem Zimmer, das sie sich (ungern, man sah's ihr an!) mit Bärlapp, dem Lehrling, teilte, ›Buchhaltung‹ genannt; dann wieder im ›Sekretariat‹, das man vom Korridor aus direkt betrat, zum Zwecke der Rezeption; oder gar im ›Chefbüro‹, das auf der anderen Seite ans Sekretariat angrenzte. Auf dem vakanten Schreibtisch der Sekretärin stand, links am Rand, so eine Art Mini-Telefonzentrale, ein relativ kleines Gerät aus grauem Plastikmaterial mit mehreren – gar nicht einmal so vielen – Knöpfen. Gleichwohl zerfloß Frau Miksch, da mit der Bedienung nicht vertraut, überfordert zu einem hilflosen Klümpchen Elend.

Mit der Rezeption hatte es nämlich auch nicht so ganz hingehauen, insofern, als der Kommissar zunächst einen menschenleeren Raum betreten hatte. Nach prononciertem Hüsteln seinerseits war dann die linke Tür einen Spalt breit geöffnet worden, und eine kicksende Stimme hatte verlautbart: »Scheiße, da ist einer.«

Und seither wand sich Frau Miksch in Entschuldigungskrämpfen.

»Wirklich, Herr Kommissar, Sie können's mir glauben, ich weiß bald nicht mehr, wo mir der Kopf steht.«

Sie hatten sich darauf geeinigt, das Gespräch im zentral gelegenen Sekretariat zu führen.

»Aber das macht doch nichts«, entfuhr es Caspary, bevor ihm bewußt wurde, welch anfechtbare Antwort er sich da geleistet hatte.

»Nein, und wie unaufmerksam von mir, Ihnen nicht einmal einen Platz anzubieten! Möchten Sie nicht –«

»Vielen Dank«, unterbrach Caspary den Sturzbach der Liebenswürdigkeiten. »Eigentlich geht's mir eher darum, Fräulein Mayr ausfindig zu machen ...«

»Das ist es ja eben!« rief Frau Miksch geradezu anklagend aus. »Das treibt mich ja zur Verzweiflung! Fräulein Mayr ist heute nicht erschienen! Bleibt einfach weg! Fehlt unentschuldigt! Ja, diese jungen Dinger, ohne jegliches Verantwortungsgefühl, nur auf – wie sagt man heutzutage? – nur auf ›Lustgewinn‹ aus ...«

Bei dem schrill hervorgestoßenen Wort ›Lustgewinn‹ erschien Jochen Bärlapps grinsende Visage im Türspalt.

»Nicht daß ich selbst ein Kind von Traurigkeit wäre«, schränkte Frau Miksch gleich drauf, ihr Image polierend, die Entrüstung ein. »Aber – alles zu seiner Zeit!«

»Haben Sie schon versucht, Fräulein Mayr zu Hause anzurufen?« fragte Caspary.

»Bedaure unendlich, Herr Kommissar, aber die Leute haben kein Telefon! Die wohnen irgendwo auf dem Land ...«

»Und – äh – der Herr Wernicke?«

»Herr Wernicke ist geschäftlich unterwegs. Herr Wernicke ist häufig unterwegs.« Jähes Entsetzen. Sie schlug sich die Hand vor den Mund. »Aber du meine Güte, was hat denn Herr Wernicke mit der Polizei zu tun?«

»Einstweilen gar nichts«, beschwichtigte der Kommissar die überschwappenden Wogen der Erregung.

»Aber – verzeihen Sie vielmals, Herr Kommissar, wenn ich vielleicht aufdringlich erscheine – warum ...«

»Es handelt sich um den Onkel von Fräulein Mayr«, gab Caspary bereitwillig Bescheid.

Gierig: »Hat er etwas verbrochen?«

»Nicht eigentlich. Er ist gestern ums Leben gekommen. Deshalb hat sich wohl auch Fräulein Mayr für heute eigenmächtig beurlaubt. Ein Todesfall in der Familie ...«

»Ums Leben gekommen?« hauchte Frau Miksch erbleichend.

Von der Tür her kickste es unüberhörbar.

»Ermordet?«

Jochen Bärlapp hatte bernsteinfarbene Augen. Ansonsten war nichts Erwähnenswertes an ihm.

»Solltest du nicht hundert Abzüge machen?« schalt Frau Miksch unverzüglich den Auszubildenden, der Anstalten traf, sich in Luft aufzulösen.

»Halt, bleib!« Eine Handbewegung. Dann, gewissermaßen zu beiden: »Sagt Ihnen der Name Pichler etwas?«

Frau Miksch, die hilfsbereite, schüttelte nur zerknirscht den Kopf. Jochen Bärlapp hingegen hob wie elektrisiert den seinigen und trat von einem Fuß auf den anderen.

»Pichler?«

»Pichler Andreas.«

»Das ist der Onkel von der Steffi?« Er schien es nicht fassen zu können. »Und der ist – tot, sagen Sie?«

»Allerdings. Haben Sie – äh – hast du ihn gekannt?«

»Sie etwa nicht?« Der Jüngling knickte sichtbar ein, schien in Tränen ausbrechen zu wollen. »Mann Gottes, das war doch der beste Libero, den der SV Olympic Haidhausen je hatte! Und nur zwei Jahre älter als ich!«

Glücklicherweise schrillte wieder das Telefon.

Im Fahrstuhl nach unten überlegte der Kommissar, woher ihm der Name Hugo Wernicke bekannt vorkam. Oder irrte er sich?

Kapitel 13

Fahren, fahren, fahren, durch den Tag, durch die Stadt, durch den Smog.

Fahren, fahren, fahren.

Und stets aufs neue ein Innehalten: die sonderbaren, geballten Sekunden, an denen es lag: Ging es nun glatt oder wartete wieder nur der gewohnte Schock? Enttäuschung auch dieses Mal?

Qual, die sich doch nicht lohnte?

Und, niedergeschmettert, wieder hineingeklettert, hinein in des Volkswagens Enge. Auspuffgas jede Menge. Literweise Benzin. Und ein leise geraunte, erstauntes: Wohin?

Und das: seit Stunden. Man fuhr.

Halt aus, bleib stur, gib nicht nach. Das nächste Haus ist schnell gefunden. Verzeih, wenn ich dränge. Sei mir, ach, an diesem kalten Morgen auch weiterhin Stab und Stütze, Trost meiner Sorgen, holde Begleiterin ...

Laß deine alten Witze!

Ampel auf Rot, Ampel auf Grün.

Erstes Gebot: Schalten, schalten, schalten.

Was dieser Gustl nicht alles an Wissen im Kopf hatte! Einfach so, abrufbereit ... Offenbar in dem Bestreben, seine Fahrerin bei Laune zu halten, während man sich – anhand eines längst überholten Stadtplans mit angemoderten Rändern aus dem Handschuhfach –, ungeachtet der Konfession, von Kirche zu Kirche entlanghangelte, fütterte der Fahrgast sie mit einer weißbiergleich überschäumenden Fülle an Informationsmaterial aus seinem Sachgebiet, nämlich der Architektur. Daß er hierbei vor allem auf Sakralbauten zu sprechen kam, glaubte er der diözesanen – so nicht gar ökumenischen – Natur ihrer Expedition schuldig zu sein.

»Die Basilika«, dozierte er zum Beispiel, »war zunächst nichts weiter als eine mehrschiffige Halle, deren Mittelschiff oft breiter und höher ausfiel. Später kamen dann auch Emporen und Apsiden vor. ›Apsiden‹ ist die Mehrzahl von ›Apsis‹. Ich hab ein volles Jahr gebraucht, um es mir zu merken. In der christlichen Baukunst unterscheiden wir zwischen Staffelbasilika, Säulenbasilika und Pfeilerbasilika. Die Apsis der christlichen Basilika weist den Altar, die Kathedra und bisweilen ein Presbyterium auf. Darunter liegt möglicherweise eine Krypta. Im vierten Jahrhundert hat man in Rom begonnen, den Bautyp um ein sogenanntes Querschiff zwischen Apsis und Langhaus zu erweitern. Im neunten Jahrhundert ist noch das sogenannte Chorquadrat zwischen Querschiff und Apsis –«

»Könnte ich, bitte, eine Zigarette bekommen?« meldete sich Alice.

»Ich hab nur Gauloises ...«

»Besser als gar nichts. Danke.« (Husten.) »Und wenn's mich zerreißt!«

»Also, wie gesagt, das Chorquadrat ...«

In der Preislage ungefähr.

An dieser Stelle muß etwas nachgetragen werden. Es erfolgt in Form eines Einschubs.

Als die beiden – vor mehreren Ewigkeiten, schien es ihnen – vor der Boutique *La Duchesse* in Alicens feuerwehrroten VW gestiegen und losgefahren waren, hatte sich ein etwas weiter hinten geparkter dunkelblauer Mercedes sacht vom Straßenrand gelöst und war ihnen gefolgt. Er folgte ihnen getreulich auch weiterhin. In gebührendem Abstand.

»Armer Bobby«, platzte Alice mitten in den Klassizismus. »Ob er sich einsam fühlt?«

»Falls er nicht längst mit der Kasse durchgebrannt ist. Was meinen Sie?«

»Pfui!«

»Na schön, ich nehm's zurück.«

»Der Bobby hat mich schon öfter vertreten. Einmal hat er sogar was verkauft. Allerdings viel zu billig.«

»Vielleicht hat er's an sich selber verkauft.«

»Einen Bikini aus Ozelot-Imitation?«

»Ich sag ja nichts ...«

Kurze Funkstille.

Dann trat Alice auf die Bremse, daß man den Allmächtigen – oder dem Gesetzgeber, was ja nicht immer dasselbe ist – für die Sicherheitsgurte danken mußte. Und ganz besonders für die Anschnallpflicht.

»Eine Kirche!«

»Wo?«

Alice fuchtelte mit der Hand, als wollte sie eine imaginäre Fliege von der Windschutzscheibe vertreiben.

»Quatsch. Das ist eine Squash-Halle.«

»Bestimmt?«

»Außerdem suchen wir eine neugotische Jahrhundertwende-Kirche.«

»Immer diese Stilfragen ... Woher nehmen und nicht stehlen?«

Alice fuhr wieder an. Zum Leidwesen eines Radlers, der das bisher stehende Fahrzeug eben überholen wollte. Er wackelte mit der Lenkstange, klingelte wie wahnsinnig und begann schließlich, auf einem Bein stehend, zu schimpfen.

War es das, was die christlichen Radfahrer zum Absteigen zwang?

Irrtum:

Er schimpfte türkisch.

Schalten, Hupen, Blinken.

Und abermals winken schlanker Türme luftige Hauben. Geht man vor Anker? Verliert man den Glauben?

Wieder nichts, konstatiert man verdüsterten Angesichts. Resigniert man? Flüsterten da nicht Lemuren? Fuhren die mit? (Igitt ...)

Der von Togo ist's, na logo, der sie entsetzt: Er hetzt sie durchs Feuer, erbittert, kirchplatzwärts.

Hinterm Steuer erzittert ein Mädchenherz.

Kapitel 14

Rosi Schulz und Resi Scholz erkannten Ohm Gregor schon von weitem wieder und begannen zu tuscheln.

»Was habts denn ös Menscher?« erkundigte sich argwöhnisch der Metzgermeister Auracher Josef.

Er war also wieder da, über Nacht genesen.

Der Wochenmarkt fand heute nicht in Ludwigsried statt, sondern in einem anderen Münchner Außenbezirk. Aber wenn man sich, ohne aufzublicken, zwischen den Buden, Ständen, Anhängern und adaptierten Transportern bewegte, merkte man unter Umständen gar nichts davon.

Ohm Gregor war's egal. Er fühlte sich wohl. Wie ein Jagdhund auf der Fährte. Auf der richtigen, wie er meinte.

Kein Leberkäs heute. Nur Fragen. Auskünfte.

»Aha. Der Herr Auracher. Wiederauferstanden. Freut mich. Ohm, Kriminalpolizei. Sie werden sicher schon gehört haben, was gestern in Ludwigsried passiert ist?«

Der Metzgermeister wischte sich die Hände an seiner bislang noch vorwiegend weißen Schürze ab und nickte.

»Ja, ja.«

»Das Ereignis als solches haben Sie ja versäumt ...«

»Ja, ja.«

»Infolge Krankheit, stimmt's?«

»Ja, ja.«

Der Oberinspektor machte sich auf eine längere Unterredung gefaßt.

»Was hat Ihnen denn gefehlt, Herr Auracher?«

»Katarrh. Influenza. Alles zusammen.«

Der Metzgermeister schniefte demonstrativ.

»Aber jetzt sind Sie wieder kuriert?«

»Ja, ja.« Und freiwillig, auf seine Berufsehre bedacht: »Was glauben S' denn, ich könnt hier doch nicht ... Ich mein, das ganze Fleisch, was da umeinand liegt ... Ich mein, wenn ich mit Bazillen verseucht wär! Wo kamerten wir denn da hin?«

»Richtig.« Ohm Gregor hoffte, daß der Gesprächspartner jetzt aufgetaut war. »Aber gestern waren Sie daheim?«

»Ja, ja.«

Der Oberinspektor knirschte mit den Zähnen.

»Sie waren also nicht vielleicht zwischendurch mal spazieren, ein Stünderl oder zwei?«

»Nein, nein.« Wenigstens eine Abwechslung. Aber es ging sogar noch weiter: »Ich weiß schon, worauf Sie drauf hinauswollen. Aber fragen S' meine Alte, die Kreszenz. Oder meine Schwägerin, die Apollonia. Oder meine Schwester, die Babett. Die hab ich alle aufm Buckl.«

Einen Moment lang tat der von so viel Weiblichkeit umringte Metzgermeister dem Oberinspektor sogar leid. Aber dann wurde er gleich wieder dienstlich.

»Soso. Wo will ich denn drauf hinaus?«

Meister Auracher entblößte flüchtig sein Gebiß, und sofort verstand man, warum er fast nie lachte, ganz abgesehen von seinem familiären Dreimäderlhaus.

»Das Alibi«, sagte er. »Sie meinen, ich könnt vielleicht auf den Anderl geschossen haben. Weil er seine Würstln nicht bei mir bezogen hat. Wo ich ihm sogar einen besonderen Rabatt ... Und meine Würstln, die können sich sehn lassen, Sie, da feit sich nix! Haben S' mich? Soll ich Ihnen welche einpacken?«

»Nein, nein.«

Vorsicht! Jetzt fang ich auch schon an, dachte Ohm Gregor. Aber er wollte den Redefluß nicht unterbrechen.

»Ja, ja. Da gibt's viele, hier aufm Markt, die waren dem Anderl auch nicht grad gewogen. Haben S' mich? Da können S' fragen, wen S' wollen! Vor dem haben alle – wie soll ich sagen – ein bißerl einen Bammel gehabt.«

Das Wort ›Bammel‹ aus Josef Aurachers urwüchsigem Munde war wie ein Schlag ins Genick. Ohm Gregor verabschiedete sich rasch. Der bayrische Löwe hatte gar zu kläglich miaut.

Einen Riecher mußte man haben. Ohm Gregor hätte keinen triftigen Grund dafür angeben können, daß er sich von Balthasar Vogel den Personalausweis zeigen ließ. Und dann auch noch den Wandergewerbeschein.

Auf den ersten Blick hatte er gar so etwas wie Mitleid verspürt, wie der Kerl so dasaß, schlecht rasiert, mit übernächtigten, rotgeränderten, von Haus aus feuchten Augen, inmitten seines Geschirrs, das allenfalls noch auf einem Polterabend Verwendung finden konnte. Aber dann – sei es wegen dieses über alle Maßen treuherzigen Gebarens, sei es wegen anderer Inkommensurabilitäten ...

Es stellte sich heraus: Balthasar Vogels Wandergewerbeschein lautete auf den Namen Ferdinand Vogel.

Um Aufklärung der Diskrepanz ersucht, geriet Balthasar Vogel in heilloses Stammeln.

»Mein armer Bruder, wissen Sie ... Krebs ... Letzten Januar ... So knapp vor seinem Geburtstag ... Nicht mal vierzig Jahre ... Da hab ich eben ... Sozusagen Alleinerbe ... Geschäftsübernahme ... Nichts dabei ... Das ganze Warenlager ... Auch noch drei Dutzend Gartenzwerge zweiter Wahl, die trau ich mich gar nicht ... Kann man aber doch nicht einfach zerteppern ... Muß doch jeder einsehen ... Hick!«

Dann bekam er zusätzlich einen Schluckauf.

»Ja, aber, Sapperment« – Ohm Gregor platzte schließlich der Kragen – »warum haben Sie das Dokument nicht einfach auf Ihren Namen umschreiben lassen?«

»Weil – hick! –, weil ich – hick! –, weil doch ...«

Der Oberinspektor legte die Stirn in amtliche Falten.

»Sind Sie vorbestraft? Haben Sie deshalb Angst, auf die Behörde zu gehn?«

Von zwei Nägeln auf den Kopf getroffen, zuckte Balthasar Vogel gleich zweimal zusammen. Und schwieg.

»Ich hab Sie was gefragt ...«

Der andere spuckte aus. Pfeilgerade an einem Saucenkännchen mit Vergißmeinnichtmuster vorbei.

»Der Pichler, dieses Dreckschwein ... Hat seine Drohung also doch wahrgemacht ... Warum? Können Sie mir sagen, warum? Ich hab ihm doch nichts getan! Ich hab gedacht, er will mich nur piesacken ...«

(Kein Schluckauf mehr.)

Schau, schau, dachte Ohm Gregor. Der Pichler hat's also gewußt. Und den anderen spüren lassen, daß er ihn in der Hand hat ... Interessant, so ein Charakter.

Er gab Vogel die Papiere zurück.

»Bringen Sie das möglichst bald in Ordnung«, sagte er schroffer, als er eigentlich wollte. »Wie, das ist Ihre Sache.«

Dein Freund und Helfer, dachte er in einer Anwandlung von Selbstkritik. Aber was hätte er denn tun sollen?

Szyblinskis sprachen anscheinend nicht miteinander. Auch auf die Fragen des Oberinspektors antworteten sie jeweils getrennt. Mal Verena, mal Theo. In dieser Reihenfolge. An dieser Hackordnung gab es nichts zu rütteln.

Sie hatten den Stand, so gut es ging, überdacht. An den Seiten hingen Plastikplanen herunter, damit die Kittelschürzen nicht naß wurden, falls es doch wieder zu nieseln anfing, die Pullis, die Socken. Ja, und die Topflappen, die begehrten, diese Hungertüchlein, an denen man demnächst – etwa auch getrennt? – nagen würde.

Dabei? Von Anfang an sei man dabei. Seit es den Wochenmarkt gebe. Die alte Garde ... Vorher habe man – habe sie, Verena Szyblinski – ein kleines Textilgeschäft besessen, in Pasing. Aber dann sei das Haus renoviert worden, und nachher habe man die Ladenmiete nicht mehr bezahlen können, von den mageren Einnahmen.

Und noch früher sei man – sei er, Theo Szyblinski – beim Theater gewesen, ein Sohn der leichten Muse, der Operette nämlich, als die noch gefragt war. Und er dito, Paderborns beliebtester Buffo, seinerzeit. »Wir bummeln durchs Leben, was schert uns das Ziel«, intonierte er, die Silbe »bum-« geradezu emphatisch hinausjauchzend.

Man sehe es ja, relativierte Verena Szyblinski.

Nein, mit Pichler habe man sich kaum abgegeben. Er jedenfalls, Theo Szyblinski, müsse aus Diätrücksichten dem Genuß von Gebratenem entraten. Und im übrigen habe er Pichler – nil nisi Beene, wie der Berliner sage – stets für einen Banausen gehalten. Kein Sinn für Höheres.

Aber in tieferen Bereichen offenbar nicht ganz ohne Erfolg. Sie Verena Szyblinski, kenne da Leute, die sich zum Beispiel seit Jahr und Tag in schmalzigem Schmachten nach Therese Molls Gunst verzehrten, dieser jedoch nie teilhaftig würden, da selbige Pichlern vorbehalten gewesen, dem darob zum Banausen abgekanzelten. So verhalte sich das.

Hierauf ward Theo Szyblinski, der bummelnde Buffo, dermaßen vom Husten gebeutelt, daß er kardinalslila anlief und schier dem Erstickungstod anheimfiel.

Seine Gattin nahm die Gelegenheit wahr, Ohm Gregor unter Hinweis auf mögliche Wetterumschwünge ein halbes Dutzend karierter Schnupftücher zum Kauf anzubieten.

Er nahm davon Abstand.

Natürlich war die resche Person am Blumenstand auch dem geschulten Auge des Oberinspektors nicht entgangen. Die Aussicht, seine Ermittlungen auf sie auszudehnen, erschreckte ihn – kontaktfreudig, wie er war – keineswegs.

»Schöne Moosroserln für die Gemahlin, oder wer sonst noch in Frage kommt? Vier fünfzig das Sträußerl, der Herr!«

Ohm Gregor musterte abschätzig die dargereichten Floralien und anschließend Eliza Doolittles zwar ältere, aber durchaus ansehnliche Schwester.

»Treibhausgeraffel«, sagte er, wiewohl von einem Schmunzeln begleitet. »Morgen früh lassen sie den Kopf hängen ...«

»Ich laß den Kopf bestimmt nicht hängen« widersprach Therese Moll mit der ihr eigenen Mischung aus Keckheit und Koketterie.

»Sie, kleingeschrieben«, berichtigte er. »Sie, großgeschrieben, sind kein Treibhausgeraffel schätzungsweise.«

Das Lächeln auf ihrem Gesicht wurde noch breiter, kroch in die Augenwinkel, in die kleinen Fältchen, die überhaupt nicht störten, im Gegenteil. Kurzes Aufwärtspusten, das eine rötliche Locke aufscheuchte.

»Meine Mutter, die eine gebildete Frau war, hat mir immer eingeschärft: Nimm dich in acht, Kind, wenn ein Polyp dich umarmt.«

Gepflegte Konversation mit Hintersinn gehörte im allgemeinen nicht zu des Inpektors Leidenschaften. Zumal auf einem Wochenmarkt. Er beschloß, deutlicher zu werden.

»Und wenn ein Würstelmann das schöne Kind umarmt?«

Sie nickte und atmete hörbar aus, als hätte sie längere Zeit die Luft angehalten.

»Ich hab Sie beobachtet, wie Sie sich mit dem Theo und seiner Heimtextilie unterhalten haben ...«

»Und?«

»Wenn die wüßte! Was der Herr Göttergatte für ein Tropf ist ... Das heißt – das weiß sie sowieso. Aber daß ich's auch weiß – das weiß sie nicht.«

»Trotz Andreas Pichler?«

»Wieso ›trotz‹? Der Anderl war kein übler Bursch, jedenfalls nicht in gewissen Situationen. Was sonst noch mit ihm los war, hat mich nie interessiert ... Aber daß er auf mich ein Abonnement gehabt hätt wie auf die Abendzeitung ...«

Sie wölbte die Unterlippe vor und schüttelte den Kopf.

»Was war denn sonst mit ihm los?« wollte Ohm Gregor das Eisen schmieden, solange es heiß war.

»Ich sag's Ihnen doch. Es hat mich nicht interessiert.«

»Gehn S' weiter! Wenn man mit einem – befreundet ist ...«

Sie blitzte ihn an.

»Mit einem? Da unterschätzen Sie mich aber, Herr Polyp. Oder Sie haben nicht genau genug herumgehorcht.«

Jetzt war die Reihe an Ohm Gregor, vor sich hin zu nicken. Eiskaltes Luder, dachte er.

»Mir fällt auf, Sie sind nicht gerade gramgebeugt«, konstatierte er, schon halb zum Gehen gewandt.

Sie zuckte die Achseln, pustete abermals lockenwärts, ließ ihn noch immer nicht aus den Augen.

Er sie auch nicht.

»Sellerie – *c'est la vie*«, meinte sie. »Der Anderl ist tot, es lebe ein anderer.«

»Welcher andere?«

»Keine Angst. Es wird sich schon einer finden ...«

Der den Pichler beseitigt hat? dachte Ohm Gregor.

Kapitel 15

»Langsam krieg ich Hunger«, jammerte Gustl.

»Ich vielleicht nicht?« konterte Alice.

»Offen gestanden, ich hab ihn schon!«

»Ich hab ihn schon längst ...«

»Ich hatte zum Frühstück nur eine Tasse Kaffee.«

»Der Bobby hatte auch nicht viel mehr zu bieten.«

»Ich bin's nicht anders gewöhnt ...«

»Südländer! Eine Mischpoche, alle miteinander! Warum fall ich immer auf solche mediterranen Typen herein, die am Morgen nichts essen?«

Gustl Mbuokwandengi wäre von selbst nie auf die Idee gekommen, Bobby als mediterranen Typ zu bezeichnen, aber er ließ es dabei bewenden. Ein Europäer konnte auch keinen Yoruba von einem Fulani unterscheiden, und dabei sprang es doch geradezu ins Auge.

Jetzt aber sprang ihm etwas anderes ins Auge.

»Da vorn!«

»Eine Wurstbraterei!«

»Der Platz!«

»Die Kirche!«

»Wir sind am Ziel!«

»Würden Sie mich bitte ins Handgelenk zwicken, damit ich aufwache?«

Einen Moment lang erwog er, die Aufforderung wörtlich zu nehmen, aber dann ließ er's doch lieber bleiben. Das waren diese verdammten Grenzsituationen, wo man nicht wußte, wie man sich verhalten sollte, und nur allzu leicht ins Straucheln geriet. Würde er niemals wenigstens die Talmi-Souveränität eines Bobby Ramirez Radomski erreichen?

Alice hätte am liebsten (obwohl sie kaum je in solchen Lokalen einkehrte) vor der Wurstbraterei gehalten, zumal, da direkt gegenüber am Straßenrand – eben fuhr sie daran vorbei – eine herrliche Parklücke lockte. Aber nein. Erst (warum eigentlich?) die Pflicht.

Auch auf dem Platz konnte man märchenhafterweise parken. Es war überhaupt wie im Märchen. Still. Einen Moment lang blinzelte die Sonne durch irgendwelche Kumulusformationen. Die Kirche als solche war im Grunde häßlich und sonst gar nichts. Dessen und einer – wenngleich nur sehr oberflächlichen – mosaischen Erziehung ungeachtet, wäre Alice auf der Stelle bereit gewesen, in der (wie war das?) Apsis, falls es eine gab, oder anderenorts, eine Kerze anzuzünden, aus lauter Dankbarkeit für ihr – der Kirche – reales Vorhandensein.

Auch Gustl war einen Moment lang ergriffen. Die alte (eigentlich ja: auf alt getrimmte) Kirche ... Der Taubenkot an den Wänden, wie damals ... Und es schlug Mittag! Um die Mittagszeit war er noch nie hiergewesen, hatte sich immer schon im Morgengrauen davongeschlichen ... In Lomé gab's auch eine Kirche, die sah so ähnlich aus. Jetzt müßte sie nur noch dem heiligen Antonius von Padua – dem in Lissabon gebürtigen – geweiht sein, dachte er, damit wir Charlotte auch wirklich wiederfinden. (Sie war irgendeinem obskuren hibernianischen Mönch geweiht, der angeblich das Altmühltal oder dergleichen christianisiert hatte; aber das spielte jetzt eigentlich keine Rolle mehr.)

Angemerkt sei, daß die von Alice begreiflicherweise nur widerwillig links – genauer: rechts – liegengelassene Parklücke wenig später von einem dunkelblauen Mercedes in Anspruch genommen wurde.

Er griff nach dem Türöffner.

»Wünschen Sie mir Glück«, bat er.

Alice schüttelte, plötzlich entschlossen, den Kopf.

»Nein.«

»Nein?« (Als hätte es ihm die Gurgel abgeschnürt.) »Alice ... Warum wollen Sie mir kein Glück wünschen?«

»Weil ich es bin, die aussteigt. Sie bleiben schön brav hier sitzen. Versprechen Sie mir das?«

»Aber –«

»Welches Haus? Das grüne da drüben?«

»Aber –«

»Hier ist nicht Schwabing, wo man als Schwarzer nicht auffällt. Hier wohnen auch keine Gastarbeiter. Hier leben die sogenannten braven Bürger, und das sind die schlimmsten. Also. Das grüne Haus mit dem Friseur im Erdgeschoß?«

»Ja.«

»Zweiter Stock?«

»Zweiter Stock rechts. Ich seh die Wohnungstür vor mir, aber der Name unterm Klingelknopf ist wie weggeblasen.«

»Drücken Sie mir die Daumen.«

Diesmal wußte er zwar, daß es falsch war, was er machte, aber er machte es trotzdem. Er packte mit jeder Hand einen von Alices Daumen und drückte ganz fest.

Die Art, wie sie ihn ansah, brachte ihn auf die Idee, es sei vielleicht doch nicht falsch.

Er schaute ihr nach, wie sie über den Platz ging: so was Zierliches ... Jeans, grüner Parka, brünettes Flatterhaar. Offenbar wehte ein Lüftchen. Vorhin hatte er ihre Daumen schnell wieder losgelassen, aus Angst, sie abzubrechen.

Sie drehte sich nicht um, wollte keinerlei Aufsehen erregen. Erreichte die Haustür. Trat ein.

Er leierte das Seitenfenster herunter, steckte den Kopf hinaus, schnupperte. Großstadtozon und noch etwas.

Die Wurstbraterei.

Offenbar ein umgewandelter früherer Kramladen. Ans Schaufenster hatte jemand ein Paar Würstln gemalt. Das Wasser lief einem im Mund zusammen. Darüber, kreideweiß, in Großbuchstaben: IMBISZ. (Man hätte es für ein ungarisches Reisebüro halten können.)

Eigentlich hatte er ja nichts versprochen. Alice hatte gesagt: Versprechen Sie mir das? Er hatte gesagt: Aber. Das Wort Aber beinhaltete keinerlei Zusage. Eher im Gegenteil. Er konnte genausogut dort drin auf sie warten. Sie würde sofort wissen, wo sie ihn zu suchen hatte.

Er leierte das Fenster wieder hinauf und stieg aus.

Kapitel 16

Eine von diesen Bogenhausener Straßen, die nach Astronomen und solchen Leuten benannt sind. Hehre Gedanken umschwirrten einen Moment lang Florian Casparys geistige Aura: das ptolemäische Weltbild, das kopernikanische Weltbild ... Welches war doch gleich welches? Das brachte man gern durcheinander. Das war so ähnlich wie mit dem julianischen Kalender und den gregorianischen Chorälen. Halt! Ich spinne ja, dachte er. Wahnsinnsarie der Lucia (Donizetti), gesungen von Maria Callas, Friede ihrer Asche. Großer Gott, wie die Zeit vergeht!

Das Haus stöhnte geradezu aus allen gardinenverhangenen Fenstern vor diskreter Noblesse oder zumindest vor Bemühen um einen Abklatsch derselben. Man hatte es fertiggebracht, an der Ecke vis-à-vis der etwas spärlich bestückten Grünanlage auf kleinster Fläche einen dreistöckigen Quader hinzupflanzen, der – seien wir ehrlich – nicht einmal sonderlich störte. Was links und rechts von den dreißiger Jahren erhalten geblieben war, atmete auch nicht gerade den Geist Palladios. Die Telefonzelle schräg gegenüber wirkte wie ein aberwitziger, dottergelber Außenposten.

Die drei Marmorstufen zum Eingang sahen aus wie Plastik, waren jedoch Marmor. Die Klaviatur der Klingel-Namensschilder-Tasten (alles in einem) wies nur sechs Möglichkeiten auf. *Krasnjak* oberste Reihe links.

Krächz-krächz.

»Ja?«

»Caspary der Name. Ich hab vorhin angerufen.«

»Ach ja. Ich erwarte Sie.«

Das klang ja geradezu willfährig!

Schnarr-schnarr.

»Danke.«

Tür auf. Rauhfaseriger Fußbodenbelag, Sisal oder dergleichen, quadratisch gemustert. Der Kommissar verschmähte den Lift, obwohl verfügbar. Die Holztreppe sah aus wie Teak, war jedoch Kunststoff, wegen der Trittfestigkeit und des Abnutzungskoeffizienten.

Charlotte Krasnjak erwartete ihn tatsächlich: in voller Lebensgröße, Schulter am Türrahmen: Walküre (gleichwohl ungerüstet und ungegürtet), nicht ganz so groß wie Oberinspektor Ohm, aber beinahe: anthrazitene Säule, ins Silbrige changierend, beworfen mit Faltenkannelüren: weit ausladendes Kapitell, darüber – aus einem Hauch von rosa Chiffon geboren – Hals und Haupt: von einer Fülle gebändigten Blondhaars in Form von kleinen, schlaffen Korkenziehern umschwirrt: freundlich-verheißendes Lächeln, forschend-verhangener Blick: Verheißung und Verhängnis in Personalunion?

Florian Caspary kam sich vor wie Rigoletto neben Brünhilde. Sie streckte ihm die Hand entgegen – Klirren von Silberreifen –, er griff (haltsuchend?) danach: Die Extreme berührten einander.

»Endlich«, vernahm er.

»Sie müssen entschuldigen, der Verkehr in der Innenstadt –«

Lachen wie sanfter Gongschlag. Schwingungen.

»Sie wissen schon, was ich meine. Kommen Sie.«

Er wußte zwar nicht, was sie meinte, kam jedoch trotzdem.

Der Salon: mit Hilfe von Draperien und Accessoires – geronnener Firlefanz – ins quasi Humane modifizierter Pichler. Katalogmobiliar vom Besseren auch hier, aber aufgelockert durch Palmkätzchenzweige, durch rüschenumrankte Sofakissen, Plüschäffchen und – offensichtlich benutzte – barock überladene Kerzen, honigfarben. Mittendrin ein Klimmzug zu Höherem: Dürers *Gefaltete Hände*, nach Zählvorlagen in Grobstich gestickt, hinter Glas.

»Nehmen Sie Platz, Herr Kommissar.«

Honigfarben auch Teppich und Sofa, die Wände statt dessen

kaffeebraun. Im Zentrum des Ganzen, gleich einem wehen Daumen, ein schottisch karierter Schaukelstuhl, bestimmt für die Dame des Hauses.

»Ich danke Ihnen für Ihre Bereitwilligkeit, mich zu empfangen«, paßte Caspary sich unwillkürlich an.

Reifenklirrendes Abwinken.

»Wo denken Sie bloß hin? Ich wüßte nicht, was mich glücklicher machen könnte, als daß Sie – damit meine ich die Behörde, wo Sie bei sind – sich meiner entsinnen. Fast ein kleiner Triumph. Rauchen Sie?« Lachen wie sanfter Gongschlag. »Damit meine ich Sie persönlich.«

»Äh – ich bin dabei, es mir abzugewöhnen.«

Wenn die Gongschläge einander in kürzeren Abständen folgten, machten sie einen etwas nervös.

»Über diese Phase bin ich längst hinaus.«

Jetzt wußte er, was ihn irritierte: ihr Akzent. Sie sprach ein bißchen wie Tegtmeiers Schwester: melodischer vielleicht, sozusagen linksrheinischer. Nur das mit dem kleinen Triumph hatte er nicht begriffen. Im allgemeinen standen die Leute Besuchen seitens der Polizei rundheraus ablehnend gegenüber.

Er stand auf, setzte sein Feuerzeug in Betrieb.

Charlotte Krasnjak rauchte aus einer übertrieben langen Zigarettenspitze, wie weiland Mae West oder die Künstlerin Fröhlich im *Blauen Engel.* Nun, immerhin – das kam der Sache schon näher!

Geste mit Reifenklirrfaktor.

»Danke. Und, wie gesagt, bedienen Sie sich.«

»Dann will ich kein Muffel sein.«

Unter anderem pflegte der Kommissar aussageträchtigen Zeuginnen kleine Wünsche nicht abzuschlagen. Dieser fiel ihm besonders leicht. Er versank also wieder im Schoß des Sofas, steckte sich eine an und klopfte sich metaphorisch auf die Schulter, weil's erst die vierte des Tages war; obwohl es ihn unterwegs keinen Obolus kostete, nur in Gegenwart von Kollegen.

»Wir sind ja gewissermaßen Kollegen«, sagte Charlotte Krasnjak im selben Moment, und Casparys Hand zuckte zum Portemonnaie. »Wir erforschen das scheinbar Unerforschliche. Um so ersprießlicher, wenn wir's gemeinsam tun. Finden Sie nicht?«

»Äh – nun ja«, fand er.

Die Dame des Hauses lehnte sich zurück und versetzte dadurch den Stuhl in gelinde Schaukelbewegung.

»Die Auskünfte, was ich Ihnen erteile«, fuhr sie fort, »erteile ich gratis, versteht sich. Das kostet Sie keinen Pfennig.«

Ob er sich verhört hatte? Die Zigarette aus ihrem lackierten Kästchen schmeckte übrigens irgendwie komisch.

»Natürlich behalte ich mir vor«, erklang es weiter, »aus unserer – nun, Sie gestatten – Verbindung nach außen hin kein Geheimnis zu machen. Aber es ist Ihnen ja bekannt – sicherlich haben Sie jede Menge Erkundigungen über mich eingezogen –, daß mir Marktschreierei nicht liegt. Es würde mir beispielsweise nie in den Sinn kommen, etwa in die Zeitung zu annoncieren. Vulgär. Keine Sorge. Klappern gehört zwar zum Handwerk, das schon, aber da verlaß ich mich ganz auf Mundpropaganda ...« Ihr Lächeln intensivierte sich. »Die ist pures Gold wert!«

Für eine Barfrau sprach die Dame reichlich geschraubt. Für eine ehemalige Barfrau gleichfalls. Für eine Nutte erst recht, für eine gehobene nicht minder. Zeit zum Eingreifen, ermahnte sich der Kommissar. Er hatte im Moment nicht den Eindruck, eine gesellschaftlich nutzbringende Tätigkeit zu verrichten.

»Als erstes, mein lieber Herr Caspary – wenn Sie erlauben, erspare ich mir den Titel, unter vier Augen, es arbeitet sich dann« – Gongschlag – »viel intimer. Als erstes benötige ich die genauen Geburtsdaten des Opfers. Jahr, Monat, Tag und Stunde. Und den Ort, natürlich.«

In Kommissar Casparys Gehirn keimte ob dieses Ansinnens ein gräßlicher Verdacht auf.

»Sie betreiben Astrologie?«

»Mein lieber Herr Caspary ... Was soll die Frage?« Charlotte Krasnjak hüstelte (ohne Vibrationsnachhall). »Es gibt in ganz München, was sag ich, keine Zukunfts- und Charakterberaterin auf astrologischer Basis, die mir auch nur im entferntesten das Wasser reichen oder gar abgraben könnte! Ich denke, deswegen sind Sie hier?«

Des Kommissars Kopfschütteln löste zunächst nur ungläubiges Erstaunen aus.

»Aber Sie haben doch am Telefon gesagt, wortwörtlich, Sie würden es zu schätzen wissen, wenn ich Ihnen in einem Mordfall weiterhelfen könnte, wo Sie gerade ermitteln?«

»So ist es«, bestätigte Caspary.

»Aber Sie haben –«

»Ich konnte nicht ahnen, daß Sie es so auffassen.«

»Aber ich bin –«

»Was ich mit Ihnen besprechen möchte – und ich erwarte mir dabei durchaus eine Hilfe von Ihnen –, das betrifft eigentlich weniger die Zukunft, sondern – tja – die Vergangenheit.«

Charlotte Krasnjaks Augen verengten sich zusehends.

»*Ihre* Vergangenheit«, sagte der Kommissar.

Sie zog mit einem Ruck, wie der Dentist dem Halbwüchsigen den Milchzahn, die Zigarette aus der Spitze.

»Ich habe meine Vergangenheit abgestreift.«

»Ihre Vergangenheit als Bardame.«

Sie drückte langsam, geradezu lustvoll, wie der Schamane die Schlangenbißwunde ausbrennt, die Zigarette im Aschenbecher platt.

»Ich habe meine Vergangenheit bewältigt.«

»Wie macht man das?«

»Indem man . . .«

(Wußte sie nicht weiter?)

Die ist dreiundvierzig wie ich, wenn nicht mehr, oder ich will Dracula heißen, dachte Florian Caspary.

»Gestern am frühen Nachmittag wurde nämlich Ihr ehemaliger Arbeitskollege Andreas Pichler durch einen Gewehrschuß ermordet.«

Erst wollte sie nicht reden, sträubte sich, dann taute sie doch ein wenig auf, machte ein paar Andeutungen, und schließlich erklärte sie sich bereit, beharrte darauf, eine Kanne Tee zu kochen. Als er dampfend vor ihm stand, hatte der Kommissar nichts mehr dagegen.

Sie qualmte schon wieder aus ihrem angestaubten Vamp-

Ventil. Er hielt sich vorläufig noch zurück. Nicht mehr lange, das spürte er.

»Tja . . .«

»Der Pichler, Herr Kommissar« – sie achtete wieder auf Konventionen –, »das sag ich Ihnen im Vertrauen, aber notfalls geb ich's Ihnen auch schriftlich, der Pichler, das muß ich ihm lassen, hat mir ja nichts getan, aber – nehmen Sie mir's nicht übel – schade ist es nicht um ihn, nein, das kann man nicht behaupten.«

»Ach ja?«

»Ach nein, Herr Kommissar.«

»Was für ein Mensch war er denn so?«

»Man sieht ja nicht in so jemand hinein, und zugeknöpft, wie der war, obwohl, solange Gäste da waren, immer ein Scherzwort auf die Lippen, als Gastwirt, wenn der bei das Geschäft geblieben wäre, da hätte der sich gar nicht so schlecht für geeichnet, aber wie's da drin aussieht, wenn Sie mich fragen, Herr Kommissar, im Grunde war er eine fiese Möpp!«

Eine fiese Möpp, regional auch Rabenaas geheißen, verdolmetschte sich Caspary, ist ein Mensch von minderwertiger Qualität. Ein Spitzbub halt, ein hinterfotziger.

»Und wie kommen Sie zu dieser Ansicht?«

»Wie ich zu dieser Ansicht komm? Man ist schließlich nicht auf der Kopp gefallen, Herr Kommissar, und dann, was denken Sie denn, so ein paar Jährchen hinterm Tresen, erst in Castrop-Rauxel, dann in Birkenfeld, wo die Amis all der Sold auf der Verputz hauen, und zuletzt hier in München, Pläck Pänzer hat das Lokal ja wohl geheißen, ich kann nämlich auch Englisch, müssen Sie wissen, und jeden Abend gucken und einschenken und mit anhören, was die Besoffenen so all verzapfen, Mann, Herr Kommissar, da bleibt schon was bei hängen in puncto Menschenkenntnis, da können Sie Gift drauf nehmen, wie man so sagt.«

»Es scheint Sie auch nicht übermäßig zu wundern, daß er ein gewaltsames Ende gefunden hat . . .«

»Wundern? Da muß ich ja direkt kichern, Herr Kommissar . . . Nä, Nä, der Pichler hat sich zwar nicht in die Karten gukken lassen, ich mir ja auch nicht, blöd werd ich sein, strenge Rechnung, gute Freunde, wie die Redensart lautet, aber der hatte schon sein As im Ärmel verschwuppdiwuppelt, Herr Kommissar, und vielleicht, ich will ja nichts gesagt haben, aber vielleicht war da eins mit Zeitzünder bei, wo erst nach zwei Jahre losgeht, und meistens auch noch nach hinten, hab ich recht?«

»Aber etwas Genaueres können Sie mir auch nicht –«

»Herr Kommissar!« Sie schaute ihn vorwurfsvoll an, während sie ihren Nebelwerfer mit neuer Munition bestückte. »Wer weiß schon Genaues?«

»Ich hab gedacht, Sie vielleicht.«

Caspary lächelte sein Don-Giovanni-Deh-vieni-alla-finestra-Lächeln, aber es verfing nur halb.

»Ich bin keine Hellseherin. Da hab ich mich nie für ausgegeben. Alles völlig seriös...«

»Und wie hat's dann aufgehört?« fragte er.

»Was?«

»Mit der Kneipe.«

»Ganz plötzlich. Eines schönen Tages war einfach Sense. Jalousie runter, aus, fertig. Film gerissen.«

Er gab ihr Feuer, gab sich Feuer, ohne es so recht zu merken. Warum auf einmal so wortkarg, Madame? dachte er.

»Na, jedenfalls sind Sie auf die Butterseite gefallen.«

»Ich kann nicht klagen.« Paff-paff. »Ich hab zu meine wahre Berufung gefunden. Astrologie hat mich seit jeher interessiert.«

Er wollte verhindern, daß sie wieder ins Salbadern kam. Einen Riegel vorschieben.

»Erinnern Sie sich an Bläcki?« fragte cr also.

Ihre Augen wurden ganz verträumt, fast umflort, und sie spitzte die Lippen wie zu einem Kuß auf die schon leicht runzlige Wange der guten alten Zeit.

»Was mag aus dem geworden sein?« seufzte Charlotte Krasnjak.

»Wie war das damals mit dem Rauschgift im Klavier?«

»Das wissen Sie auch?«

»Es gibt eine Akte darüber.«

Aus ihren Nüstern quoll, schnaubend herausgepreßt, ein kleiner Schwall von grauem Dunst.

»Werfen Sie sie in den Müllschlucker, Herr Kommissar. Herausbekommen hat man sowieso nichts, hab ich recht? Und ich will Ihnen auch sagen, warum: Weil nämlich gar nichts war, darum. Das ist jedenfalls meine Theorie.«

»Sie haben eine Theorie?«

»Gedanken sind zollfrei, wenn Sie nichts dagegen haben, Herr Kommissar. Und der Bläcki, dem haben sie ganz übel mitgespielt, das ist alles. Den hat einer los sein wollen, um jeden Preis, und da hat man ihm ein entbehrliches Quantum weißes Pulver hineingeschmuggelt, und es hat geklappt. Ende der Durchsage.«

»Dem haben sie«, wiederholte Caspary, »den hat einer, da hat man ihm ... Wer?«

Diesmal stieg das Habemus-Papam-Signal nicht mehr von den Nüstern, sondern wieder von den Lippen hoch.

»Ich hab schon gesagt, Herr Kommissar, ich bin keine Hellseherin.«

»Pichler?«

»Nein.«

»Wieso nicht, Pichler hat seinerzeit ausgesagt, er würde es dem Bläcki unter Umständen zutrauen ...«

Ihre Augen funkelten. Vor Zorn?

»Hat er das? Fiese Möpp ... Nein, um den tut's mir nicht leid.« Und: »Armer Bläcki!«

»Halten Sie's für möglich, daß er wieder im Lande ist?«

Ihre Augen funkelten erneut. Diesmal bestimmt nicht vor Zorn.

»Der Bläcki?«

»Mhm.«

»Wissen Sie etwas Näheres?«

Der Kommissar wartete einen Moment, erwog seine Antwort.

»Nein.«

»Wenn Sie ...« Stocken. Dann: »Falls Sie ihn zu Gesicht bekommen, Herr Kommissar, dann grüßen Sie ihn. Und schicken

Sie ihn zu mir. Ich werd seit damals das Gefühl nicht los, als hätt ich an dem was gutzumachen. Ich bin eine sentimentale Ziege, stimmt's? Ich werd noch in die Gosse enden. Oder auch mitm Loch im Deez.«

Sie wischte sich kurz über die Augen.

»Na, na ...«

»Schon vorbei.« Sie schniefte. »Hab ich mir die Wimperntusche verschmiert, Herr Kommissar?«

»Überhaupt nicht.« Caspary stand auf. »Unter einer Bedingung.«

»Was? Wie meinen Sie das?«

»Wenn er zuerst bei *Ihnen* auftaucht, der Bläcki, dann schikken Sie ihn zu *mir*.«

Sie schaute ihn finster an.

»Ich freß ihn schon nicht«, knurrte der Kommissar.

Charlotte Krasnjak begleitete ihn zur Wohnungstür. Im Vorzimmer war ein mannshoher Garderobenspiegel angebracht. Caspary warf einen Seitenblick hinein. Was für ein ungleiches Paar, dachte er. Und: Gibt's das überhaupt, ein Paar, das nicht ungleich ist?

Als er schon halb auf dem Hausflur war, hielt sie ihn kurz zurück.

»Herr Kommissar ... Sie könnten mir nicht vielleicht doch, aus reiner Gefälligkeit, Pichlers Geburtsdaten verschaffen?«

Er mußte grinsen. Die rheinische Pythia ... Man konnte ihr nicht böse sein. Warum auch?

»Mal sehn, was sich tun läßt.«

Kapitel 17

»Heiße Würstl mit Senf, bitte.«

Der Mann mit dem runden Gesicht, mit Schnurrbart und Baskenmütze (er hätte ebensogut nach Marseille gepaßt, stammte jedoch aus dem Bayerischen Wald, wo dieser fast schon zum

Böhmerwald wird, und hieß im übrigen Leopold Uffziger), besagter Mann also wischte mit einem feuchten Lappen über die Theke und versuchte dabei, gleichzeitig zu nicken und den Kopf zu schütteln. Zu nicken, weil er die Bestellung registriert hatte und ihr schleunigst nachzukommen gedachte; den Kopf zu schütteln, weil es da in grammatikalisch-morphologischer Hinsicht erst noch einen strittigen Punkt zu klären, eine weitverbreitete Unsitte zu beseitigen gab.

»Ln«, artikulierte er. Und noch einmal: »Ln.«

Gustl Mbuokwandengi vermeinte es mit einem Sprachbehinderten zu tun zu haben, und es war ihm über alle Maßen peinlich. (Warum passiert so etwas immer nur mir?) Er bemühte sich, freundlich zu grinsen, was um so idiotischer wirkte.

»Sie sprechen doch deutsch?« fragte der Mann, ein bißchen mißtrauisch, aber einwandfrei verständlich.

»Es geht«, meinte Gustl erleichtert, mit – wie er selbst auch fand – falscher Bescheidenheit. »Ich komme damit durch.«

»Na also. Denk ich mir's doch.« Und wieder: »Ln.« Und weiter: »Würst-ln. Einzahl und Mehrzahl. Das Würst-l, die Würst-ln. Wiener kommen paarweise. Also Würst-ln. Hab ich recht?«

Gustl, der lange genug in München gelebt hatte, um sich unter dem Begriff Karl Valentin etwas vorstellen zu können, hob den Zeigefinger und sprach, wobei er zwinkerte, in sanftestem Velourston: »Semmeln-Knödeln.«

»Brav«, sagte der Mann mit der Baskenmütze anerkennend. Und mit einem letzten Zögern: »Oder möchten Sie's lieber mit Sauerkraut?«

»Mit Senf, bitte.«

»Ganz wie Sie wollen. Jedem das Seine.«

In dem Moment ging die Ladentür auf, und es erscholl eine tenorale Männerstimme.

»Gott zum Gruße, Herr Uffziger. Na? Wie steht's? Wie stehts? Hab ich's wieder mal erraten?«

»Grüß Gott. Mit Senf. Täten Sie eventuell die Tür wieder zumachen? Und ein Semmerl dazu, gell? Es zieht nämlich. Guten Appetit.«

Dergestalt verteilte Herr Uffziger seine Sätze gleichmäßig

und abwechselnd auf die beiden Angeredeten.

»Danke«, sagte Gustl.

Und der andere: »Momang mal... Mich rammt ein D-Zuch! Ist das nicht unser Fittipaldi?«

Es handelte sich – wie das Leben so spielt – um keinen anderen als Herrn Max Illing, Vertreter der Firma *Mermos,* Hannover, Senf und sonstiger Wurstbratereibedarf, jeden Tag in einem anderen Stadtviertel unterwegs. Heute fatalerweise in diesem.

»Na klar! Wer sagt's denn? Das ist unser Fittipaldi!«

Gustl hob den Kopf, ein wenig nur, schoß einen Blick ab und wußte, daß er in der Patsche saß. Aber einstweilen stellte er sich noch taub. Er wälzte das erste Würstl im Senf und fraß es auf einen Sitz hinein.

Andere Völker, andere Sitten, dachte Herr Uffziger, der das Gebaren des Senfvertreters – nebenbei bemerkt – aufs entschiedenste mißbilligte.

»Oder doch nicht? Sollte ich mich irren? Die Brüder sehen ja alle irgendwie gleich aus...«

Herr Uffziger zog es vor, sich nicht einzumischen.

»Ich müßte seine Stimme hören... Komm, sag mal ›Fittipaldi‹! Na los, mach schon...«

Gustl würgte noch an der ersten Portion, da wischte er bereits mit dem zweiten Würstl den Senf auf und hielt es gewissermaßen im Anschlag.

»Was kostet das?« fragte er sodann Herrn Uffziger und stopfte sich unmittelbar darauf das pralle, in der Mitte platzende Würstl quer in den Mund. Er sah jetzt aus wie Louis Armstrong, während er den *Basin Street Blues* blies.

»Zwei Mark«, brummte Herr Uffziger und dachte: Man lernt nie aus.

»›Fittipaldi‹ sollst du sagen! Kapito?«

Gustl warf ein Zweimarkstück auf die Theke (Rest seiner Barschaft: eins fünfzig), grapschte nach der Semmel, stieß mit der Linken Herrn Illing vor die Brust –

»Das isser!«

– öffnete die Ladentür und rannte los, das Würstl noch immer unzerkaut im Mund. Er rannte mitten auf der Straße in Richtung Platz und feuerwehrroter VW, wo Alice durchs Fenster auf den leeren Beifahrersitz glotzte.

Gegenüber der Wurstbraterei schoß ein dunkelblauer Mercedes wie von der Tarantel gestochen vom Randstein weg und mit heulendem Motor in die Straßenmitte.

Gustl zuckte zusammen, drehte sich um, sah die Motorhaube, den Kühlergrill, den dreizackigen Stern; wer den Wagen lenkte, sah er nicht, aber sich selbst sah er, unter den Rädern, ganz deutlich, Schädel zerschmettert, Filmschnitt, dann lag er auf dem Gehsteig, bäuchlings in einer Pfütze, rappelte sich hoch und wollte dem davonrasenden Mercedes nachrennen.

»Du hast einen Satz gemacht wie Tarzan!«

»Jugendmeister von Togo im Weitsprung ...«

»Bist du verletzt?«

»Nicht daß ich wüßte ...«

»Hast du die Zulassungsnummer erkannt?«

»Was denn noch? Hast du Charlotte gefunden?«

»Ja. Warum hast du nicht auf mich –«

»Wohin fährst du?«

»Dreimal darfst du raten.«

»Da, ich hab dir was mitgebracht. Eine Semmel. Der ist nichts passiert. Aber um das schöne Würstl ist es schade. Ich hab's in den Rinnstein gespuckt. Meschugge!«

Sie lachten beide wie die Irren.

Kapitel 18

Kollege Junker – mit Vornamen Wolfram, Kriminalinspektor, dritter Mann und Benjamin des Teams – war (im Gegensatz zum analogen ›Ohm‹ Gregor) keineswegs erbaut, wenn man ihn ›Junker‹ Wolfram nannte. Also ließ man es in seiner Gegenwart bleiben. Er hatte ein paar Semester lang an Soziologie, Psychologie und ähnlich Einschlägigem geknabbert. Ob er all dies auch verdaut hatte, sei dahingestellt. Inwieweit jene Wurzelbehandlung dentaler Natur, der er sich gezwungenermaßen unterzog, etwa eine psychosomatische Komponente aufwies – darüber sich auszulassen, ist hier auch nicht der Ort. Jedenfalls war seine Persönlichkeit zur Zeit davon geprägt und an ihrer vollen Entfaltung gehindert. Was Kommissar Caspary allerdings nicht gerade als Schicksalsschlag empfand.

»Ich gebe mich der Hoffnung hin«, äußerte er vom Schreibtisch aus, »daß Sie gelegentlich Ihren Dienst wieder aufzunehmen gedenken. Oder schwelge ich da in einem Übermaß an Optimismus?«

Junker Wolfram spitzte die Lippen, und seine Wangen wölbten sich leicht einwärts. Offenbar spürte er irgendeiner Gefühlsunregelmäßigkeit im Bereich der Mundhöhle nach. Er sah ein bißchen aus wie Marlene Dietrich, einen Zuhälter bezirzend. In Wirklichkeit wußte er nicht recht, ob er gerügt oder schlicht auf den Arm genommen wurde. Beides hätte ihm seelisch gleichermaßen zu schaffen gemacht, also erwog er die Flucht zurück in die Krankheit.

»Nun«, rang er sich ab.

Weiteren Bekundungen enthob ihn einstweilen das unverhoffte Eintreten Ohm Gregors.

»Aha«, sagte dieser. Und: »Oho«, als er den Kollegen Junker leibhaftig im Büro des Chefs gewahrte. (Phonetisch waren die beiden Äußerungen übrigens kaum zu unterscheiden.)

Der Kommissar schaute von einem zum anderen. Der Oberinspektor schaute von einem zum anderen. Der Kollege Junker schaute von einem zum anderen.

Schließlich räusperte sich Caspary (*Metà di voi qui vadano*, ging es ihm durch den Sinn. *Don Giovanni*, 2. Aufzug, 4. Auftritt. *E gli altri vadan là ...*) Taktik. Strategie. Koordination. Hannibal ante portas.

»Ihr geht –« (Er verschluckte: nach jener Seite hin.)

Ohm Gregor hob die Brauen. Junker Wolfram visierte prophylaktisch die Türklinke an.

Caspary räusperte sich noch einmal.

»Schon fertig mit Ihrer Marktforschung?« wandte er sich ungemein offiziös an den Dienstälteren.

»Keine Spur. Das heißt, im Gegenteil, noch längst nicht alle! Wo denken Sie hin? Die ziehen über Mittag bloß wieder von einem Außenbezirk in den anderen um. Erst Abbau, dann Aufbau. Organisiertes Chaos. Da hab ich mir gedacht –«

»Falls ich hier nicht mehr –«

»Nehmen Sie Platz, Herr Junker«, befahl der Kommissar. »Das wird Sie genauso interessieren wie mich.« Und zu Ohm Gregor: »Irgendwelche Anhaltspunkte?«

Gleichzeitig seufzen und grinsen, das war auch so eine von Oberinspektor Ohms Spezialitäten. Daneben zog er sich, praktisch ohne hinzusehen, per Fußspitze einen Stuhl heran, die Lehne voran, und schickte sich an, aufzusitzen.

»Anhaltspunkte? Mehr als genug. Zum Beispiel der Metzgermeister, Auracher Josef schreibt er sich, angeblich den ganzen gestrigen Tag mit einer Erkältung zu Hause, was noch zu überprüfen wäre.«

»Motiv?«

»Ja, also, wie soll ich das . . .« druckste Ohm Gregor herum. »Es war ihm jedenfalls ein Dorn im Auge, daß der Pichler seine Würstln von woanders herbezogen hat.«

Beiden Zuhörern klappten wie auf Kommando die Kinnladen herunter.

»Frustrierter Profitstreß«, hauchte Junker beeindruckt. »Aggressionsstau, gepaart mit –«

»Weiter«, forderte Caspary ziemlich barsch.

»Balthasar Vogel, vorbestraft. Wegen wiederholtem Betrug übrigens. Aber immer nur Kleinigkeiten. Ich hab mich inzwischen erkundigt. Sein Spitzname in der Branche lautet ›Pech-Vogel‹. Der Wandergewerbeschein ist auf den Namen seines verstorbenen Bruders ausgestellt.«

»Und der Pichler hat das gewußt?«

»Ja.«

»Hm . . .«

Wolfram Junker hatte das Wort ›Resozialisierungspsychose‹ (oder irgendein gleichwertiges) schon auf der Zungenspitze, kam jedoch nicht mehr dazu, sich seiner zu entledigen.

»Drittens – Theo Szyblinski, der ein Auge auf Therese Moll geworfen hatte, unser überreifes Blumenkind, die angeblich in Pichlers Händen war, aber so fest nun wieder auch nicht, wie mir scheint, oder kann sein – das wär dann viertens – kann sein, sie wollte sich aus dem Zugriff dieser Hände befreien, um jeden Preis ...«

Diesmal Schweigen – eher lau als eisig, aber immerhin – und sonst gar nichts. Ohm Gregor zog ein Schnupftuch aus der Tasche und trompetete lautstark hinein. Dann faltete er es penibel wieder zusammen. Waren ihm etwa selbst Zweifel an der Ergiebigkeit seiner kriminalistischen Wünschelrutengänge gekommen? Jedenfalls gedachte er die Flinte nicht gleich überstürzt getreidewärts zu schleudern.

»Dazu noch die Ausbeute von gestern«, fuhr er folglich fort, seiner Stimme zusätzliche Festigkeit verleihend. »Bäckermeister Melchior Gundolff und seine Tochter Sieglinde, wohlgemerkt: in anderen Umständen, wofür entweder der Pichler verantwortlich ist oder dieser Käsebube, dieser Wolfgang Hanusch, der zur Tatzeit angeblich ein Bier trinken war, aber im Lokal kann sich niemand so genau daran erinnern. Ich meine«, steigerte sich der Oberinspektor in eine Art von spekulativer Euphorie, »gesetzt den Fall, dieser Wolfgang ist in Sieglinde dermaßen verschossen, daß er ... Und nun kommt der Pichler daher und – ... Ich meine, da wär doch eine Kurzschlußhandlung durchaus ...«

Diesmal räusperte sich der Kollege Junker und äußerte, wenn auch recht leise und sozusagen versonnen: »Tristan, schäm dich. Demnächst in diesem Theater ...«

Kommissar Caspary – eher von Anklängen an ›Bajazzo‹ und ›Cavalleria rusticana‹ heimgesucht, die er stracks unterdrückte – sah sich anscheinend nicht genötigt, zu widersprechen.

Ohm Gregor zog abermals das Schnupftuch hervor, faltete es jedoch nicht erst auseinander, sondern steckte es gleich wieder ein.

»Wir werden ja sehen, wer als letzter lacht. Außerdem hab ich mir längst noch nicht alle von den Leuten vorgeknöpft«, meinte er abschließend. »Ich sag Ihnen, das ist wie ein Komposthaufen, das gärt und brodelt unter der Oberfläche...«

Freie Wochenenden verbrachte er am liebsten in seinem Schrebergarten.

Das Schrillen des Telefons erlöste ihn von dem Zwang, sich weiter (vor wem eigentlich?) rechtfertigen zu müssen.

Der Kommissar nahm ab, meldete sich, lauschte kurz und knurrte dann: »Schicken Sie ihn 'rauf.«

Es handelte sich auch bei dieser Gelegenheit – Konsequenz des Vorausgegangenen – um keinen anderen als (›Gott zum Gruße! Wie steht's? Wie stets?‹) Herrn Max Illing, den allseits bestens eingeführten Meerrettichmostrichknaben, der es schon wieder einmal erraten hatte.

»Ich schwöre Ihnen«, beteuerte er unentwegt, »er war es! Keine Frage! Dieser Fittipaldi von gestern nachmittag... Sie wissen doch, ich hatte kaum den Holzspieß von meinem Schaschlik entfernt, als ich den Kopf hob, und was soll ich Ihnen sagen –«

»Wir wissen«, beteuerte Caspary nun seinerseits.

Herr Illing schluckte also den Rest seiner Reminiszenzen hinunter und gab statt dessen Aktuelleres von sich.

»Ja, aber kaum war er zur Tür hinaus – er floh richtiggehend vor mir, man könnte fast sagen: gewaltsam; aber kaum war er draußen und rannte auf der Straße weiter, mitten auf der Straße, dieser Spinner, der dachte wohl, er sei im Urwald oder wo... Ein dunkelblauer Mercedes, mehr kann ich Ihnen auch nicht – so leid es mir tut... Schoß plötzlich vom Randstein gegenüber auf die Fahrbahn und – wie im Kino! Was war das noch gleich für ein Film? Frentsch Konnekschn, oder wie der hieß. Also, dieser Fittipaldi roch Lunte, sah sich um, und mit einem irrwitzigen Satz, ich sage Ihnen – also, da kann man ja sonst von denen halten, was man will, aber vom sportlichen Standpunkt aus haben sie gewiß was auf dem Kasten, diese Schwarzen. Junge, Junge! Da könnten sich die unseren 'ne Scheibe von abschneiden. Jedenfalls – das hätten Sie sehen sollen! Platsch, und mittenmang in die Pfütze auf dem Gehsteig! Ha, ha, ha. Irgendwie geschah ihm ja recht, wie der sich vorher aufgeführt hatte, und nun lag er auf der Nase ...«

Ohm Gregor war schon ganz gerädert von diesen geballten Ladungen starker und schwacher Imperfekte.

»Und Sie haben ihn da liegen lassen?« fragte er, und sein Tonfall implizierte gleich mit: Daß Sie sich nicht schämen!

»Was hätte ich denn tun sollen?« wehrte sich Herr Illing. »Zur Salzsäule erstarrt vor Schrecken, die Haare standen mir zu Berge, Neger sind ja irgendwie auch Menschen, der Mercedes stob mit quietschenden Reifen davon, ich wußte ja nicht, was los war, dachte erst, nanu, der hat's doch nicht etwa der Reihe nach auf meine Kundschaft abgesehen, gestern stand er bei Pichler herum, heute bei Uffziger, und dann auf einmal das! Kaum kam ich wieder halbwegs zu mir, da sprang er auch schon hoch und hastete hastewaskannste auf einen roten Volkswagen zu, mit dem fuhr er dann weg. Und ich hatte das Nachsehen, ha, ha. Buchstäblich. Aber gleich drauf riß ich mich am Riemen, stieg in meine eigene Karre und machte, daß ich herkam, zu Ihnen.«

Es war nicht zu fassen – er hörte ganz von allein zu reden auf.

Kollege Junker hielt seinen Moment für gekommen.

»Und Sie erkannten an keinem der beiden Fahrzeuge die Zulassungsnummer? Ja, schliefen Sie denn?«

Kommissar Caspary und Oberinspektor Ohm tauschten einen raschen Blick innigen Einverständnisses.

»Ich bin jetzt überzeugt«, sagte der Chef, als sie wieder zu dritt waren.

»Ich bin's eigentlich auch«, schloß Ohm Gregor sich an.

Kollege Junker fühlte sich ausgeschlossen, und das grämte ihn. Es blieb ihm nichts anderes übrig, als zuzugeben, daß er keine Ahnung hatte, worum es ging.

»Überzeugt wovon?« erkundigte er sich relativ kleinlaut.

»Er ist es«, sagte der Oberinspektor.

»Und jemand scheint ihm – auch ihm! – nach dem Leben zu trachten«, fügte Caspary hinzu.

Damit war dem Wißbegierigen jedoch nicht gedient, und er schaute vorwurfsvoll drein, mit einwärtsgewölbten Wangen.

Der Kommissar warf einen raschen Blick in die aufgeschlagene Akte, sandte ein Stoßgebet zum Schutzheiligen der Nachrichtensprecher empor und ward erhört.

»Gustave Guillaume Conrade Mbuokwandengi«, artikulierte er fehlerfrei, und jäh durchströmte ihn Vertrauen in die künftige Entwicklung der Dinge. »Sie, Herr Junker, werden sich nach Kräften bemühen, ihn für uns ausfindig zu machen. Studieren Sie das da. Oder müssen Sie schon wieder zum Zahnarzt?«

»Erst morgen«, erwiderte der jüngere Kollege – halb eifrig, halb gekränkt, also wieder im Gleichgewicht – und nahm den Aktenordner entgegen.

»Sie«, wandte Caspary sich an Ohm Gregor, »machen in Gottes Namen mit Ihrer Analyse der Marktlage weiter.« *(Metà di voi qua vadano ...)* »Ich selbst«, schloß er, »bleibe auf der Fährte des Würstlmanns« Und völlig unvermittelt: »Ans Werk!«

Hinterher genierte er sich fast.

Man stand auf und begab sich, in schöner Eintracht, Richtung Rindsgulasch in die Kantine.

Kapitel 19

Andersenstraße Ecke Wurmboldstraße, Boutique *La Duchesse* – das war wie Heimkehr.

Als Gustl Mbuokwandengi aus dem VW kletterte, schmerzten ihn auf einmal sämtliche Knochen.

Während der Rückfahrt hatte er's gar nicht so recht gemerkt. Sie war im übrigen äußerst schweigsam verlaufen. Er hatte sie, scheinbar mürrisch, auf dem Beifahrersitz hockend verbracht, man hätte meinen können: ausschließlich der Beobachtung des Verkehrs hingegeben. Von ein paar Seitenblicken auf Alice abgesehen, die doch tatsächlich bröckchenweise an der Semmel herumkaute, diesem etwas dubiosen, einzigen Aktivposten seines Streifzugs; die nackte Haut, die schwarze, einmal nicht mitgerechnet.

In Wirklichkeit hatte er pausenlos darüber nachgedacht, wie

er es wohl bewerkstelligen könnte, Alice eine Auskunft über den Erfolg ihrer Nachforschungen hinsichtlich Charlottens zu entlocken, ohne sie direkt anreden zu müssen. In der ersten Erregung nach dem Vorgefallenen war beiden – wem eigentlich zuerst? – achtlos das eine und andere vertrauliche Du entschlüpft, einfach so, unter dem Eindruck der Erleichterung. Verständlich, verzeihlich. Kaum wieder zu Atem und Vernunft gekommen, empfand Gustl jedoch mit aller Wucht, wie sehr der Lapsus – war's denn einer gewesen? – ihn hemmte, einengte, ja bedrückte. Sollte er unbekümmert damit fortfahren, da es nun einmal passiert war? Durfte er's, ohne vor sich selbst als Schnösel dazustehen? Oder sollte er befangen zum förmlichen Sie zurückkehren, auf die Gefahr hin, Alice dadurch gleichsam zu maßregeln, also zu kränken? Wie verhielt sich der Mann von Welt in dergleichen Situationen? Ach, er, Tussonges, würde ja doch nur anecken, so oder so. Es sei denn, ihr war's gar nicht aufgefallen. Aber gab's das: etwas, was ihr nicht auffiel? Besser, man hielt den Mund. (Als er sich darüber klar wurde, daß ihm die Frage der Wortwahl wichtiger war als die angestrebte Information, erreichte die Verwirrung ihren Höhepunkt.)

Sie schritt voraus, stieß die Ladentür auf. Er achtete gar nicht mehr auf das Glockenspiel.

Die nächste Szene – ja, so kann man es nennen: Szene – rauschte an ihm vorbei, ohne daß er so recht begriff, was überhaupt vor sich ging. Er strebte nämlich – zwecks Säuberung der Kleidung und des Leibes – allsogleich in den sanitären Bereich hinter der linken türkisfarbenen Samtportiere und gewahrte gerade noch aus dem Augenwinkel Roberto Ramirez Radomski, wie er – die rechte mit der Gebärde eines Varietézauberers teilend – zu seinem Auftritt anhub.

»Oh, ah«, vernahm er noch. »Man erinnert sich des Verschollenen? Man kommt, sich seiner zu entäußern? Der Mohr hat seine Schuldigkeit getan, der Mohr darf bleiben?«

Ein schwacher Impuls flackerte auf, kehrtzumachen und das mit dem Mohren nicht unwidersprochen hinzunehmen, aber sprechen, das war zur Zeit unmöglich, und –

»Bobby. Bitte.«

– und seit wann schrie nach Vergeltung, was offensichtlich zutraf?

»Danke für Obst, bin selbst eine Pflaume.«

Was hatte das nun wieder zu bedeuten?

Dann plätscherte der Wasserstrahl ins Waschbecken, über den Krauskopf und in die Ohren hinein, über Arme und Hände, die nach dem Seifennapf tasteten, schließlich nach dem Frotteetuch, noch feucht von der Morgentoilette. Dann im Spiegel die Augen, das Weiße darin so besonders weiß; das Gesicht mit den Tropfenperlen auf der Stirn, an der Oberlippe, am Kinn; die kaum spürbar zuckenden Nüstern, als witterten sie einen Hauch von längst Vermodertem.

Nebenan Stille. Wie damals.

Auf einmal war alles wieder lebendig. Der ganze Alptraum.

Es kommt vor, nicht allzu oft, aber es kommt vor, daß Fittipaldi – zum Umfallen müde und nicht mehr so ganz auf dem Quivive – in der Kneipe übernachtet. Im *Black Panther,* wo er seinen karg bemessenen Lebensunterhalt aufmöbelt, indem er den Leuten etwas auf dem Klavier vorspielt. All diesen durstigen Quatschköpfen, von denen kein einziger ihm wirklich zuzuhören scheint, aber sowie er die Finger von den Tasten löst, vergeht keine Minute, und sie fangen an zu motzen, zu murren, zu meutern: Wie denn, was denn, wo bleibt, Herrschaftseiten, die Musik?

Es kommt vor, jeden Abend, es ist geradezu unvermeidlich, daß irgendein angesäuselter Menschenfreund auf den wohlfeilen Reim ›Bier – Klavier‹ verfällt, woraufhin der Zapfhahn jedesmal zu Fittipaldis Gunsten den Gerstensaft schäumen läßt. Oft wird die Spende von einem Klaren begleitet, und hätte Charlotte nicht – mit Pächter Pichlers wohlwollendem Einverständnis – zu eben diesem Zweck unter der Theke eine Wodkaflasche mit klarstem Münchner Leitungswasser bereitgehalten, der von Haus aus eher Fruchtsäften zugeneigte Fittipaldi wäre wohl des öfteren vom Drehstuhl gekippt.

An diesem einen, ganz speziellen Abend hatte es ihn jedoch

erwischt, volle Pulle, keine Frage; auch Charlotte mußte kapitulieren. Pegasus hatte sie flügelschlagend und mit höhnischem Wiehern ausgetrickst: Pegasus in der Klein-Zaches-Gestalt eines Gastes von gnomenhaftem Wuchs, der – auf einem Barhokker thronend – sämtliche Anwesenden vermittels eines Bundespersonalausweises davon zu überzeugen vermochte, sein Name sei Göthe (mit Umlaut Ö und Vornamen Dietmar, aber was mache das schon). Zum – was lag näher? – Dichten provoziert, griff er flugs nach dem Lorbeer mit der allseits umjubelten Aufforderung: »Gebense dem Mann am Piano – 'nen Cinzano.«

Darauf das gesamte Lokal, wie aus einem Munde: »'nen Cinzano!«

Und dito in Abständen von etwa zehn bis zwanzig Minuten, bis zur Sperrstunde, auch nachdem Göthe – die Inspiration verpufft – sich längst getrollt hatte.

Fittipaldi also läßt sich, von Pichler unter den Achseln geschleift, von Charlotte der Schuhe beraubt und mit ihrem Alltags-Persianerklauenmantel zugedeckt, auf die morsche Fensterbank in der Küche verfrachten, wo manchmal das benutzte Geschirr abgestellt wird. Kaum horizontal gelagert, entschnarcht er, ohne vorerst das Bewußtsein wiederzuerlangen.

Ein Anflug desselben streift ihn – später: wann genau? – irgendwo zwischen Nacht und Morgengrauen, als mitten aus dem Nichts ein Kichern das Spinnwebnetz in seinem abgeschalteten Oberstübchen antippt, vom Rand her aufreißt, als piepste ein Elefant, ein Trapsen dann, als trampelte eine Maus, und schließlich unbeholfenes Geklimper: Da schlägt er die Augen auf (ringsum alles finster) und hält die Luft an.

Als pickte jemand mit widerstrebend gekrümmtem Finger die einzelnen Töne der Barcarole aus *Hoffmanns Erzählungen* aus den obersten Regionen der Tastatur ...

Dann etwas wie Knirschen, gedämpftes Poltern, Scharren und Stille.

Er setzt sich auf. Das Warme, was ihn bedeckt hat, rutscht zu Boden. Er atmet wieder, klappert mit den Zähnen. Vor Kälte? Unsinn, er trieft ja; kleine Rinnsale krabbeln ihm ins Genick, zwischen die Schulterblätter.

Fahles Leuchten, strichförmig, dort unten? Täuschung? Cinzano? Huschendes hinter der Milchglasscheibe der Durchreiche? Trug? Ist er überhaupt wach?

Das Kunstfasergewirk der Socken zwischen Fußsohle und Linoleum – als schritte man über ein Reibeisen. Der Knauf der Schwingtür scheint von innen zu glühen. Auch ist scheinbar nicht sie es, was sich bewegt, sondern das andere, Mauer, Boden, Decke: der Raum. Schwankt einwärts, aber die Tür – wie ein Bollwerk, sich daran zu stützen.

Einsames Schummerlicht von der Theke her, wo vorhin Göthe saß und seiner Muse den fatalen Reim abknutschte ... Hockt er da noch? Kobold?

Nicht die Frau mit gegrätschten Beinen, von sich gereckten Armen, daliegend, hingeschüttet, hingestreut, Hühnerfutter, nicht hinschauen, geh weg, das grüne Kleid nicht, der weiße Hals nicht, das rote Haar nicht, das dunkle Loch des offenen Mundes nicht und nicht das matte Hell (wie von verkleckerter Milch) der nutzlos aufgerissenen Augen. Gnade, all dies nicht! Und schon gar nicht, über die düstere Chimäre gebeugt, der Dracula-Schatten dieses Mannes mit Mantel (aus dessen Ärmeln sich keine Finger spreizen) und Hut (unter dessen Krempe kein Gesicht verschwimmt). Nein. Um der Vergebung unserer Sünden willen, nein! *Seigneur, ayez pitié de nous ...*

Als er wieder zu sich kommt, kriecht Morgen durch die Ritzen der Jalousien. Er liegt auf dem blanken Boden des Lokals, steif, die Beine halb in der Küche, und was ihn in die Seite drückt, genau dort, wo die Rippen aufhören, ist nichts anderes als die Schwingtür, die er mit seinem Körper blockiert, die ihn beiseitewischen möchte, aber dafür ist er zu schwer; Bremsklotz, der sich jetzt langsam aus dem Weg wälzt ... Die Tür schwirrt zurück, pendelt kurz aus, knackst in den Scharnieren.

Er rappelt sich hoch, dreht sich taumelnd im Kreis, einmal um sich selbst. Glotzt. Nichts Trostloseres als eine leere, ungelüftete Kneipe kurz vor Tagesanbruch.

Trocken im Mund. Wie ausgekotzt.

Noch was?

Er tappt auf die Klotür zu, betritt den Waschraum, dreht das

Wasser auf, schlürft den Strahl in sich hinein, es spritzt nach allen Seiten. Er richtet sich auf, starrt in den Spiegel. Die Augen, das Weiße darin so besonders weiß; das Gesicht mit den Tropfenperlen auf der Stirn, an der Oberlippe, am Kinn; die kaum spürbar zuckenden Nüstern, als witterte sie einen Hauch – wovon?

Wieso Cinzano?

Er wackelt mit den Zehen, um der schleichenden Kälte des Steinfußbodens entgegenzuwirken.

Er starrt die Innenseite der Tür an. Gesetzt den Fall, er macht sie auf, geht hinaus ins Lokal – was wird er finden? Aschenbecher voller Zigarettenstummel? Die Leiche einer rothaarigen Frau in einem grünen Kleid?

Er starrt den Automaten mit den Präservativen an, liest die Gebrauchsanweisung von oben bis unten, Wort für Wort, lernt eine neue Vokabel: Einwurfschlitz.

Dann starrt er wieder in den Spiegel und stellt fest, daß er im Gesicht grau ist. Das wäre lustig, denkt er, wenn ich mir, zwei Schritte vor dem einladend geöffneten Klo, in die Hosen scheiße. Und: Soll ich hier den Rest meines Lebens verbringen?

Erst das Bimmeln des Glockenspiels, dann die Stimme von Alice.

»Dauert's noch lange?«

Er wollte das Wasser abdrehen, aber das hatte er offenbar schon längst getan. Woher kam also das Rauschen? Im nächsten Moment ebbte es ab. Ein Knacken in den Ohren und Schluß.

»Nein«, sagte er.

»Sind Sie präsentabel?« kam es.

Aha.

»Ja«, sagte er.

Er starrte die türkisfarbene Samtportiere an. Sie öffnete sich. Ein Mädchen – besser vielleicht: eine junge Dame –, brünett, mit geradezu erschreckend blauen Augen; nach oben gerichtet. Erschrocken.

»Um Himmels willen, du bist ja ganz grau im Gesicht! Was ist denn los?«

Er versuchte zu grinsen.
»Wo ist Bobby?«
»Abgezischt. Beleidigt. Was weiß ich?«
Alice. Er wunderte sich, daß man als Todeskandidat von einer so unverfälschten Glücksempfindung heimgesucht werden konnte. Oh, ah, fürwahr.

Kapitel 20

Die Hochspannungsmasten waren dieselben; auch die Trauerweiden am Ufer des Baches. Auch Unterfranzing hatte sich über Nacht nicht verändert. Gestern hatte wenigstens die Sonne geschienen – kurzlebige, föhnbedingte Hochstapelei. Jetzt nieselte es wieder.

Wenn Forian Caspary (heute war er allein unterwegs) etwas an den Nerven zehrte, dann dieser schleppende Rhythmus der Scheibenwischer, dieses unerlöste Auf und Nieder, Hin und Her, das jedesmal König Philipp heraufbeschwor, den Escorial, wolkenverhangen, diese quälend hinausgezögerte Seelenpein vor der unumstößlichen Erkenntnis: *Ella giammai m' amò*. Indes, der Dirigent schien eingeschlafen zu sein, des Basses Grundgewalt versickerte im Vorspiel der Scheibenwischer, das ewig weiterging und weiter.

Sogar der bekränzte Maibaum vor der Kirche schien zappelig von einem Fuß auf den anderen zu treten.

Die Metzgerei des *Altwirt* hatte noch geschlossen. Tante Dorothee war voll des Lobes gewesen über das Geräucherte. Florian Caspary nahm sich vor, auf der Rückfahrt Station zu machen.

»Kommt so etwas öfter vor?« fragte der Kommissar unwirsch, aber nicht eigentlich alarmiert.

»Dem Dirndl gehört schon lang wieder mal der Arsch vollgehaut, und zwar zünftig.«

(Jakob Mayr: grobschlächtig, vierschrötig, stiernackig; lederne Bundhose; hochgekrempelte Hemdsärmel. Rosiges Antlitz, faltenlos, mit Schmollmündchen. Der Mann, der noch immer jeden Samstagabend im Wirtshaus jeden Herausforderer beim Fingerhakeln bezwang. Der Typ, der eines Tages auf offenem Feld vom Blitz erschlagen wird.)

»Das ist keine Antwort.«

»Nein, eigentlich nicht, soviel ich weiß«, beeilte sich die verehelichte Elfriede besänftigend einzugreifen.

Man befand sich in der guten Stube. Jakob Mayr hatte aus der Küche geholt werden müssen. Hansi und Klaus waren wieder beim Fußballspielen. Sie hatten gerade das Weite gesucht, als der Kommissar vorgefahren war. Er hatte sie ziehen lassen, von ihrem stimmbrüchigen Gegröle eingeschüchtert, was ihn insgeheim wurmte. Aber sei's drum. Notfalls würde er Ohm Gregor noch einmal herbeordern. Das war eh sein Revier, im Grunde genommen.

Jakob Mayr grunzte mißbilligend.

»Sie sind anderer Ansicht?«

Gleich am Anfang des zähflüssigen Gesprächs hatte sich herausgestellt, daß Stefanie, 20, genannt Steffi (sozusagen der Grundstein dieser Familie), gestern abend nicht heimgekommen war und folglich die Nacht außerhalb des elterlichen Hauses verbracht hatte.

Wußte sie etwas vom Tod ihres Onkels Andreas Pichler? Hatte ihr Ausbleiben – von ›Verschwinden‹ konnte einstweilen wohl noch keine Rede sein – etwas damit zu tun?

Elfriede Mayr schniefte plötzlich auf.

»Du hast sie vertrieben!« wandte sie sich anklagend an ihren Gatten.

»Ich?«

»Nach allem, was du der Steffi vorgestern an den Kopf geworfen hast, traut sie sich nicht mehr zurück ...«

»Ich?«

Schrill: »Du bist schuld, wenn sie unter die Räder –«

Kommissar Caspary hob einhaltgebietend die Hand.

»Ja, was haben Sie ihr denn an den Kopf geworfen?«

Er war allen Ernstes im Zweifel, ob es sich dabei um Verbalinjurien oder beispielsweise Maßkrüge gehandelt hatte.

Jakob Mayr leckte sich mit einem blitzschnellen Zungenspitzenwischer die Schmollmündchenlippen.

»Ach was, gar nix«, wiegelte er – momentan angeödet – ab. »Ich hab nur gedroht, ich bring sie um.«

Der Kommissar ließ die Hand sinken und hob statt dessen die Brauen.

»Ich hab nur gesagt, ich bring sie um, wenn sie mir noch einmal mit einem Neger daherkommt.«

Ganz richtig. Mit einem Neger.

Jakob Mayr hielt Casparys Erstaunen offenbar für Entrüstung und taute daraufhin ein wenig auf.

Er habe zufällig aus dem Vorderfenster geschaut und sie daherkommen sehen, gemeinsam alle beide, vom Ort her, geschlendert seien sie, der Neger die Hände in den Jackentaschen, der Bazi, die Steffi habe aufgeregt herumgefuchtelt und auf ihn eingeredet, ununterbrochen, und gelacht dabei, jawohl, und zu Hause, wenn man sie fragt, kriegt sie kaum die Zähne auseinander und winkt nur schnippisch ab, jawohl, schnippisch, aber dem Neger habe sie offenbar ganze Romane erzählt. Also sei er, Jakob Mayr, kurz entschlossen vor die Haustür getreten, um die beiden zu erwarten, und im selben Augenblick sei nebenan gleichfalls die Tür aufgegangen, er habe gar nicht gewußt, daß der Anderl schon daheim war. Sie hätten einander kurz angeschaut, aber nichts gesagt – seit dem Streit wegen dem Dach seien sie miteinander über Kreuz gewesen – und nur beide gewartet. Wie die Herankommenden sie gesehen hätten, seien sie plötzlich verstummt, also die Steffi, und der Neger habe auf einmal zu grinsen angefangen, über das ganze Gesicht, und eine Hand aus der Jackentasche genommen und sich den Wuschelkopf gerieben. Ihm, Jakob Mayr, habe er kurz zugenickt und dabei mit den Augen gerollt, wohingegen die Steffi sich nicht entblödet habe, »Grüß dich, Onkel Anderl« zu sagen, aber da habe er, Jakob Mayr, sie schon am Arm gepackt und ins Haus hereingezerrt und den Schlüssel von innen herumgedreht und sie vor sich her in die Küche geschubst und sie gründlich ins Gebet genommen, was ihr denn einfalle und so weiter.

Sie habe ihn in der S-Bahn getroffen, den Neger, habe sie gesagt, und sie habe ihn auch beim Namen genannt, irgendwie italienisch, komischerweise, Grimaldi oder so, und sie habe sich gleich gewundert, ein Neger in der S-Bahn, nämlich auf der Strecke nach Unterfranzing, und wie er dann auch noch hier ausgestiegen sei, da sei es ihr wie Schuppen von den Augen gefallen, und sie habe sich schlagartig erinnert, ja, freilich, das sei doch der Grimaldi oder so ähnlich! Den habe sie doch schon mal gesehen, vor zwei Jahren oder noch früher, wie sie heimlich, man stelle sich vor, ihren Onkel in dessen Schwabinger Kneipe besucht habe, man stelle sich vor, wo sie doch das Lokal wenigstens habe kennenlernen wollen, und Schweps Bitterlemmen habe sie trinken dürfen, jede Menge, wer's glaubt, und da sei er am Klavier gesessen, der Grimaldi oder wie er heißt, und habe ihr extra auf Wunsch Jello Sabmärien vorgespielt, falls er, Jakob Mayr, das richtig behalten habe, man stelle sich vor, und seither kenne sie ihn, den Grimaldi. Aber er habe sie nicht wiedererkannt, in der S-Bahn, und da habe sie ihn einfach angesprochen, er sei doch der Grimaldi, und so ein Zufall.

Da habe er ihr eine gelangt, nämlich er: Jakob Mayr, dem Fratzen, dem zwanzigjährigen, und gesagt, so wahr er ihr Vater sei, er bringe sie um, wenn sie ihm noch einmal mit einem Neger daherkomme. Und grad daß er nicht zum Anderl hinüber sei, dem Jugendverderber, dem windigen, seine Tochter, noch nicht mal achtzehn sei sie damals gewesen, Schweps Bitterlemmen, wer's glaubt, und Jello Sabmärien und lauter so Sachen, denen graust's vor gar nix mehr heutzutag, und er war schon auf dem Sprung, aber wenn er dem Anderl sämtliche Knochen gebrochen hätte, und der Neger wär ihm zu Hilfe gekommen, dem Anderl, dann wär der bestimmt auch nicht leer ausgegangen, der Neger, und dann hätt's garantiert wieder geheißen, er ist ein Faschist, er, der Jakob Mayr. Wie damals, wo er dem Korbinian, dem Kommunisten, den Finger ausgerenkt hat, im Wirtshaus und beim ehrlichen Wettstreit, und seit der Operation kann er ihn überhaupt nicht mehr rühren, der Korbinian, aber da sind schließlich die Ärzte dran schuld, wie meistens.

»Wo waren Sie eigentlich gestern nachmittag?« fragte der Kommissar, aus dem Sturzbach auftauchend.

»Gestern nachmittag?«

Jakob Mayr glotzte ihn an und wollte sich den Hemdkragen aufknöpfen, aber der war längst offen.

»Gestern nachmittag.«

»Wo ich da war?«

Wieder so ein blitzschneller Zungenspitzenwischer über die Schmollmündchenlippen, begleitet von einem kurzen Anspannen der Halsmuskulatur.

»Wo Sie da waren.«

Jakob Mayr legte die rechte Pfote vor sich auf den Tisch, wie um sie besser unter Aufsicht behalten zu können.

»In der Metzgerei. Drüben beim Altwirt. Wo denn sonst?«

Der Kommissar schüttelte den Kopf und stieß jene zweimalige Verbindung von Hiatus und undefinierbarem Nasalvokal aus, die allenthalben recht gut als Verneinung – beziehungsweise: Widerspruch – verstanden wird.

»Ich hab mich erkundigt«, fügte er noch hinzu.

»Jakob«, hauchte Elfriede, gedanklich offenbar besser zu Fuß als ihr Angetrauter.

Dieser glotzte seine Hand auf dem Tisch an und drehte sie auf den Rücken.

»Dann war ich eben im Wald«, sagte er schließlich. »Nachschauen, ob die Schwammerln schon wachsen.«

»Und wachsen sie schon, die Schwammerln?«

»Nicht besonders.«

»Aber begegnet ist Ihnen unterwegs niemand?«

»Begegnet?«

»Unterwegs.«

»Keine Menschenseele.«

Der Kommissar seufzte.

Die vier Nicht-Daumen-Finger von Jakob Mayrs Hand auf dem Tischtuch krümmten sich im Zeitlupentempo, streckten sich wieder, krümmten sich erneut. Lockerungsübungen?

Angesichts des Zeigefingers kam dem Kommissar eine Idee. Sozusagen assoziativ. (Junker Wolfram hätte neuen Mut geschöpft, wäre er Zeuge gewesen.)

»Besitzen Sie zufällig ein Gewehr?«

Jakob Mayr nickte bedächtig.

»Freilich. Als Mitglied vom Schützenverein...«

»Würden Sie's bitte holen?«

Jakob Mayr drehte die Rechte wieder um, legte die Linke daneben und stemmte sich hoch.

Während der Abwesenheit des Hausherrn erkundigte sich Kommissar Caspary bei Frau Elfriede, was es für eine Bewandtnis mit dem strittigen Dach habe, wegen dem Jakob Mayr und Andreas Pichler noch zusätzlich ›über Kreuz‹ gewesen seien.

»Es müßte ganz dringend ausgebessert werden. Am allerbesten völlig neu eingedeckt. Aber der Anderl hat sich geweigert, auch nur einen Pfennig dafür auszugeben. Hat gesagt, wenn er weiterhin so gut verdient mit seiner Wurstbraterei, dann zieht er eh aus und kauft sich irgendwo einen Bungalow. Und hier, das nebenan, vermietet er an Ausländer...« Sie schluckte. »Bei uns in Unterfranzing!«

Der Kommissar räusperte sich.

»Na, vielleicht erben Sie jetzt was.«

Frau Elfriede bewegte den Kopf hin und her.

»Gott weiß, wem der Anderl sein Sach hinterlassen hat... Der Steffi vielleicht?« Sie riß die Augen auf, preßte die Faust vor den Mund. »Herr Kommissar! Der Steffi wird doch nichts passiert sein?«

Caspary beruhigte sie; versprach, die Familie unverzüglich zu verständigen, sobald er etwas in Erfahrung gebracht habe. Kein Grund zur Besorgnis.

Draußen knarrten die Dielenbretter.

»Tut mir leid, ich muß Sie bitten, mir das Gewehr für ein, zwei Tage zu überlassen.«

Das Kaliber stimmte. Was stimmte noch? Florian Caspary kam sich ein bißchen vor wie Ohm Gregor, den er noch vor knapp zwei Stunden belächelt hatte. Dasselbe in moosgrün.

Kapitel

21

Man blieb also beim Du. Ohne die Sache groß zu betonen oder gar zu begießen. Es hatte sich so ergeben. Und Bobby wurde nicht mehr erwähnt. Auch das ergab sich so.

Nebbich, dachte Alice und schaute Gustave Guillaume Conrade Mbuokwandengi an, letzterer mit einem funkelnagelneuen T-Shirt versehen, mauve. Der Aufdruck zeigte ein Herz, das die Buchstaben I und M umschloß. Darunter las man: RU 2? Dechiffriert lautete die Botschaft: I am in love, are you too? Absoluter Blödsinn. Aber ihm hatte es gefallen, Kindskopf. Er hatte es gar nicht mehr ausziehen wollen. Einer wie der andere. Oder?

Sie nippte an ihrer Tasse. Hatte den Laden abgesperrt und Tee aufgebrüht. Man saß im Hinterzimmer. Er hatte darauf bestanden, es ›Boudoir‹ zu nennen. Warum nicht?

Er bewältigte noch immer die Vergangenheit.

»Wie wenn ein Schleier weggezogen wird. Ich seh mich im Spiegel, und es war wieder da...«

»Und jetzt glaubst du auf einmal –«

»Nein.« Er schüttelte den Kopf. »Jetzt weiß ich's.«

»Nach zwei Jahren?«

Er nickte.

»Die Frau war real. Und sie war tot. Und der Schatten über ihr oder neben ihr oder hinter ihr, das war der Mörder.«

»Wieso Mörder?«

»Weil er sonst was gesagt hätte oder getan. Irgendwas. Geschrien oder geschluchzt oder einen Arzt angerufen. Aber nein. Und wohin war denn der ganze Spuk verschwunden, als ich wieder zu mir gekommen bin?«

»Spuk?«

»Na ja. Das haben die anderen gemeint, und ich ... Vor einem Spuk in Ohnmacht fallen, das ist jedenfalls keine Schande. Aber es war kein Spuk.«

»Also war's doch eine Schande?«

»Das ist mir jetzt egal.«

Sie schob eine widerspenstige Haarsträhne mit dem linken Handrücken über die linke Schulter zurück. Es imponierte ihr, daß es ihm jetzt egal war. Es freute sie geradezu. Auch daß er's zugab. Sie griff nach einem Keks und schob ihm die Schüssel hin, aber er nahm es gar nicht zur Kenntnis. (Ob er heiße Würstl mit Senf auch ignoriert hätte?)

»Weil – sonst hätte er ja nicht zu schießen brauchen, gestern«, fuhr er mitten hinein fort.

»Der Mörder von damals?«

»Wer sonst?«

»Aber –«

»Und zwar auf mich«, sagte er.

Kaum hatte er den ersten Keks in den Mund gesteckt, mampfte er drauflos wie ein Säugling. Sie mußte noch eine Packung aufreißen.

»Daß er statt dessen den Pichler getroffen hat, war ein Zufall«, erklärte er.

»Gustl...«

»Weil ich mich gerade gebückt habe.«

»Gustl!«

»Nach der Papierserviette.«

»Du sprichst andauernd mit vollem Mund«, gab sie zu bedenken.

Er schluckte, spülte mit Tee nach, mußte husten.

»Entschuldige. Das macht man so, bei uns im Urwald ... Ich hätte mich nicht nach der Papierserviette bücken dürfen. Ich hätte gar nicht wissen dürfen, was das ist!«

»Idiot.«

Und wie zum Trotz zündete er sich eine Gauloises an.

Alice legte – in weitem Schwung ausholend, als wollte sie mit Glanz und Gloria einen Nüchternheitstest bestehen – den linken Zeigefinger an die Nasenspitze und sah zu, wie das Feuerzeug erst beim siebenten Knipsen aufflammte.

»Wem hast du davon erzählt?« fragte sie dann.

Er qualmte durch die Nase. Grauenhaft.

»Pichler.«

»Und?«

»Er hat so lange auf mich eingeredet, bis ich ihm geglaubt hab, daß es ein Alptraum war.«

»Und wem noch?«

»Charlotte.« Er setzte sich mit einem Ruck auf. »He! Das hab ich ganz vergessen! Was ist nun mit –«

Sie schwenkte den Zeigefinger von der Nasenspitze aus in die Vertikale.

»Und eine Woche später hat irgendwer das Rauschgift ins Klavier gezaubert, und Fittipaldi durfte schleunigst sein Ränzlein schnüren. Stimmt's?«

Er furchte die Stirn.

»Eine Woche? Zwei Tage, höchstens drei«, korrigierte er.

Alice nickte vor sich hin.

»Als hätte dich jemand unbedingt loswerden wollen ... Damals und gestern, wenn du recht hast.«

»Und heute«, ergänzte er, sich den rechten Ellbogen reibend, mit dem er aufs Gehsteigpflaster geknallt war, um die kostbare Semmel in der Hand nicht zu gefährden.

Alice nickte noch immer.

»Pichler ist tot«, meinte sie. »Zufall? Absicht? Jemand hat dich verpfiffen. Damals, und jetzt wieder. Zwei haben's gewußt. Bleibt also noch ...«

Er starrte sie an.

»Charlotte?« War das Grinsen, das er zustandebrachte, auch wirklich echt? »Du spinnst ja! Die hat außerdem keine Ahnung, daß ich wieder in München bin!«

Kam jetzt die Entgegnung: Und wenn Pichler es ihr gesagt hat? Sie kam nicht. Alice zuckte die Achseln. Sie war es offenbar leid, ihm seine Nibelungentreue ausreden zu wollen. Der schwarze Siegfried mit der verwundbaren Stelle. Was ging es sie an?

»Wie du meinst. Ich erstatte also Bericht. Charlotte ist vor anderthalb Jahren oder so ausgezogen. Aber die Leute, die seither dort wohnen, haben sich an sie erinnert. Sie heißt mit dem Zunamen Krasnjak und steht im Telefonbuch.«

Gustl war völlig durcheinander.

»Wie heißt sie?«

»Charlotte Krasnjak. Du weißt, wo das Telefon ist. Das Buch liegt drunter. Bedien dich.«

Ein Stöhnen aus tiefsten Seelenbereichen.

»Diese deutschen Familiennamen sind wirklich der Gipfel!« beklagte sich Monsieur Mbuokwandengi.

Kapitel 22

Ohm Gregor grollte, mit sich und der Welt im Zwist.

Mit der Welt vor allem, weil das Wetter ganz offensichtlich für die Unholde Partei ergriff, je länger die Sache sich hinzog. Der Mörder (auch so ein Dunkelwort, das er nicht mochte) hatte seine ruchlose Tat gestern immerhin bei Sonnenschein verüben können. Vierundzwanzig Stunden waren seitdem vergangen – und wo stand man? Im Nieselregen. Es tröpfelte. Um aus der Haut zu fahren, oder wenigstens – hatschi, helf Gott, daß's wahr ist! – aus dem Mantel...

Mit sich selbst haderte der charakterlich ansonsten so gefestigte Beamte, weil es ihm – das spürte er genau – nicht gelungen war, die anderen von der Nützlichkeit seines Tuns zu überzeugen. Den Kollegen Junker sowieso nicht (schon mangels Modewörterverschleiß), aber der lief ja in diesem Fall bis jetzt nur quasi als Außenseiter mit. Weitaus bedenklicher erschien es dem Oberinspektor, daß auch Caspary, der Chef, dessen Ohr für Nuancen er schätzte, seine Ausführungen so eindeutig lustlos zur Kenntnis genommen hatte. Am verdrießlichsten empfand er die Enttäuschung, die ihn selbst beschlichen hatte, während er bemüht war, seine bisherigen Erkenntnisse in Worte zu kleiden: in seltsam ungenügende, kraftlose; als seien die Tatsachen als solche auch nicht mehr wert als seine Schilderung derselben.

Dagegen jedoch verwahrte er sich aufs entschiedenste! Nein, nein, der stimmte schon, der Satz von den kleinen Ursachen und den großen Wirkungen, das hatte die Erfahrung hundertmal bewiesen. Was erhoffte sich denn der Kommissar von seinen – logischerweise ebenso wichtigen und, wie sich zeigte, mindestens ebenso erfolglosen – Ausflügen in die Privatsphäre des ermordeten Andreas Pichler? Doch nicht etwa eine Tragödie von Shakespeare'schen Ausmaßen? Ha... Nein, nein, da gab's keine Würstln; oder vielmehr: eben solche.

Ohm Gregor war jedenfalls fest entschlossen, ›es ihnen zu zeigen‹. Hatschi! Helf Gott, daß's wahr ist...

Die Überprüfung und – sofern durchführbar – Inaugenscheinnahme der von den ambulanten Gewerbetreibenden des Wochenmarkts in den Müncher Außenbezirken zu Transportzwecken benutzten Fahrzeuge förderte ein (im Lichte neuester Entwicklungen) immerhin bemerkenswertes Ergebnis zutage, nämlich: das Vorhandensein eines dunkelblauen Mercedes.

Er gehörte – ausgerechnet! – Herrn Sebastian Ehrenwirth, dem sogenannten ›Wurst-Wastl‹, dessen Betrieb unter der Konkurrenz des Verblichenen so besonders einschneidend zu leiden gehabt hatte.

Indes zeigte sich – Tücke des Schicksals – auch heute, am ersten Tag der unverdienterweise errungenen Monopolstellung, noch keinerlei Andeutung des erwarteten, ja geradezu unausbleiblichen Aufschwungs, insofern als – Folge der garstigen Witterung – der Geschäftsgang allgemein stagnierte. Ohm Gregor kam's zupaß, er hatte freies Feld.

Er stellte sich vor die Theke, stellte sich vor und malte sich aus, wie überwältigend es wäre, wenn ein Silberstreifen am Horizont ihm winkte statt des Wurst-Wastls, der das Auftauchen des mittlerweile wie ein bunter Hund bekannten Kriminalers mit müder Hand abtat.

»Wär's möglich, daß ich mich irr«, fing er also gleich (allsogleich) an, »oder hab ich Sie am Vormittag, als der Markt in der Blumenau drüben aufgebaut war, nicht gesehn, weil Sie grad mit Ihrem blauen Mercedes unterwegs waren?«

Sebastian Ehrenwirth (Kittel wie Durchhaltewillen frisch gestärkt, wenngleich an den Rändern schon wieder etwas angewelkt) vollführte so etwas wie eine Verbeugung – mitnichten jedoch vor der Obrigkeit, sondern um gen Himmel zu spähen, ob das tiefhängende Schleiergewölk nicht bald wich.

»Wär schon möglich«, meinte er dann und trommelte mit den Fingerspitzen beschwörerische Stakkato-Triolen aufs Resopal.

»Was, bitteschön, wär möglich?«

Der Wurst-Wastl zuckte anheimstellend die Achseln.

Im Hintergrund setzte Dunja Gavrilović, die Glutäugige, mit irgendwie lasziver Gebärde eine Cola-Flasche an die Lippen und gab sich dem Trunk hin. So viel Pommes frites wie heute waren noch nie nutzlos verkohlt. Und sie wußte, sie würde es ausbaden müssen. Andererseits ...

»He, Sie, Fräulein«, sagte Oberinspektor Ohm. »Haben Sie gehört, was ich Ihren Chef gefragt hab?«

Da raffte sich dieser endlich zu einer Antwort auf. Es brach richtiggehend aus ihm heraus.

»Ja doch, verdammt noch mal, ja! Ich war unterwegs! Ich hab mir gedacht, ich geb mir einen Ruck, der Weg ist frei, jetzt pack ich's! Jetzt oder nie! Himmelherrgottnochmal! Aber ...« Er stockte, stieß einen Seufzer aus. »Umsonst. Es war mir nicht vergönnt. Ich hab ihn nicht erwischt.«

Ohm Gregor schalt sich einen Hanswursten, aber einen Moment lang glaubte er zu spüren, wie ihm das Blut in den Adern gefror. (Er hatte ihn nicht erwischt! Den Neger, wen sonst?)

»Woher kennen Sie ihn?« fragte er heiser.

»Ich bin mit ihm zusammen in die Schule gegangen«, sagte Sebastian Ehrenwirth! »In Regensburg.« Und mit selbstquälerischem Lächeln: »Ich verkauf nicht nur Regensburger, ich bin auch einer ...«

Das war Dunja – die Doppelbedeutung des Wortes ›Würstchen‹ gehörte bekanntlich zu ihren Grundkenntnissen im Deutschen – aus der Seele gesprochen. Sie unterdrückte nur mit Mühe einen zustimmenden Cola-Rülpser. Andererseits ...

Ohm Gregor schnaubte wie Winnetous Rappe.

»Von wem reden Sie, Herr Ehrenwirth?«

»Ach, vom Schorsch, der wo jetzt Prokurist bei der Vereinsbank ist, und wo ich mich endlich durchgerungen hab, daß ich einen Kredit aufnehm und das Geschäft vergrößere, von Grund auf neu, jetzt, wo's dafürsteht, weil der – na ja, Schwamm drüber, und jetzt ist er auf Urlaub, der Schorsch!«

Der Wurst-Wastl machte wieder einen Kotau vor dem Wettergott, richtete sich auf und rümpfte die Nase.

»Aber wer weiß«, fügte er fast weinerlich hinzu, »wenn das noch lang so weitergeht, kann ich eh gleich ganz zusperren.« Und mit jähem Gefühlsumschwung: »Sacklzefixnochamal, was stinkt hier so?«

Er drehte sich wutentbrannt um.

Dunja strahlte ihn qualmschwadenumwoben an und wedelte mit einer alten Zeitung.

»Nix aufregen, du«, gurrte sie. »Wirr schon machen, Wastluschko. Gutt?«

Sie fand ihn zum Abschießen. Andererseits hatte er ihr heute morgen, bevor er losgefahren war, einen Heiratsantrag gemacht.

Bei Helmerichs – Vater, Mutter, zwei Söhne, allesamt anwesend – kaufte Ohm Gregor sich eine Banane (wofür er eine heimliche Schwäche hatte), schälte sie mit geradezu ritueller Akribie und biß hinein. Alle sahen ihm ohne die geringste Scheu dabei zu: der Vater gönnerhaft, die Mutter ehrfürchtig, der ältere Sohn (Fritz-Walter) höhnisch, der jüngere (Uwe) baß erstaunt. (Wären Vater Helmerich – Fußballnarr seit Kindesbeinen – weitere Stammhalter beschieden gewesen, die Kette der Vornamen hätte sich unschwer ergänzen lassen: Berti, Franz, Gerd, Sepp; und fürs eventuelle Nesthäkchen: Karl-Heinz.)

Ohm Gregor kam sich wieder einmal vor wie der Affe im Zirkus, aber daran hatte er sich längst gewöhnt. Hauptsache, die Kunststückchen klappten einigermaßen. (Letzte Eintragung in seinem Notizbuch: Vereinsbank, S.E., Kreditabteilung? Das Fragezeichen unterstrichen. So leicht gab er sich nicht geschlagen.)

Zur Zeit konnte man sich einreden, es hätte zu nieseln aufgehört. Vereinzelte Käufer strömten herbei. Vor Wastls Wurstbraterei drängten sich zwei Schulkinder und ein Dackel. Vielleicht geriet eines Tages doch noch seinetwegen McDonalds Imperium ins Wanken.

Von der Misere mit dem ewigen Auf und Ab des TSV 1860 gelangte das Gespräch, während die Banane zollweise schrumpfte, über die schreckliche Begebenheit von gestern, und ob man schon wisse, wer's gewesen sei, zur Feststellung, jedenfalls keiner ›vom Markt‹, denn um diese Stunde hätten sie doch an ihren Ständen alle Hände voll zu tun gehabt.

»Alle, die da waren«, sagte Ohm Gregor ohne jeglichen Hintergedanken. Und: »Vergelt's Gott«, denn Mutter Helmerich griff gerade nach der sinnentleerten Bananenschale, um sie in den Abfallkarton zu werfen.

Zufällig sah er just im selben Moment Fritz-Walter an, den älteren der beiden Söhne, der just im selben Moment den Reißverschluß seiner Kunstlederjacke heraufziehen wollte, der sich just im selben Moment verklemmte, und Fritz-Walter warf dem Oberinspektor unwillkürlich einen Blick zu, einen verstohlenen Zehntelsekundenblick, aber eben zufällig mitten hinein in die Pupille des Kriminalbeamten, und dem war, als hörte er ein winziges Lufteinziehen, zisch, vorbei, und Fritz-Walter Helmerich nestelte intensiv an seinem Reißverschluß herum.

»Ich war da«, sagte Uwe mit der Betonung auf dem Personalpronomen und vermied es sorgfältig, seinen Bruder anzusehen, obwohl sein Kinn förmlich in dessen Richtung zuckte.

»Wir waren alle da«, sagte Vater Helmerich.

»Bis auf den –« sagte Mutter Helmerich, hielt erschrocken inne und schaute verwirrt von einem zum anderen.

»Ich hab ja auch kein Motorrad«, meinte Uwe noch, abermals ichbetont, und wandte sich ab.

»Dreckschwein«, zischte Fritz-Walter. Und, wie ausgewechselt: »Was darf's denn sein, die Damen?«

Zwei Kundinnen mit leeren Einkaufstaschen waren herangetreten und begannen sich wie auf Kommando um diesen einen von ungefähr zwei Dutzend Kohlköpfen zu streiten.

Eine knappe Viertelstunde hielt Fritz-Walter es aus, von Ohm Gregor unablässig beobachtet zu werden. Dann zog er ihn auf die Seite und bockte erst noch einmal richtig auf, wie es sich für einen Motorradfan geziemte.

»Also, was ist los? Was wollen Sie von mir? Warum starren Sie mich dauernd an?«

Der Oberinspektor begnügte sich mit einem Nicken.

»Gehn S' zu. Reden S' schon. Wo waren Sie gestern zur Tatzeit? Na?«

Fritz-Walter Helmerich wirkte ein bißchen wie der dritte Aufguß des jungen Elvis Presley: inklusive Haartolle; inklusive Augenringe. Gott sei Dank ohne Gitarre, dachte Ohm Gregor.

»Ich hatte was zu erledigen«, kam es widerwillig.

»Mit dem Motorradl?«

»Ja.«

»Und wo?«

Kopftrotzen: Die Haartolle wippte auf und nieder, lag dann – pomadig versteift – genau wie vorher.

»Bei Spezln. Das Geld auftreiben, wenn Sie's schon unbedingt wissen müssen. Da ... Da, nehmen Sie's! Geben Sie's den Erben oder wem. Oder stecken Sie sich's an den Hut.«

Er hatte den Reißverschluß mit einem gewaltsamen Ruck heruntergefetzt und hielt Ohm Gregor ein Bündel abgegriffener Scheine hin: Hunderter, aber auch Fünfhunderter.

»Es ist eh zu spät«, sagte er, und seine Stimme war nahe am Überkippen. »Für alles. Wir wollten gemeinsam ... Ach was, wurscht. Ebensogut hätt ich gegen einen Baum fahren können. Wär dasselbe gewesen. Wurscht. Oder?«

Ohm Gregor steckte die Hände in die Taschen des Überziehers. In seinem Hirn schnarrte es, klickte es, blinkte es.

»Der Pichler hat Ihnen Geld geliehen, damit Sie sich ein Motorradl kaufen können?« fragte er.

Und gestern, ausgerechnet gestern, hat er die Schuld begleichen wollen? fragte er im stillen weiter. Freiwillig? Oder aber, noch ein Schritt: Ob der das Geld gestern überhaupt schon gehabt hat? Vierundzwanzig Stunden später läßt sich leicht was vorzeigen ...

Fritz-Walter glotzte die Banknoten an, schien zu überlegen, ob er sie einfach fallen lassen sollte, steckte sie dann jedoch wieder ein: irgendwie geistesabwesend.

»Er hat immer gesagt, es eilt nicht mit dem Zurückzahlen.

Aber ich ...« Schlucken. »Ich weiß schon. Dem Pichler weint niemand eine Träne nach. Weil – der hat sich um nichts geschissen. Den hat man so nehmen müssen, wie er war, den Anderl.« Und, geradezu feindselig: »Das war der einzige wirkliche Freund, den ich je ... Ach was, lecken S' mich doch am Arsch!«

Er drehte sich um und ging zurück zum Gemüsestand. Vater Helmerich schimpfte schon.

Ohm Gregor fragte sich, was für Spezln das wohl sein mochten, bei denen Fritz-Walter das Geld aufgetrieben hatte. Motorrad-Spezln? Weibliche Spezln? Weniger harmlose? Er wurde das bittere Gefühl nicht los, daß er den Burschen irgendwann wiedersehen würde. In beruflicher Eigenschaft. Vielleicht schon morgen. Vielleicht erst in ein, zwei Jahren. Scheißjob.

Kapitel 23

Sie hielt noch immer den Telefonhörer in der Hand und starrte versonnen die Wählscheibe an. Sollte sie gleich? Sollte sie später? Sollte sie überhaupt nicht? Oder sollte sie erst ihr Horoskop konsultieren? Ach was, lächerlich! Fisematenten ... Wozu? Nicht etwa, daß sie nichts davon hielt. Bewahre! (Sie hatte viel weniger davon gehalten, den Leuten Schnaps einzuschenken, als jetzt ›reinen Wein‹, den zu verpantschen allenfalls jedem selbst überlassen blieb ...) Nein. Aber daß Vorsicht geboten war, Umsicht, Rücksicht, Nachsicht, auch das, jawohl, und zwar in jeder Hinsicht – das wußte sie schließlich selbst.

Charlotte Krasnjak hatte einen unruhigen Nachmittag verbracht, obwohl keine informationslüsternen Klienten einander die Klinke in die Hand gedrückt oder ihr gar die Tür eingerannt hatten. (Im übrigen empfing sie kaum jemals mehr als zwei oder drei pro Tag – das reichte.) Vor fünf oder zehn Minuten war dann dieser Müller-Makarius erschienen, dieser Baulöwe mit falschen Zähnen und gelichteter Mähne, unangemeldet obendrein. Sie wußte noch nicht einmal, was er eigentlich wollte, denn kaum war er seinen blöden Blumentopf – Hyazinthen, ausgerechnet; sie haßte Hyazinthen, der Geruch erinnerte sie an Begräbnis –, kaum war er ihn losgeworden, da hatte das Telefon geklingelt, und jetzt saß sie noch immer da und hielt den Hörer in der Hand.

Und dachte an diesen Kommissar, diesen Caspary, diesen gutaussehenden Menschen mit Manieren, diesen Ausnahmepolizisten, wie es schien. Jedenfalls hatte sie im Laufe ihres abwechslungsreichen Lebens ein paar weitaus unangenehmere Exemplare der Gattung Gesetzeshüter kennen und verabscheuen gelernt. Trotzdem – um den Finger wickeln oder hinters Licht führen ließ er sich bestimmt nicht. So gut sah er nun auch wieder nicht aus.

Pichler war also tot. Na wenn schon. Andererseits: ermordet. Und Bläcki war wieder im Lande, das wußte sie nun. Daß da ein Zusammenhang bestand, sah sozusagen ein Blinder. Dazu bedurfte es keiner Ephemeriden. Auch daß sie selbst, Charlotte Krasnjak, sich würde entscheiden müssen, welchen Weg sie einschlug, war unausweichlich. Nur – Verhaltensmuster waren eben keine Strickmuster, die man für drei Mark fünfzig an jedem Kiosk zu kaufen bekam. Auch wenn, hier wie dort, zwischen Masche und Masche beträchtliche Unterschiede bestanden und ›verkehrt‹ nicht immer verkehrt sein und ›glatt‹ nicht immer glatt abgehen mußte. (Charlotte hatte – auch wenn es um Himmels willen bei ihrer Kundschaft nicht ruchbar werden durfte! – all die Zierdeckchen und Kissenbezüge, ja sogar Dürers *Gefaltete Hände* nach Zählvorlage in Grobstich, in ihren Mußestunden selbst angefertigt.)

Irgendwer mußte angerufen werden, das stand fest. Und überdies binnen kurzem. Der Kommissar? Oder ... Wäre dieser Caspary doch einer von jenen vierschrötigen Zucht-und-Ordnung-Bullen gewesen, denen eins auszuwischen das Datum im Kalender purpurn überpinselte! Hätte er wenigstens eine stirnentstellende Narbe, ein gebrochenes Nasenbein sein eigen genannt ... Charlotte seufzte.

»Schlechte Nachrichten?«

Leonhard Müller-Makarius – dunkelgrauer Anzug mit Samtweste, Bauchgröße, was denn sonst – stand im Türrahmen und zog die zottigen Brauen hoch. Die Arme, offensichtlich etwas zu kurz geraten, ließ er herabbaumeln. Typ Gorilla, wenngleich Fehlplanung.

Charlotte seufzte noch einmal, legte den Hörer behutsam zurück auf den Apparat und erhob sich wallenden Gewandes.

»Schlechte Nachrichten gibt's nicht.« Im Handumdrehen wieder Profi, Gongschlaglachen inklusive. »Nur falsch verstandene.«

»Um so besser. Dann darf ich wohl endlich zur Sache kommen und Ihnen mein Anliegen vortragen, wenn's genehm ist?«

Was Herr Müller-Makarius da ohne jegliches Wimpernzucken als Sache deklarierte, erwies sich im weiteren Verlauf seiner Ausführungen als eine Gruppe von zwölf Pakistani, »im Dutzend billiger, haha«, die er von einem »befreundeten Agenten« in Frankfurt »angeboten« bekommen hatte, und zwar (pfötchenreibend) »zu einem sehr kulanten Preis«, mit Freundschaftsrabatt, sofern es unter Haien dergleichen gab. Angesichts des bevorstehenden Baubeginns an einem Multimillionenprojekt – Seniorenruhesitzanlage mit freifinanzierten Eigentumsappartements an einem oberbayerischen Bergsee, »eine soziale Großtat, haha!« – wäre der Firma diese stillschweigende »Blutauffrischung« der ungelernten Belegschaft äußerst zupaß gekommen, hätte man nicht befürchten müssen, im Falle einer Aufdeckung behördlicher – und vor allem presseseits ...

»Es käme, wie schon so oft, auf die Konstellation an«, meinte Herr Müller-Makarius in Form eines Resümees und blickte voll kindlichen Vertrauens, wiewohl gleichzeitig lauernd, der Sachverständigen für Konstellationen aufs agraffengeraffte Dekolleté.

Selbiges befand sich in gelindem Aufruhr.

»Aber das ist ja blanker Menschenhandel!« entfuhr es Charlotte – naiverweise, wie sie sich selbst vorwarf, aber sie konnte es nicht ändern. Und jetzt schon gar nicht, da Bläcki wieder zugegen war, an dem sie – verdammt noch mal – eine ganze Menge gutzumachen hatte.

Der Baulöwe zuckte die Achseln, entblößte sein Tausend-

Mark-Gebiß und grollte glucksend.

»Große Worte, Gnädigste.«

»Sie sollten sich was schämen, Sie!«

Er strich sich über die gelichtete Mähne.

»Wenn Sie vielleicht ohne weitere Umschweife das Horoskop erstellen könnten ... Meine Zeit ist begrenzt.«

»Und mein Gewissen nicht käuflich, Sie – fiese Möpp, Sie!«

Große Worte, in der Tat; zumal für Charlotte Krasnjak, was sie denn auch sehr wohl wußte, als sie mit wundgescheuerter Seele das liebliche Honorar auf den Wogen ihrer Empörung davonschwimmen sah.

Man schied in Unfrieden. Zurück blieb ein bitterer Geschmack, nur unvollständig neutralisiert durch die Wonnen moralischen Triumphes. Leonhard Müller-Makarius würde voraussichtlich unter seinesgleichen den Mund nicht halten. Charlotte biß sich auf die Zunge. Der bittere Geschmack wich nicht. Ach was, Fisematenten ... Eine Sternstunde! Warum hatte sie ihm nicht auch noch seine dämlichen Hyazinthen nachgeschmissen?

Sie ging zum Telefon und hob den Hörer ab.

Kapitel 24

Diesmal war wenigstens Wernicke da.

»Fräulein Mayr? Steffi?« Er wühlte zerstreut in einigen Papieren auf seinem Schreibtisch, als bestünde vielleicht noch ein letztes Fünkchen Hoffnung, die Vermißte inmitten derselben aufzuspüren, und blickte dann (enttäuscht?) hoch. »Tut mir leid, Herr Kommissar. Keine Spur. Da kann ich Ihnen auch nicht weiterhelfen. Ich bin selber schon ganz –«

Das Telefon klingelte.

»Sehen Sie?« Geste – als wäre Klingeln etwas optisch Wahrnehmbares. »So geht es schon den ganzen Tag.«

Er hob ab, riß den Hörer ans Ohr.

Caspary überlegte die ganze Zeit, ob er diesen Menschen mit

den fahrigen Bewegungen und der gleichbleibend hohen, gestopften Bachtrompetenstimme etwa doch schon irgendwo gesehen hatte. Gehört kaum. Das hätte er sich gemerkt.

»Nicht jetzt.«

Ausgebleichte Zündholzlängenfrisur, wie aufgedröselter Antennendraht. So eine Art Hitlersträhne hing dauernd auf die kaum vorhandenen Brauen herab, wie mit Spucke versteift. Augen wie Spülwasser – inklusive chemischem Zusatz, versteht sich: kein Abtrocknen mehr! –, gelbliche Zähne. Das Gesicht irgendwie hager oder auch nur knochig. Faltiger Hals, als hätte er zu schnell zuviel abgenommen; Typ Rohkost oder so.

»Später. Ich bin beschäftigt.«

Jedenfalls tat er so: immer einen Bleistift in den Fingern, einen Kugelschreiber, irgend etwas, und sei es auch nur eine Büroklammer, zwischen deren Windungen er mit Vorliebe den Daumennagel klemmte.

»Ja, ja, ja, ja. Bis dann.«

Er knallte den Hörer hin, griff nach einem Zeitungsausschnitt, starrte ihn kurz an, legte ihn weg.

»Nein. Da bin ich überfragt.« (Nun wieder in Richtung Besucher. Fester Blick, übrigens. Alles andere als unstet.) »Ich hatte gedacht, obwohl so etwas noch nie vorgekommen ist – junges Mädchen, lange Nacht und so weiter... Aber kann sein, das hat mir auch nur die Miksch eingeredet. Ich hatte zuviel am Hals, um mich lange damit aufzuhalten. Ärgerlich, aber...«

Achselzucken. Dann klingelte schon wieder das Telefon.

»'tschuldigen Sie. Zu lästig.«

Der Kommissar nickte – verhalten, beobachtend, einsichtig: Schließlich war er der Eindringling.

Wernicke drückte auf einen Knopf, bevor er abhob.

»Frau Miksch! Bitte keine Gespräche zu mir herein, solange... Aber Sie machen das doch schon seit heute früh! Da müssen Sie sich doch endlich damit auskennen!«

Die nicht mehr so ganz taufrische Angestellte im karierten Trägerrock – sie hatte Caspary auch vorhin in Empfang genommen, strahlend, weil sie ihn gleich an den Chef weiterreichen konnte – kam offenbar noch immer nicht mit der Mini-Telefonzentrale im ›Sekretariat‹ zurande.

Wernicke erteilte ein paar abgehackte Anweisungen, die nichts zu fruchten schienen, schnellte hoch und federte ins Nebenzimmer. Er war nicht gerade ein Sitzriese, auch kein Stehzwerg, hielt es jedoch anscheinend für angebracht, Schuhe mit Cowboyabsätzen zu bevorzugen. Auch die Geste, mit der er beim Wiedereintreten den störenden Vorfall abtat, hatte etwas Rodeohaftes.

Er nahm wieder Platz und sprach sofort weiter.

»Aber was Sie mir da erzählt haben, Herr Kommissar, von ihrem Onkel, und daß er gestern – ich meine, erschossen, also neinsowas, ich muß zugeben, das beunruhigt mich denn doch einigermaßen.« (Obwohl er nicht im mindesten den Eindruck erweckte.) »Jedenfalls läßt es Steffi, äh – das Nichterscheinen meiner Sekretärin in einem anderen Licht erscheinen. Mal sehen, ob man etwas für sie tun kann. Sobald sie« – flüchtiges Grinsen – »wieder da ist.«

»Hm.« Caspary hatte das Gefühl, als erachtete sein Gegenüber die Unterredung damit als beendet. Warum auch nicht? Aber er hatte keine Lust, schon zu gehen, es dabei bewenden zu lassen. Also zog er sein vom vielen Soll-ich-oder-soll-ich-nicht-Befingern schon arg abgegriffenes Päckchen Filterzigaretten hervor und fragte: »Sie gestatten?«

Der Immobilienmakler, augenscheinlich etwas irritiert, machte eine wegwischende Handbewegung und schnarrte, sozusagen gezielt abseits: »Ich hab's mir abgewöhnt.«

Florian Caspary kam sich einen Moment lang überlegen vor, weil er auf die Bereicherung seiner Existenz durch menschliche Schwächen doch nicht so ganz verzichtete.

Wernicke pickte etliche Büroklammern aus einem Zinnschälchen und schob es ihm anstelle eines Aschenbechers hin.

Der Kommissar blies den Rauch rücksichtsvoll in eine unverfängliche Richtung und sagte: »Verzeihen Sie meine Zudringlichkeit, Herr Wernicke, aber hatten Sie nicht irgendwann schon mit uns zu tun? In aller Unschuld? Ich meine – mit der Polizei?«

Im selben Moment fiel es ihm ein.

Wernicke starrte kurz herüber – vorwurfsvoll, anklagend, waidwund, Hitlersträhne fast wie gesträubt – und gab dann einen Seufzer von sich. Er sah aus wie James Cagney, vom einzigen Mädchen, dem er Vertrauen geschenkt, schmählich hintergangen. Wie ein Stoffelefant, aus dem sämtliche Sägespäne herausrieselten. Die gelblichen Zähne (zuviel Karottensaft?) relativierten das aufzuckende Schmerzenslächeln zu etwas Beiläufigem, eigentlich längst Abgetanem.

»Na, das mußte ja kommen ...«

Florian Caspary, dieser opernverliebte Anti-Bogart mit Pensionsberechtigung, genierte sich fast, daß er davon angefangen hatte.

Die Affäre war damals durch sämtliche Zeitungen gegangen, auch durch die sogenannten seriösen, hatte sich über Wochen hinweg zur bundesweiten – oder zumindest bajuwarischen, auf jeden Fall jedoch monacensischen – *cause célèbre* emporposaunt und war schließlich zum abschreckend erhobenen, druckergeschwärzten Zeigefinger gesundgeschrumpft; ad acta gelegt und vergessen. Begonnen hatte das ganze – soweit war man im Falle Stefanie Mayr allerdings noch nicht – mit einer Vermißtenanzeige, betreffend die Inhaberin einer obskuren Immobilienagentur, Yolanda Wernicke mit Namen, geborene Popescu, erstattet von ihrem zerknirschten Gatten und geschäftsführenden Prokuristen Hugo. Zerknirscht nicht nur ob des unverhofften Verschwindens der arbeitgebenden (auch anderweitig Arbeit gebenden) Gemahlin, zerknirscht vor allem ob seiner eigenen Rat-, Hilf- und Machtlosigkeit angesichts des schon seit Monaten, wenn nicht gar Jahren, zu ernster Besorgnis Anlaß bietenden Lebenswandels der eingangs Erwähnten. Selbige war – da biß die Maus keinen Faden ab – ›dem Rauschgift verfallen‹, um auch kurz des Jargons der Gazetten zu gedenken: diversen Drogen mühsam und kostspielig entwöhnt, ihnen um so hemmungsloser abermals in die Klauen geraten. Es stimmte sogar. Das Geschäft – Einkünfte laufend zur Befriedigung des Lasters mißbraucht, sogar von gefälschten Wechseln wurde gemunkelt – schwankte am Abgrund des Ruins dahin und hätte andernfalls in Kürze, des Pleitegeiers leichte Beute, aus dem Handelsregister getilgt werden müssen. Wie meist in solchen Fällen unvermeidlich, sah sich der Ehemann und (cui bono?) Alleinerbe Hugo in vorderster Linie dem Kreuzfeuer der Verdächtigungen ausgesetzt. Indes bot er diesem – erschüttert zwar, doch unerschrocken – die Brust: ohn' Unterlaß die eigene Unschuld beteuernd, wobei er sich gleichwohl des trotz enormen Aufwands vermutlich immer noch unzureichenden Widerstands gegen Yolandas Verfehlungen bezichtigte. Und siehe da, nach Ablauf einer Zeitspanne ebenso emsiger wie erfolgloser Ermittlungen ward Hugo (zum Zündholz abgemagert, wiewohl ungeknickt und unverbrannt) vom Zufall einer geradezu sensationellen Entdeckung reingewaschen: Biedere Beamte der Landpolizei, eher auf Wilddiebfang geeicht, fanden, auf eines waldumsäumten Weihers kühlem Grunde, den schnittigen Sportwagen der Verschollenen, der dieser zum Verhängnis und zum blechernen Sarg geworden war. Spuren toxischer Überdosen ließen sich dank des Einsatzes modernster Methoden der forensischen Medizin im Körper der Toten einwandfrei nachweisen. Spuren des Hergangs der automobilistischen Katastrophe waren hingegen fast allesamt der Rauheit des alpinen Klimas zum Opfer gefallen. Was sich noch darbot, schien jedoch auszureichen, den Vor- zum Unfall herab- und folglich nicht in die Kategorie der Straftaten einzustufen. Herzversagen am Steuer und anschließender Absturz über die steile Böschung neben der direkt am Ufer entlangführenden Landstraße. Hugo Wernicke, dergestalt entlastet, bekam Gelegenheit, sich zum begnadeten Makler zu mausern, und katapultierte im folgenden die Firma prompt aus den Tiefen des Bankrotts und der roten Zahlen in die Höhen eines Dreizimmerbüros im obersten Geschoß eines Geschäftshauses an der Sonnenstraße.

Und nun war also – unter auch nicht gerade landläufig üblichen Begleitumständen – seine Sekretärin verschwunden.

»Sie können mir glauben«, hub er an, »daß mir die fatale Ähnlichkeit der Ausgangssituationen nicht entgangen ist.«

Caspary winkte ab.

»Sie werden vielleicht auch verstehen«, fuhr Wernicke fort,

»daß ich nicht aus eigenem – ich meine, daß etwas in mir sich dagegen gewehrt hat, sogleich auf die alten Geschichten ...«

Seinerzeit war er noch Oberinspektor gewesen, dem Leiter der Mordkommission (einer von mehreren – bearbeitet hatte den Fall Yolanda Wernicke sowieso eine andere) untergeordnet; überdies gerade als die Sache die höchsten Wellen geschlagen hatte, auf Dienstreise in Paraguay, wo wieder einmal nach übriggebliebenen Kriegsverbrechern gefahndet worden war: Sondereinsatz, schonungslose Schinderei, von Mücken zerstochen, von Schlangen gebissen, irgendwelche gottverlassenen Ansiedlungen im Gran Chaco durchkämmend. Außerdem wieder einmal vergebens. Scheiße. Nun, wenigstens hatte er im *Teatro Municipal* von Asunción einer Amateur-Aufführung der in Europa kaum gespielten Oper *Il Guarani* (italienisches Libretto) des Brasilianers Carlos Gomes beiwohnen können. Ein Trost? Ja.

»Sie sollten aber auch nicht vergessen, wie es damals ausgegangen ist«, stellte Hugo Wernicke, die Bachtrompetenstimme noch eine Spur penetranter, fest. »Weste blütenweiß, kein Mensch konnte mir etwas anhaben.«

Caspary drückte die Zigarette aus. Geschmeckt hatte sie ihm sowieso nicht. Er holte Luft, öffnete den Mund, kam aber noch nicht zum Reden.

»Ich müßte denn doch der letzte Hornochse sein«, trumpfte der Makler hinter seinem Schreibtisch auf, »wenn ich meine Sekretärin auf genau die gleiche Art verschwinden ließe, auf die damals – ich meine, falls ich überhaupt meine Hand im Spiel hätte, was geradezu hirnrissig wäre. Warum, ich bitte Sie? Gute Sekretärinnen wachsen nicht auf Bäumen! Von allem anderen, was Sie da berichten, einmal ganz abgesehen.«

»Schon gut«, sagte der Kommissar. »Schon gut. Ich hab Sie doch gar nicht beschuldigt ...«

»Nein?« Wernicke hielt den Kopf schräg, dachte kurz nach, grinste dann. »Eigentlich nicht. Sie haben recht. Aber sowie die alten Geschichten wieder hochkommen, hakt in mir etwas aus, und ich balle die Fäuste wie ein Boxer.«

»Schon gut«, wiederholte Caspary noch einmal. Und fügte

hinzu: »Sind Sie über die Familienverhältnisse von Stefanie Mayr im Bilde?«

Wernicke stülpte die Unterlippe vor, überlegte.

»Nicht, daß ich wüßte«, sagte er dann.

Auf welche Weise haben Sie das Mädchen –«

»Direkt von der Handelsschule weg.«

»Sie hat sich bei Ihnen beworben?«

»Ich hatte meine Fühler ausgestreckt. Ich kenne den Direktor der Schule. Können Sie nachprüfen. Es hätte ebensogut jedes andere Mädchen vom Abschlußjahrgang sein können. Wollen Sie die Adresse? Ich hab sie da irgendwo ...«

Er hatte sich offenbar noch immer nicht ganz beruhigt.

»Schon gut«, sagte der Kommissar zum viertenmal.

Das Telefon klingelte.

»Herrgott!«

Caspary stand auf.

»Ich will nicht länger stören.«

Kapitel 25

Ein Glück noch, daß den ganzen Nachmittag über Hochbetrieb herrschte, gänzlich unerwarteterweise, als hätte sich mit einemmal von gestern auf heute herumgesprochen, daß ›man‹ sich neuerdings in der Boutique *La Duchesse*, Andersenstraße Ecke Wurmboldstraße, mit Fummel und Firlefanz aller Art versorgte. Alice – zurückverwandelt in jenes Schmetterlingsgeschöpf vom Morgen, jenes Zwitterwesen aus Bajadere und Maharani (sie selbst nannte ihre Aufmachung insgeheim, wenn ihr ein Blick in den Spiegel vergönnt war, ›Modell Curryhuhn‹) –, Alice schwirrte nur so von Regal zu Regal, holte herunter, breitete aus, drapierte, zwitscherte überredend und tippte Beträge in die Registrierkasse. Als wollte der Himmel sie belohnen oder für etwas entschädigen oder sich zumindest an den Treibstoffkosten für die vormittägliche Cross-City-Rallye beteiligen.

Den größten Erfolg aber hatte – nein: Der größte Erfolg aber war kein anderer als Gustave Guillaume Conrade Mbuokwandengi. Er brauchte nur mit den Augen zu rollen, brauchte sich nur das Kraushaar zu reiben, brauchte nur spitzbübisch zu zwinkern angesichts irgendwelcher Kinkerlitzchen, die jemand zögernd befingerte, und schon war der Kauf perfekt, war die Tageseinnahme erhöht, die Stimmung am Prickeln erhalten. Dabei hatte er's gar nicht speziell darauf abgesehen, sich hier als Umsatzmaskottchen zu bewähren, ach wo, er stand nur einfach so herum, von manchen vielleicht auch nur für einen zufälligen Kunden gehalten, den die zufällige Konjunkturwoge an Bord geschwemmt hatte. (*Entre nous*– war's nicht so?) Er hatte nur sein Mauseloch verlassen, ziemlich bald schon, weil er sich hinten im ›Boudoir‹ so überflüssig und verlassen vorgekommen war wie ein abgerissener Knopf.

Wie verhielt es sich nun? Ging es aufwärts? Jedenfalls weiter. Charlotte war förmlich zerflossen am Telefon, vor Hilfs- und sonstiger Bereitschaft, am liebsten hätte sie ihn sofort bei sich gesehen, verstaut, bemuttert, bekocht, fast erdrückt, wie er fast befürchtete. Dankbarkeit hatte ihn überwältigt. Etwas wie Rührung. Aber nicht eigentlich Freude. Als hielte ihn letztlich doch etwas zurück, dieses längst verschnürte Bündel aus der Gepäckaufbewahrung zurückzufordern, aufs Geratewohl, ohne Quittung. (Hatte er je eine besessen?) Ob der Inhalt noch – vor der Wendung ›zu gebrauchen‹ scheute er denn doch zurück – derselbe war? Oder leicht muffig geworden, bei allem Überschwang? Wie auch immer – was hatte er sonst? Folglich: Ja. Folglich: Gern. Folglich: Alles weitere findet sich. Tschau, bis nachher, ich komme, aber erst wenn's dunkel ist, wenn alle Katzen grau sind und Neger nicht mehr so auffallen – wandelnde Negative in dieser bläßlich-unterbelichteten Landschaft.

Seltsames Wesen, Alice, VW-Prinzessin mit dem aquilinen Profil, Kobold und Fee in Personalunion. Er konnte die Augen kaum von ihr lassen. So etwas war ihm noch nie begegnet. So etwas gab's nicht in Lomé. Hauch von irgendwo. Er wurde noch immer nicht aus ihr schlau. Ob sie zu Staub zerfiel, wenn man sie richtig anfaßte? Tussonges. Hände weg! Wie sie schwirrte...

Kolibri. Warum konnte er nicht einfach hierbleiben und ihr jeden Abend etwas auf dem alten *Casablanca*-Klavier vorspielen? *As time goes by?* Reiß dich am Riemen, Scheiß-Black-Panther, ab zu Charlotte und rehabilitier dich! Blöder Hammel, gepiesackt von Fata Morganas. Cinzano, was noch? Da schaute sie herüber, blau, blau, strich sich das Haar zurück. Linkshändig, bei Gott! Meschugge. Und wieder weg. Er konnte sie hören, quer durchs Geblubber, quer durch den Laden, wie sie diesen orangebepulloverten Schwulen beschwatzte, wie zauberhaft sich die grünspangesprenkelte Kuhglocke an der Petit-Point-Borte über seinem Himmelbett ausmachen würde. Wie war das möglich, mit aufgerauhter Altstimme so zu zwitschern? Sonst gurrte sie immer. Nur für ihn? *Eh bien, merde, Tussonges, foutez-moi la paix!*

Gerade als sie abschließen wollten, kam Bobby.

»Oh, ah ...« Er wickelte aus einer Papierserviette (mit Fettfleck!) ein einzelnes Anthurium, so ein rotes Elefantenohr mit weißlicher Ausfahrantenne, und reichte es Alice. »Man schlägt sich, man verträgt sich.«

Sie war offenbar so verblüfft über den Mangel an falscher Grandezza, daß sie das Geschenk akzeptierte.

»Na, komm schon 'rein«, sagte sie nur.

Auch Gustls Anblick entlockte ihm nicht mehr als ein Lebertranlächeln.

»Pluralismus«, kommentierte er. »Die permissive Gesellschaft, in echter Butter gebräunt. Oder sagen wir: Erdnußöl. Das reicht auch.«

Gustl kapierte nicht so recht, was er meinte (falls er überhaupt etwas meinte?), aber die Art, wie er sich ausdrückte, nötigte ihm wieder mal Neid ab.

»Man jagt mich garantiert schon mit etlichen Hundertschaften Bereitschaftspolizei«, plauderte Bobby ungehemmt weiter. »Die Pflanze, mein Versöhnungsangebinde, ist nämlich gestohlen. Ästhetischer Mundraub, sozusagen. Steigert den Wert ins Unermeßliche.«

Einen Moment lang war's Gustl eiskalt den Rücken hinuntergelaufen. Zugluft von draußen ... Er schalt sich einen Hasenfuß. Zeit, sich aufzuraffen.

»Ich habe die Ehre«, versuchte er sich am dubiosen Beispiel emporzuhangeln, »noch heute abend von der Bildfläche zu verschwinden. Dies zu Ihrer Erbauung.«

Don Roberto Ramirez Radomski breitete die Arme weit auseinander.

»Oh, ah, dritte Welt, wie beschämst du die beiden anderen! Hier, nehmen Sie das Veilchen aus meinem Knopfloch und pressen Sie's in Ihrem Poesiealbum!«

Wäre Alice nicht wieder aufgetaucht, Monsieur Mbuokwandengi hätte vielleicht die – wie ihm schien: äußerst obszöne – Pantomime seines Gegenübers mit einer höchst realistischen Ohrfeige beantwortet.

Kapitel 26

Übers Telefon hörte sich das alles noch einmal so umständlich an, und ein simpler Schlag ins Wasser schaukelte sich hoch zu den Ausmaßen eines mittleren Seebebens.

»Also, das Gewehr«, so der Ballistik-Experte, »wo Sie mir dagelassen haben, nicht wahr, zwengs daß man's untersucht, auf Schmauchspuren und so weiter, also, was soll ich sagen, da stellt sich auf einmal heraus, nicht wahr, da läßt sich durchaus gar nix behaupten, und mit an Sicherheit grenzender Wahrscheinlichkeit, hahaha, schon gleich gar nicht, ich mein, ob da gestern abgefeuert worden ist, nicht wahr, indem daß nämlich besagtes Schießgewehr, nicht wahr, kürzlich, also vielleicht akkurat gestern, das kann ich natürlich nicht beeiden, aber jedenfalls, nicht wahr, frisch gereinigt ist es halt worden, mit einem ölgetränkten Hadern und alles, was dazugehört, nicht wahr, ich mein, also, da müßert einer schon ein Hellseher sein, wenn einer da ... Hö, holla, Herr Kommissar, hören Sie mir überhaupts noch zu?«

»'geltsgott«, würgte Caspary hervor.

»Fuchzgerl«, sagte Ohm Gregor, stand auf, holte das Sparschwein von der Korrespondenzablage, ließ es rasseln und deponierte es auf dem Schreibtisch seines Vorgesetzten. »Bis zum nächsten Faschingsdienstag brauchen S' mindestens noch vier solche Säu'le, wenn S' so weitermachen.«

Mürrisch entrichtete der Kommissar seinen Obulus. Er hatte gar nicht rauchen wollen, hatte nur ganz in Gedanken die entsprechenden Handgriffe ausgeführt. Und jetzt saß er da und qualmte wie Charlotte Krasnjak.

»Warum reinigt einer seine Flinte ausgerechnet am selben Tag, an dem sein Schwager erschossen wird?« fragte er düster und ließ es im Raum stehen.

Ohm Gregor saß schon wieder rittlings auf seinem Stuhl – »John-Wayne-Trockenkursus«, aber damit konnte man ihn nicht frotzeln, er hatte die besseren Nerven – und stützte die Ellbogen auf die Lehne.

»Warum fährt einer mit dem Motorradl umeinander und treibt angeblich das Geld für die Rückzahlung eines Darlehens auf, wenn ausgerechnet zur selben Zeit der Gläubiger ins Gras beißt?« konterte er mit seiner auch beim Schafkopfen gefürchteten Bierruhe.

Florian Caspary ertappte sich dabei, wie er den Daumennagel zwischen die Windungen einer Büroklammer zu klemmen versuchte, während fernab auf dem Aschenbecher die teuer bezahlte Zigarette vor sich hin gloste. Er grapschte danach.

»Wo« – paff–paff – »treibt sich die Nichte des Ermordeten herhum?« Paff. »Weiß sie überhaupt, was mit ihrem Onkel passiert ist?«

»Und falls ja, von wem?«

Der Kommissar glotzte. Da hatte Ohm Gregor doch wahrhaftig ein weiteres Hühnerauge bloßgelegt!

»Und steht wirklich nicht mehr in den Sternen«, tarockte er schleunigst nach, »als die Horoskopdame zu enthüllen bereit ist?«

Ohm Gregor zog sein Schnupftuch aus der Tasche, füllte es mit einem Fanfarenstoß, faltete es mit aufreizender Sorgfalt zusammen und steckte es wieder ein.

»Vor allem aber«, grollte es unheilschwanger aus den Tiefen seines Brustkastens: »Wer hat aus welchem Fenster auf Pichler geschossen?«

Diese Frage, dieser jerichoposaunenunterstützte Auftritt des steinernen Gastes hatte Caspary gerade noch gefehlt. Schnell sündigte er noch ein letztesmal und zermalmte sodann die Kippenglut angewidert vermittels des zugehörigen Filters. Was ihm jetzt angebracht schien, war ein Fazit: knapp und unwiderlegbar.

»Wir haben genügend Fragen beisammen«, konstatierte er, »um ein Fernsehquiz damit zu bestreiten.«

Wenig später brachte Kollege Junker ein bißchen Leben in die Bude. Die alte *Black-Panther*-Akte unterm Arm, betrat er nach forschem Anklopfen (eine unnötige, ja sogar unerwünschte Maßnahme) mit der Selbstsicherheit eines Korpsstudenten das Büro des Chefs.

Dieser hob, ganz gegen seine tiefinnerste Überzeugung, erwartungsvoll den Kopf, hielt es indes für richtig, etwaiges Imponiergehabe von vornherein abzublocken.

»Ich hab einen neuen Auftrag für Sie«, sagte er daher gleich zur Begrüßung.

Junker Wolfram machte wieder kurz auf Marlene und schlug dann – auf dem Zahnsektor offenbar nichts Neues – unwillkürlich (oder gar ostentativ?) die Hacken zusammen.

»Aber immer.«

Des Kommissars Brauen näherten sich einander.

»Ermitteln Sie den Aufenthaltsort von Stefanie Mayr, der Nichte des ermordeten Würstlmanns Andreas Pichler.«

Nicken, des Sinnes: nichts leichter als das.

»Nähere Angaben zur Person?«

»Erhalten Sie anschließend. Und wo ist unser dunkelhäutiger Klavierspieler aus Togo?«

Diesmal ertönte statt des Klickens von Absätzen das etwas weniger zuversichtliche Scharren von Sohlen.

»Tja, nun ... Ich habe praktisch in einer Ein-Mann-Razzia das gesamte Stadtgebiet durchgekämmt. Flughafen, Hauptbahnhof, Ausländerwohnheime, Obdachlosenasyle, Spelunken, Parkanlagen. Ich habe Schwarzen aller Schattierungen die Personaldokumente abverlangt. Unaweza kujihakikisha? Kisuaheli: Können Sie sich ausweisen?«

Fast hätte der Kommissar seine Dienstmarke gezückt.

»Und?»

»Bedaure, Fehlanzeige.« Einfach so. Junker Wolfram trat an den Schreibtisch des Chefs und legte die Akte parallel zu den Tischkanten auf die Platte. »Mit Dank zurück. Alles studiert. Fotografisches Gedächtnis.«

Caspary schluckte literweise Spucke.

Von hinten ließ sich Ohm Gregors lässige Stimme vernehmen: »Flughafen ... Und in Schwabing, in der ehemaligen Kneipe, waren Sie auch?«

Junker Wolframs einwärtsgewölbte Wangen überzogen sich mit jäher, knabenhafter Röte.

Kapitel 27

Sie saßen im liebvertrauten VW, wo es fast so gemütlich war wie im ›Boudoir‹ der Boutique. Jetzt sogar ungleich gemütlicher, denn im bewußten Hinterstübchen fläzte zur Zeit Bobby Ramirez Radomski und harrte – durch den endlich erfolgten endgültigen Aufbruch unwiderruflich reinthronisiert – Alicens Rückkehr. (Falls er nicht, zur Feier derselben, im Kühlschrank nach einer Pulle Schampus wühlte.)

Es dämmerte zusehends. Bald würde es vollends dunkel sein. Hinter einigen Fenstern von Charlottens Betonburg, gleich vorn an der Ecke (Alice war ausgestiegen und hatte die Hausnummer kontrolliert) brannte schon Licht. In der Telefonzelle jenseits der Straßenkreuzung, an der eben ein Köter das Bein hob, gleichfalls.

»Noch eine Zigarette?«

Fittipaldi. Zum Abschied, wie sich's gehörte. Nicht mehr Gustl. So hatte ihn vorher noch niemand genannt. Einmal und nie wieder. Zum ersten- und zum letztenmal. Er spürte, wie es ihm die Kehle zuschnürte. *Je m'en fiche*, log er sich vor.

»Nun werd nicht rührselig.« Ihr Lachen klang auch nicht gerade graniten. »Wir bleiben ja beide in derselben Stadt.«

Wirklich? Er kramte sein schon wieder heillos zerknülltes Gauloises-Päckchen hervor. Noch zwei drin. Sogar drei. Zwei zum Abschied, eine zur Erinnerung. Alice hatte ihm das Päckchen mitgebracht. Spontan. Vor einer Ewigkeit. Nämlich heute früh.

»Oder möchtest du eine von deinen?«

Sie schüttelte den Kopf.

»Lieber eine von dir.«

Das freute ihn. Er wußte gar nicht so recht, warum. Er hielt ihr das Päckchen hin.

»Stinkadores ...«

»Zünd sie mir an«, sagte Alice. »Der erste Zug ist immer der schlimmste.«

Schon möglich, dachte er. Sie spitzte die Lippen, und er schob ihr den brennenden Glimmstengel dazwischen. Zitterte ein bißchen mit der Hand – *du calme, Tussonges, ca passera* –, mußte sich einen Schweißtropfen von der Stirn wischen, obwohl ihn eigentlich fror.

»Blöde Heizung«, schimpfte er. »Während der Fahrt erstickt man, und hinterher ...«

Alice mußte husten und kurbelte das Seitenfenster einen Spaltbreit herunter. Auch das noch! Na ja.

Dann fragte sie plötzlich, und ihre Stimme klang noch rauher als sonst: »Willst du wirklich da hineingehen?«

Er drehte sich zu ihr um. Sie schaute ihn an. Man konnte kaum etwas sehen, oder nur undeutlich, verschattet, vernebelt, die nächste Straßenlaterne war am anderen Ende der Welt, in Lomé oder noch weiter, aber er fühlte es durch die Dunkelheit hindurch: das geradezu unwahrscheinliche Blau ihrer Augen.

»Was bleibt mir denn anderes übrig?«

»Du hättest im Laden –«

»Und Bobby?«

»Ich hätte noch einmal bei ihm –«

»Und morgen? Und übermorgen?«

Die beiden Glutpunkte glommen gleichzeitig auf.

»Ich hätte dich schon noch eine Weile versteckt ...«

Er seufzte.

»Früher hat man bei euch, wenn man anständig war, die Juden versteckt. Sind jetzt die Neger dran?«

(Herrgott, so hatte er's ja gar nicht gemeint!)

Er ahnte, wie sie einen Moment lang steif wurde. Dann spürte er ihre Hand auf seiner. Kühl, kühl. Und darunter?

»Was du nicht alles weißt!« sagte sie, aber es klang etwas weniger schnippisch, als sie es beabsichtigt hatte.

»Mann aus Urwald wissen viel«, sagte er. »Haben Trommeln. Erfahren genug.«

Ihre Verspannung schien sich etwas zu lockern.

»Kindskopf ...«

Hatte sie das nicht schon einmal zu ihm gesagt? Bei welcher Gelegenheit? Oder bildete er sich's bloß ein? Er erschrak. Da war es noch gar nicht vorbei, da saß sie noch neben ihm, hinters Lenkrad gezwängt, hatte das Steuer sozusagen noch in der Hand, und er begann die ersten Einzelheiten schon zu vergessen. Wirklich Zeit, sich aus dem Staub zu machen.

»Jedenfalls«, krächzte er, mußte sich räuspern, setzte erneut an: »Jedenfalls vielen Dank, Alice.«

»Was kauf ich mir dafür?« Aber gleich, noch bevor's wehtat, wieder ihre kühlen Fingerspitzen, diesmal auf seiner Wange, nur ganz kurz hingetupft. »Hör nicht hin. Ich rede lauter Stuß.«

»Ohne dich wär ich längst im Gefängnis.«

»Schmonzens. Jedenfalls weißt du, wo ich zu finden bin. Und wenn was ist – Anruf genügt.«

»Klar.«

»Die Nummer kennst du.«

»Ja.«

Er hatte keine Ahnung. Wieso auch?

»Sag sie her!«

Wozu? Kein Anschluß unter dieser Nummer.

»Mach, daß du heimkommst«, sagte er; gar nicht schroff, übrigens. »Bobby wird sonst böse.«

Schulterzucken, begleitet von einem kleinen Fauchen. Pharaohs Liebling, dachte er. Aber wo gab's heutzutage noch Pharaohs? Sie drückte die Zigarette aus, als wär's eine ganz gewöhnliche Zigarette.

»Du, Gustl. Im Ernst. Paß auf dich auf. Wenn dir was passiert ... Nein, ich weiß schon, du mußt. Weil du sonst in der Luft hängst. Aber trotzdem. Ich meine – verstehst du?«

»Ja.«

Er öffnete die borsteinseitige Beifahrertür, zog den Kopf ein, stieg aus, richtete sich auf, sog noch einmal am Stummel, es brannte auf den Lippen, *le baiser de la solitude,* er spuckte ihn aus – kleiner Kometenschweif, letztes Flackern –, trat mit der Schuhsohle drauf.

Kapitel 28

»Weißt, Flori«, meinte Tante Dorothee, und in ihrer Stimme schwang eine unüberhörbare Dosis Vorwurf mit, »weißt, eigentlich könntest du in diesem Fall eine Ausnahme machen ... Wo ich doch praktisch von der ersten Sekunde an mit dabei war!«

Kommissar Caspary, seiner ehemals (wohlgemerkt: ehemals; was sie gelegentlich nur allzu gern ignorierte!) Erziehungsberechtigten am Eßtisch gegenüber, kaute zufrieden Oberfranzinger Geräuchertes – fürwahr Sonderklasse, mußte er zugeben – und brummte indifferent, endlich einmal die bis zum Überdruß eingepaukte Kindheitslektion beherzigend, daß man mit vollem Mund nicht spricht. Dabei wußte er natürlich genau, daß es ihm an diesem Abend keinen Verweis eingetragen hätte.

Im Gegenteil. Sein indifferentes Brummen wurde mit Stirnrunzeln mißbilligt.

»Also, wie ist das nun?« bohrte Tante Dorothee unverdrossen weiter. »Habts ihr ihn schon derwuschen« – dies ihr Privatpartizip anstelle von ›erwischt‹ – »oder noch nicht?«

Da es ebenso verpönt war, beim Essen Zeitung zu lesen, wozu

er den ganzen Tag nicht gekommen war, konnte der Kommissar auch gleich am Gespräch teilnehmen.

Sein Konversationsbeitrag beschränkte sich indes auf die Rückfrage: »Wen?«

»Wen, wen ... Den Spitzbuben halt, der aus unserer Wohnung –«

»Er hat nicht aus unserer Wohnung geschossen.«

Dies, unter gleichzeitigem Mampfen vorgebracht, hörte sich nun in der Tat arg nach Rückzieher an.

»Ach geh, nein?«

Unverkennbar enttäuscht. Offenbar hatte Frau Dorothee Quast, sich den Gegebenheiten elastisch anpassend, unten im Feinkostgeschäft und in der Drogerie bereits diesbezügliche Andeutungen verstreut, und nun würde sie den Sockel der Prominenz eigenzüngig wieder einreißen müssen.

»Aber von wo aus hat er denn dann –«

»Das weiß ich nicht«, unterbrach sie der Neffe quasi abschließend, raffte sich jedoch auch noch zu dem Nachsatz auf: »Die Ermittlungen sind in vollem Gange.«

Und ›Ermittlungen‹ sind, wie oft soll ich das noch wiederholen, in diesen vier Wänden tabu, bedeutete das. Es laut zu äußern, dünkte ihm allerdings überflüssig, da es noch nie etwas gefruchtet hatte.

Prompt: »Aha. Das heißt also, derwuschen habts ihr ihn noch nicht.«

Der Leiter der Mordkommission biß auf ein Pfefferkorn im Sauerkraut, sah einen Moment lang aus wie Junker Wolfram in Hochform und spülte dann reichlich mit Bier nach.

»Trink nicht mit so hastigen Schlucken, Flori«, mahnte Tante Dorothee. Dann, stur wie ein römischer Rammbock: »Also, derwuschen habts ihr ihn noch nicht?«

»Nein!« Gerade daß er den Rülpsdrang noch bezähmen konnte. »Und deinen ganz besonderen Spezl, den Fittipaldi, auch nicht!«

»Schrei nicht so«, sagte Tante Dorothee zurechtweisend. »Ich bin nicht taub.« Und, wie erst im nachhinein begreifend, geradezu verdutzt: »Den Fittipaldi?«

»Ja. Deinen afrikanischen Würstlmitesser.«

Sich immer mehr entrüstend: »Aber was wollts denn von dem? Das tät mich wirklich interessieren. Da hört sich alles auf! Der kann doch gar nix damit zu tun haben, der ist ja direkt neben mir gestanden!«

»Trotzdem ist er in die Sache verwickelt.«

»Ausgeschlossen. Das ist ein kreuzbraver Bursch.«

Der Kommissar schaute nachdenklich seine Tante an, die allmählich anfing, den Tisch abzuräumen, wie meistens, bevor er den letzten Bissen mit der Gabel aufgespießt hatte. Dann war sie auch schon zur Stelle und zog ihm den Teller sozusagen unterm Kinn weg.

Ein kreuzbraver Bursch, soso. Im allgemeinen war Tante Dorothee mit solchen Behauptungen durchaus nicht freigiebig. Da wurde gar schnell jemand als ›Bazi‹ oder ›Schlawiner‹ eingestuft. Aber an diesem Fittipaldi hatte sie offenbar wirklich einen Narren gefressen.

Er legte das Besteck aufs hingehaltene Tablett.

»Gut hast wieder mal gekocht«, mußte er denn doch lobend anerkennen und reichte auch noch die Serviette nach.

»Damitst endlich was wirst«, knurrte die Geschmeichelte und – »Jetzt gibt's noch einen Karamelpudding!« – verschwand in Richtung Küche.

Caspary blickte auf die Uhr. Hm. Das war leicht noch zu schaffen, bevor's losging. Im Fernsehen wiederholte man heute ›Capriccio‹ von Richard Strauss, eine Aufzeichnung vom Glyndebourne Festival. Da freute er sich schon seit vierzehn Tagen drauf. Da konnte man schwelgen. Das war italienisch, auch wenn's deutsch war.

Tante Dorothee servierte, sich selbst die Lippen leckend, den wabbeligen Nachtisch.

»Die Strobels sind übrigens wieder da«, verkündete sie ohne ersichtlichen Zusammenhang.

Wer? Ach so, die Nachbarn. Die Urlauber von den Kanarischen Inseln. Da mußte er morgen auch noch kurz herumhorchen, ob vielleicht irgendwann irgendwelche Wohnungsschlüssel abhandengekommen waren oder dergleichen.

»Die haben gestaunt, wie die Azalee blüht! Und der Philodendron ist um dreißig Zentimeter gewachsen. Ja, hab ich gesagt, richtig gießen, das ist halt was anderes als einfach nur Wasser draufschütten ... Flori! Hörst mir überhaupt zu?«

»Selbstverständlich.«

Das mit der Oper im Fernsehen würde auch noch eine Debatte geben, weil nämlich auf dem anderen Kanal ein alter Ganghofer-Film ausgestrahlt wurde.

»Schmeckt's dir wenigstens?«

»Mhmm!« Und dann, zaghaft: »Hast meine Frotteesocken wieder in den hintersten Winkel verräumt, Tante?«

Kapitel 29

Kaum war er weg, machte sie sich die größten Vorwürfe, daß sie ihn hatte gehen lassen. Daß sie den Zündschlüssel nicht herumgedreht, das Gaspedal nicht heruntergetreten hatte, sondern statt dessen dasaß wie gelähmt, wie belämmert noch immer, wie vor den Kopf geschlagen, unfähig, einen klaren Gedanken zu fassen oder auch nur die simpelsten Handgriffe zu verrichten. Dasaß und sich wunderte, daß alles so war, wie es war.

Als hätte sie sich geschnitten und dächte gar nicht daran, ein Pflaster auf die Wunde zu tun. Preisfrage: Was für eins?

Die Vorstellung, in die Boutique zurückzufahren, zurück zu Bobbys Interjektionen – so lange nun (seit acht Monaten, wenn sie richtig nachzählte) das ostinate ›Ah‹ und ›Oh‹ ihrer Mußestunden –, die Vorstellung, all das und das Drumherum wieder auf- und wieder auf sich zu nehmen, erfüllte sie mit Unrast und einigem Zweifel.

Hinter welchem von jenen Fenstern mochte sich eben jetzt eine ähnliche Szene abspielen, wurde versucht, mit ausgeleierten Gesten und eingetrockneten Worten krampfhaft irgendwo anzuknüpfen, wo die Fäden sich längst verfilzt oder anderweitig verknotet hatten oder nur noch lose herabhingen, morsch, angemodert und ohne Spannung? Oder – sie rümpfte die Nase, auch von dieser Alternative nicht fröhlicher gestimmt – gab's da doch noch irgendeinen Funken, der, jäh entfacht, übersprang? Und wenn ja, gab's auch ein Pulverfaß?

Sie starrte hinüber auf die Glastür, durch die Gustave Guillaume Conrade Mbuokwandengi (warum sollte ein Mensch nicht so heißen, verdammt noch mal?) vor wenigen Momenten verschwunden war. Sie konnte das kleine Vestibül recht gut überblicken. Das Licht, eher gedämpft, aufgeflammt, als Gustl auf den Klingelknopf gedrückt hatte, brannte noch. Sobald es erlischt, fahr ich los, nahm sie sich vor.

Im Hintergrund schob sich eine Tür auseinander. Anscheinend war eben der Lift unten angelangt. Ein Mann – heller Regenmantel, keine Kopfbedeckung – verließ die Kabine, durchmaß die kurze Distanz bis zur Haustür mit wenigen Schritten, kam die Eingangsstufen herunter, schaute nicht rechts noch links, ging davon.

Das Licht brannte noch immer.

Der Mann überquerte die Straße, betrat die Telefonzelle jenseits der Kreuzung.

Alice, plötzlich ungeduldig, aus keinem ersichtlichen Grund, kurbelte das Seitenfenster hinauf, lockerte die Handbremse. Startklar. Nur noch das Licht.

Der Mann verließ die Telefonzelle, kam über die Straßenkreuzung wieder zurück, hielt inne, sperrte eine Wagentür auf, stieg in einen blauen Mercedes, der schon die ganze Zeit über vorn an der Ecke geparkt hatte.

Das Licht im Vestibül ging aus.

In einen blauen Mercedes?

Als ihm schließlich, vom vielen Warten zermürbt – mit fast schon ausgerenktem Handgelenk vom Immer-wieder-auf-die-Uhr-Schauen (keine zwei Minuten seit dem letztenmal!) – die Zunge heraushing nach einer Stärkung, schraubte Bobby sich seufzend vom Pfühl hoch, irgendwie tsukaharahaft seitwärts, die Phantasie nach nebenan zum Kühlschrank vorauseilend. Mit der müden Gebärde eines Kanalschwimmers kurz vor dem Aufgeben zerteilte er die Portiere, berührte den Schalter für die mattgelbe Notbeleuchtungsfunzel – und erstarrte, den Blick auf die Eingangstür gerichtet.

Hinter der Scheibe bewegte sich dräuend und langsam, einem Riesenkraken im Aquarium nicht unähnlich, ein Schatten. Tastete. Spähte.

Bobby hielt den Atem an.

Da schien das Wesen ihn seinerseits erblickt zu haben, verformte seine Umrisse im Nu amöbengleich zu anthropoider Gestalt und pochte gegen das Glas. Hoch droben irgendwo zirpte, wie aus dem Schlaf aufgestöbert, andeutungsweise das Glockenspiel.

Bobby trat näher.

Ein Betrunkener? So wirkte er eigentlich nicht. Ein Hilfsbedürftiger? Ein Bote, von Alice entsandt, sie selbst in Bedrängnis, und nun sollte kein geringerer als Roberto Ramirez Radomski – (›Oh, ah, mir bleibt auch wirklich nichts erspart ...‹) – sie aus dem Zugriff des Drachen erlösen? Teufel auch, warum hatte der Durst ihn nicht ein paar Minuten früher oder später überfallen?

Der Schatten gestikulierte, schien dumpfe Laute auszustoßen, die wie ›Ach‹ oder ›Au‹ klangen, was natürlich ebensogut ›Machen Sie auf‹ heißen konnte, letzteres anzunehmenderweise.

Sei's drum. Bobby machte also auf.

»Na endlich!«

»Wer sind Sie?«

Der Schatten hielt ihm etwas unter die Nase. Es roch nach Jodtinktur oder dergleichen und ließ sich auf- und wieder zuklappen.

»Wolfram Junker, Kriminalinspektor.«

»Die Polizei? Oh, ah ...«

Das Anthurium, das er am Ostbahnhof im Vorbeigehen aus dem Sonderangebotskasten eines Blumenladens abgeknickt und stibitzt hatte!

»Ermittlungen in einem Fall von außerordentlicher Wichtigkeit. Ich muß ein paar Fragen an Sie richten.«

»Aber das Gewächs war praktisch am Eingehen! Es hätte die Nacht nicht überlebt, wenn ich mich seiner nicht erbarmt und ihm Asyl gewährt hätte!«

Junker Wolfram kniff argwöhnisch die Augen zusammen.

»Sie sprechen von Herrn Mbuokwandengi?«

Bobby, nur einen Moment lang perplex, wähnte sich jäh von Schalmeienklängen umgaukelt und gab den Weg frei.

»Treten Sie näher! Machen Sie mir die Freude!«

Kehrt und ab. Nicht winken. Über die Straße. Nicht umschauen. Drei Stufen hoch. Augen rechts. Da blinkte was. Finger drauf. Im Haus geht das Licht an. Auch die Namensschilder-Klingeltasten erstrahlen auf einmal bengalisch. Er muß kurz zwinkern. Krasnjak (unmöglicher Name, so heißen allenfalls Dämonen!) – oberste Reihe links. Luft ein, Luft aus. Drücken.

Krächz-krächz.

»Ja?«

»Fittipaldi.«

»Gut. Komm.« (Oder so ähnlich.)

Schnarr-schnarr.

Nicht umschauen. Tür auf. Nicht winken. Aus dem Blickfeld. Aufzug? Nicht da. Lieber die Treppe.

Irgendwo zwischen dem ersten und dem zweiten Stock – es gab keinen Treppenabsatz – verließ ihn der Mut. Er hockte sich aufs blanke Holz, merkte sofort: Kunststoff. Man fror am Hintern, durch die Jeans hindurch. Wie nannte man das doch gleich? ›Arsch mit Grundeis.‹ Egal.

»Arsch mit Ohren.« Das war wieder was anderes. Das war er, wie er da hockte und mit unbeholfenen Pfoten die letzte Gauloises aus dem zerknautschten Päckchen zog. Viel zu bald. Wo ... *Merde*, nun hatte er das Feuerzeug im Auto liegen lassen. Auch recht. Es hätte ihn sowieso Überwindung gekostet, die spiegelblanken Trittplatten zu beschmutzen. Machte man nicht, so was. Jawohl, Opa. Betreten des Rasens verboten. Deutsch für Anfänger, Grundstufe. *Tu-ne-songes-pas. Du tout.*

Irgendwo klickte es. Dann summte es. Der Aufzug? Und wenn schon. Stellt euch vor, da kommt einer nach Hause, und mitten auf der Treppe hockt ein Schwarzer. Wie bestellt und nicht abgeholt ...

Quatsch. Oben wartet Charlotte. Was war eigentlich los?

Angst? Wieso denn? Wovor denn? Vielleicht hatte sie sogar eine Suppe für ihn gekocht. Erbswurst mit Speck. Er spürte den Geschmack noch auf der Zunge. Vermischt mit noch was. Damals das Haus war nicht so nobel gewesen.

Irgendwo draußen, weit weg, ein Martinshorn. Verkehrsunfall? Funkstreife? Verkriech dich!

Er sprang auf, sprintete die restlichen Stufen hoch, schnupperte, oben angelangt.

Tür mit Namensschild. Einen Spalt breit offen. In der Küche, vermutlich, damit die Suppe nicht anbrennt. Alles beim alten. Er grinste, trat ein.

»Charlotte? Fittipaldi!«

Keine Antwort.

Er überwand sich: »Hallo, hier Bläcki!«

Der schottisch karierte Schaukelstuhl im Salon bewegte sich sacht. Charlottens vornübergeneigter Kopf mit den blonden, baumelnden Korkenzieherlocken schien im Rhythmus zu nikken. Teilnahmslos. Ihr rechter Arm hing schlaff herab, der Zeigefinger deutete wie warnend auf die überlange Zigarettenspitze, die ihrer Hand entglitten war. In den honigfarbenen Teppich hatte sich ein kleines, dunkles, kreisrundes Brandmal gefressen und ganz von allein zu glosen aufgehört. Ein diskreter Schlußpunkt.

Gustave Guillaume Conrade Mbuokwandengi wäre zweifellos gern wieder in Ohnmacht gefallen, aber es gelang nicht. Er stand und starrte. Fröstelte. Zu schnuppern gab es nichts mehr.

Das Horn des Polizeifahrzeugs blökte noch einmal und verröchelte unmittelbar vor dem Haus. Das war's.

Florian Caspary hatte schon des öfteren Andeutungen fallen lassen, des Sinnes, er werde Tante Dorothee zum nächstfälligen Geburtstag einen eigenen Fernsehapparat schenken, Color, Infrarotbedienung, Videotext, sämtliche Schikanen, sie könne dann vom Bett aus zuschauen, im Bedarfsfall auch schlummern, damit seien doch alle Probleme gelöst, mochte Ganghofer fröhliche Urständ feiern, er habe ja gar nichts dagegen. Aber nein, solches führte nur zu schmerzlich herabgezogenen Mundwinkeln und antagonistischem Gemurmel, sie lasse sich doch nicht stillschweigend abschieben, ›Isolationsfolter‹ (Tante Dorothee gab sich gern aufgeschlossen), und ob er sie nicht gleich ins Altersheim verfrachten wolle. Oder noch besser auf den Waldfriedhof.

Die Tür ihres Zimmers hatte sie dann dermaßen behutsam hinter sich zugezogen, daß man – zumal als Polizeibeamter – nicht umhin kam, auch in dieser übertriebenen Gefügigkeit eine Provokation zu wittern: Nun hat der Stein sich über mir geschlossen ... Aber das war vielleicht schon wieder eine Spur zu subtil.

Fünf Minuten vor Beginn der Sendung hatte Junker Wolfram angerufen und sozusagen stolzgeschwellten Kabels vermeldet, der Unterschlupf des gesuchten Afrikaners könne von Stund an als aufgedeckt erachtet werden, und nun erhebe sich die Frage, ob die internationale Drogenmafia ihre Umschlagplätze neuerdings als Boutiquen zu tarnen die Gepflogenheit habe. Darüber, daß der Zeuge sich mit vorläufig unbekanntem Ziel in Begleitung der Geschäftsinhaberin hinwegbegeben hatte, ging der Inspektor in einem Nebensatz hinweg. Auf Stefanie Mayr angesprochen, wies er scharfsinnigerweise darauf hin, er sei auch nur ein Mensch, überdies ein zur Zeit dental gehandicapter.

Tante Dorothee hatte – die Äuglein funkelnd wie Wunderkerzen – den Kopf zum Türspalt herausgesteckt, insgeheim wohl hoffend, der Neffe sei dienstlich verpflichtet, die gemeinsame Wohnung – sprich: das Zimmer mit der Glotze – vorübergehend zu räumen. Fehlanzeige.

Er wußte genau, was in ihrem Hirn vorging. Um ihre Gedanken in Worte zu kleiden, bedurfte es keiner kriminalistischen Fachausbildung. Zum Beispiel und vor allem, immer wieder und nie erlahmend: Warum heiratet er nicht endlich? Warum sitzt er daheim und schaut sich Opern an, statt sich irgendwo – und sei's in einer Diskothek, man war ja schließlich aufgeschlossen! – zweckdienliche Partnerinnen anzuschauen? Oder, bittschön, wenn's denn sein mußte (wie nannte man das doch gleich heutzutage?) ›aufzureißen‹.

Florian Caspary, die Füße wohlig frotteeumhüllt, schmunzelte vor sich hin. Leider nicht allzu lange.

Fünf Minuten nach dem Beginn der Sendung wurde aus dem Präsidium angerufen: In Bogenhausen sei eine Frau tot aufgefunden worden, mit bloßen Händen erwürgt, ihr Name sei Charlotte – »warten S' mal, ich buchstabier's lieber!« – K–r–a–s–n–j–a–k, und an Ort und Stelle habe man einen Neger festgenommen, der offenbar stumm sei.

Der Kommissar griff nach seinem Mantel. Tante Dorothee, ein Kissen unterm Arm, huschte waldfeengleich ins Wohnzimmer und schaltete um.

Kapitel 30

Wirklich blau? Nicht etwa dunkelgrün, kaffeebraun oder gar schwarz? Das fiel ihr erst ein, als die Jagd (wir wollen nicht übertreiben: das konzentrierte Hinterherfahren) in vollem Gange war. Zunächst einmal hatte sie spontan, dem jähen, völlig irrationalen Impuls gehorchend, geschaltet: erst im Hirn, dann mit dem blöden Knüppel, den sie auch lieber mit der linken Hand bedient hätte, aber so was gab's nur in England, in Japan und wo noch? (Komisch, was einem so alles durch den Kopf schlitterte, wenn man's am wenigsten brauchen konnte!) Sie war ohne Licht losgekrochen, hatte die Scheinwerfer mit Absicht erst eingeschaltet, nachdem der andere – Gott sei Dank ziemlich bald – nach rechts abgebogen war.

Gleich danach war ihnen auf der ansonsten menschenleeren Donaustraße ein Funkstreifenwagen entgegengerast: röhrenden Martinshorns und fahlzuckenden Blaulichts.

Auch auf dem Mittleren Ring herrschte um diese Zeit nicht allzu viel Verkehr. So fiel es Alice ziemlich leicht, einen Sicherheitsabstand (sehen, aber möglichst nicht gesehen werden) einzuhalten. Glücklicherweise schien es auch der Vordermann nicht auf innerstädtische Weltrekorde abgesehen zu haben, so daß sie mit ihrem Schnauferl ganz gut folgen konnte. Sie hatte Gustl gegenüber in all dem Trubel gar nicht erwähnt, daß der rüstige Käfer auf den Namen Xenophon hörte, ging es ihr durch den Sinn. Und: Vielleicht, weil der Geistesblitz von Bobby stammte.

Auf der Kennedy-Brücke gelang es ihr sogar, sich bis auf zehn Meter an den vorausrollenden Mercedes heranzuschieben. Danach war sie überzeugt, daß es sich um ein dunkelblaues Fahrzeug handelte. Was noch immer nichts zu besagen hatte. Aber was hatte schon etwas zu besagen?

Kaum hatte sie sich wieder zurückfallen lassen, bog der andere in letzter Sekunde auf die Schwabinger Ausfahrt ›Stadtmitte‹ ein – ohne zu blinken, Hammel! –, und Alice hatte Mühe, es ihm gleichzutun. Was denn, dachte sie, will der etwa zu mir?

Nein. Man überquerte die Leopoldstraße, wo sie schon gar nicht mehr wie sie selbst aussah, in westlicher Richtung und hielt sich geradeaus.

In fünf Minuten könnte ich daheim sein, stellte sie sich vor. Schuhe 'runter, Augen zu, alles vergessen. Oh, ah. Wirklich? Nie wieder Gauloises. Immerhin. Aber statt dessen?

Das nächstemal wäre er ihr beinahe am Leonrodplatz entwischt, als er – vom Zeichengeben hielt er offenbar überhaupt nichts, der Hundling! – unmittelbar hinterm Bedürfnishäuschen nach rechts ab- und gleich wieder nach links einknickte, in die Dom-Pedro-Straße.

Einmal rot, immer rot. Wenigstens verlor man nicht den Kontakt.

Mittlerweile war Alice beim Fragen angelangt. Ob er's ist? Heute mittag am Platz mit der Kirche und vorhin vor Charlotte Krasnjaks Haus... Da gab's eigentlich größere Zufälle. Daß man lebte, zum Beispiel. Und wenn er's nicht ist? Was mach ich? Schlimmer: Wenn er's doch ist? Was mach ich dann? Woher soll ich wissen, ob er's ist? Woher soll ich wissen, was ich mach?

Xenophons Auspuff knatterte unmißverständlich ›Thalatta, Thalatta!‹, aber was da glitzerte, war nur der Nymphenburger Kanal, an dem es entlangging. Und auf einmal war der Mercedes weg. Bremse!

Er war nur nach rechts abgebogen, wieder mal. Alice tat ein

gleiches. Noch vor der nächsten Querstraße fuhr er rechts an den Randstein und hielt vor einer von diesen Villen.

Wenn ich jetzt nicht dergleichen tu, kann ich ihm niemals nachweisen, wo er heute abend war! (Vielleicht hat er seine Großmutter besucht?)

Alice riß das Steuer herum, trat aufs Gas und krachte ihm voll hinten drauf.

Als sie sah, daß er ausstieg, klemmte zuerst mal die Tür, kein Wunder nach dem Zusammenprall, aber Alice warf sich dagegen und flog beinahe aufs Pflaster.

Schritte. Dann eine fremde Hand – helfend? – auf ihrem Ärmel.

»Bißchen viel Temperament auf einmal.« Stimme wie ein Schweißbrenner. »War das nötig?«

Alice grapschte nach ihrem Handtäschchen und rappelte sich auf in die Vertikale.

Sie standen direkt im Lichtkegel der Straßenlaterne. Starrten einander an. Der eine suchend, der andere findend. Gegenüber wurden ein, zwei Fenster geöffnet. Ansonsten blieb es still. Ein fernes Rauschen, weiter nichts.

Was hatte er gesagt? Ob das nötig gewesen war?

Alice strich mit der linken Hand – schleuderte geradezu – sämtliche Haarsträhnen, deren sie habhaft werden konnte, widerspenstig oder nicht, über die linke Schulter zurück.

»Doch. Ja. Hm. Ich glaube schon. Ich fürchte, das war überaus nötig, Herr Wernicke.«

Im nächsten Moment rief jemand aus einem der Fenster: »Ist was passiert?«

»Nein, gar nichts«, antwortete Wernicke prompt und sonor. »Ein winziger Blechschaden. Das regeln wir ganz intern!«

Ach?

Zu ihr, etwas leiser, aber darob nicht weniger präzis artikuliert: »Ich weiß, wer Sie sind. Ich hab Ihnen damals das Lokal vermittelt. Für Ihre Boutique.«

»Das Lokal, in dem vorher Ihre Kneipe drin war.«

»Meine Kneipe?«

»Eben ist es mir wieder eingefallen, Herr Wernicke.«

»So was.« Räuspern. »Darf ich Sie hereinbitten?« Das Rasseln eines Schlüsselbunds. »Verzeihen Sie, aber ich hab doch glatt vergessen, wie Sie heißen. Schlimm?«

Kapitel 31

Von einem Capriccio, etwa in der Art, wie der Kommissar vorgehabt hatte, es sich in aller Gemütsruhe angedeihen zu lassen, konnte natürlich keine Rede sein. Es war vielmehr die übliche Tretmühle, nur diesmal zur Abwechslung auch noch Nachtschicht. Also immer wieder mit Krampf im Kiefergelenk, vom unterdrückten Gähnen. Aber nicht etwa vor Langeweile.

Fast sentimental berührte Caspary das Wiedersehen mit Charlotte Krasnjak – von Hyazinthenduft umhaucht. Viel zu bald, fand er.

Für Pichlers Geburtsdaten war es nun andrerseits zu spät. (Ob sie ihr etwas genützt hätten?) Ein anderes Datum war allzu plötzlich ein- und dazwischengetreten, unabsehbar, unübersehbar sie selbst betreffend, gewissermaßen der ›Deszendent‹, wenn es das gab. Den mußten jetzt andere als Grundlage anderer, nicht weniger unsicherer Berechnungen verwenden, gleichwohl rückblickender, nicht vorausschauender Natur.

Weitaus weniger sentimental stimmte Caspary das ebenso unverhoffte Wiedersehen mit Ohm Gregor, der sogar – wohnhaft in Berg am Laim – schon knapp vor ihm am Bogenhausener Tatort eingetroffen war: mürrischer denn jemals tagsüber, permanente Waschbrettstirn, bereits mit den Vorboten des morgigen Stoppelbarts behaftet und irgendwelche Lakritzenbonbons lutschend, die seinen angestammten Stallmief antiseptisch verfremdeten. (So hatte allenfalls Junker Wolfram zu riechen, der übrigens nirgends in Erscheinung – und derungestalt wieder einmal metaphorisch ins randvolle Fettnäpfchen seines Vorgesetzten – trat.)

Zwischendurch – von keinerlei Überstunde auch nur im geringsten angekratzt oder gar am Absondern seiner streptokokkenartig gebündelten Wortkaskaden gehindert – der Gerichtsmediziner mit einem seiner oft kopierten, aber nie erreichten Soli.

»Über die, äh, Todesursache scheinen, äh, oberflächlich betrachtet, äh« – wenn er nur nicht auch noch das Kinn mit dem schlohweißen Ziegenbart herausfordernd vorgestreckt hätte! – »keine Zweifel zu bestehen, äh, hm, Asphyxie, herbeigeführt, äh, durch Erwürgen, äh, Zeitpunkt, äh, vielleicht eine Stunde, vielleicht äh, hm, eine halbe, aber, äh. Sie wissen ja, bei der, äh, Autopsie, da erlebte man bisweilen, äh – nur zugefaßt, meine Herren« (dies zu den beiden Weißbekittelten, die eben mit der sogenannten Bergungswanne im Türrahmen auftauchten), »falls, äh, die Herren von der Spurensicherung ihr, äh, ihr Werk beendet haben« (dies ein betroffenes Nicken der Betreffenden auslösend), »also, dann, äh, husch« (dies wieder zu den Vorherigen, die sich daraufhin brav in Bewegung setzten), »äh, Überraschungen« (dies – die unterbrochene Rede doch noch rastellihaft abschließend – zum Kommissar), »äh, habe die Ähre.«

Letzteres ganz allgemein in die Luft, von huldvollem Winken begleitet und schon halb heimwärts gewandt.

Mitten drin Fittipaldi, allen im Weg, am meisten sich selbst. Herumgeschubst wie etwas, worüber man stolpert. Wäre er still davongeschlichen, kein Aas hätte was gemerkt. Oder doch? Er wußte kaum zu unterscheiden, was da alles durcheinanderwieselte, seltsamerweise ohne sich gegenseitig auf die Füße zu treten. Ein bißchen wie Zirkus, aber die Clowns enttäuschend: viel zu routiniert. In Togo hätte das vor allem ein Riesenpalaver gegeben, Geheul, Geschnatter, Gezeter ... (Togo – wo war das?) Hier: Amtshandlung, Zahnradgetriebe, schnurr-schnurr. Nicht daß es darauf angekommen wäre. Er hatte ausgespielt, so oder so.

Als er dann, allein in seiner Ecke – wie ein Schulbub, der den Unterricht gestört hatte – eine letzte Gauloises hervorzog, war diese zerquetscht, zerfleddert, zerbröselt.

»Rauchen am Tatort verboten«, sagte jemand.
Je suis francophone, dachte er. *Et alors?*

Sie saßen – Angelpunkt sämtlicher Frustrationen – in Casparys Büro, das bei Nacht noch unpersönlicher wirkte als bei Tag. Daran änderte weder der ›Huberin‹ Pflegling etwas (der von ihr quasi mit der Stoppuhr in der Hand gewartete Gummibaum) noch die gerahmte Reproduktion von Slevogts *D'Andrade als Don Giovanni*, welcher mit hinreißender Arroganz die Fiktion aufrechtzuerhalten suchte, sein Vis-à-vis, der Wandplan von München und Umgebung, sei derjenige von Sevilla. Das Bild hing übrigens etwas schief.

»Hätten Sie jemals mit so was gerechnet?« Die Handbewegung des Kommissars war allenfalls ein müder Abklatsch von d'Andrades weltverlockender, weltverachtender Geste. »Also, ich nicht.«

»Ich hab die Dame überhaupts gleich gar nicht gekannt«, gab Ohm Gregor zu bedenken. »Das war Ihre Spur.«

»Ja, sicher, und was für eine heiße!«

»Nur – jetzt ist sie kalt.«

Caspary starrte seinen Mitstreiter an, von so viel Zynismus geradezu abgestoßen.

Der Oberinspektor schämte sich indes der Entgleisung. Das war nicht seine Art. Er hatte bloß eine Wut, weil eins nach dem anderen in die Hosen ging. Er wollte gerade zu einer fäkalischen Äußerung ansetzen, verkniff sie sich jedoch angesichts der ohnehin vorherrschenden Stimmung.

Ein Seufzer wehte durch den Raum. Ach, ich habe sie verloren. *Orpheus und Eurydike.* Glück im Unglück.

»Als tät einer herumgehen und, wie soll ich sagen, der Reihe nach die alte ›Black-Panther‹-Belegschaft abmurksen ... Warum? Die alte Rauschgift-im-Klavier-Geschichte? Daß ich nicht lach! So eine Stummfilmklamotte ... Aber funktioniert hat's, das muß man zugeben. Trotzdem. Was noch? He? Hab ich was übersehn in der Akte von damals? Oder im Zusammenhang mit Pichler?«

Gegenüber Achselzucken.

»Fragen S' mich nicht, ich bitt Sie.«

»Wen soll ich sonst fragen, Herrschaftsseiten? Sie mit Ihrem Wochenmarkt-Panoptikum... Schön wär's gewesen. Aber führt vielleicht von da irgendein Weg zum Opfer von heute abend? Na? Mein lieber Mann, da haben Sie sich gründlich in die Nesseln gesetzt!«

Dieser Hieb saß. Ohm Gregor wand sich. Der Mustang unter ihm knarrte an sämtlichen Leimstellen. Fällt er in den Graben... Besser, man ließ es dabei bewenden. Wenn der Kommissar ›mein lieber Mann‹ sagte, empfahl es sich, den gemeinsamen Verzehr von Steinobstfrüchten der Gattung Prunus (*avium resp. cerasus*) auf ein Mindestmaß zu beschränken. Schrebergärtners Knigge.

»Gehn S' zu, Herr Caspary!« (Wenn der Oberinspektor einen Vorgesetzten mit Namen ansprach, empfahl sich ein gleiches.) »Wollen S' nicht endlich diesen Hanswursten hereinkommen lassen, diesen Kolonialsprößling, diesen Heiligen Dreikönig aus der zweiten Reihe?«

Eigentlich hatte er ja vorgehabt, sich stur hinter seiner angeblichen Frankophonie zu verschanzen, aber dann hätte er nicht sagen können, was zu sagen ihm dann doch richtig und wichtig erschien.

»Ich verweigere die Aussage«, sagte er nämlich.

»Soso.«

Insgeheim hatte er sich von seinem Knallfrosch etwas mehr Wirkung versprochen.

»Ich beteuere meine Unschuld«, sagte er also auch. (In kritischen Momenten kehrte er immer ganz gern zu den Paradesätzen aus Großvaters Schulgrammatik zurück.) »Jawohl.«

»Hören Sie mal, Herr M-bu-o-kwan-den-gi.« Ein Glück, daß der Kommissar die Akte aufgeschlagen vor sich liegen hatte! »Sobald Sie Ihre Unschuld beteuern, handelt es sich bereits um eine Aussage.«

»Mbuokwandengi«, präzisierte Mbuokwandengi hilfsbereit. »Sie müssen die Silben anders trennen. Mbuo-kwa-nde-ngi. Es ist nicht ganz einfach, besonders für Europäer. Aber was glauben Sie, wie lang's gedauert hat, bevor ich ›Oachkatzlschwoaf‹ sagen konnte!«

Eine Sekunde ehrfürchtigen Schweigens.

»Verreck«, staunte Ohm Gregor dann, und aufgetürmte Verdachtsmomente gerieten erstmals ins Wanken.

Caspary empfand – großstadtgereift, opernverdorben – etwas weniger erdverbunden.

»Da Sie sogar die Anatomie des Eichhörnchens so folkloristisch einwandfrei beschreiben können«, äußerte er gemessen, »steht einem ausführlichen Gespräch wohl nichts entgegen. Punkt eins. Was hatten Sie in der Wohnung der ermordeten Charlotte Krasnjak zu suchen? Punkt zwei. Wer wußte alles – und ich erwarte eine komplette Liste von Ihnen! –, wer wußte gestern, zur Stunde der Ermordung des Würstlmanns Pichler, von Ihrer Anwesenheit in München? Punkt drei. Wo ist Stefanie Mayr?«

Fittipaldi glotzte.

»Steffi? Wieso Steffi? Was ist mit ihr?«

»Das frag ich Sie!«

Das war etwas ganz Neues. Wie kam er da jemals wieder heraus? Das mit der Frankophonie verfing wohl jetzt überhaupt nicht mehr. Also Rückwärtsgang.

»Ich verweigere die Aussage.«

»Das läßt Sie aber in keinem sehr guten Licht erscheinen, finden Sie nicht?«

»Ich verweigere die Aussage.« Nun, beim zweitenmal, klang es schon etwas weniger trotzig. Er hörte es selbst und schluckte. »Jawohl.«

»Haben Sie sie in Ihre Gewalt gebracht? Halten Sie sie als Unterpfand fest? Wen wollen Sie unter Druck setzen?«

Er, unter Druck setzen! Ach, du grüne Neune, was auch immer das bedeuten mochte in dieser Sprache, die ihm von Sekunde zu Sekunde unheimlicher wurde, unbegreiflicher, zu entgleiten drohte, trotz Apsis und Semmelnknödeln und ›Oachkatzlschwoaf‹ ... Am liebsten wäre er in Tränen ausgebrochen. In Lomé hätte man das zumindest verstanden. Aber hier?

»Wollen S' einen Advokaten beim Verhör dabei haben?«

mischte sich Ohm Gregor ein, auf Rechtsstaatlichkeit bedacht, aber nicht zuletzt wohl auch, um sich nicht ganz und gar überflüssig vorzukommen.

Fittipaldi schüttelte den Kopf, am Start schon so weit hinten, gleich in der ersten Runde touchiert von der Konkurrenz, von der Bahn abgekommen, aus der Kurve getragen, Motorschaden, *fini*. Das Ziel nicht erreicht. Wieder keine Weltmeisterschaftspunkte. Das war einmal. Zu Fuß zurück an die Boxen.

»Wo ist Stefanie Mayr?«

»Ich verweigere die Aussage.« Störrisch wie ein Dachshund im Schneesturm. Er schnupperte auch so ähnlich. Er schnupperte wieder so eine Floskel aus Großvaters Grammatik. (Wenn der wüßte, wo ich jetzt bin!) »Es sei denn ...«

»Ja?«

Er rieb sich das Kraushaar mit einer Vehemenz, daß eigentlich Funken hätten sprühen müssen. Immerhin, einer hatte tief drin gezündet.

»Es sei denn die Gegenwart von Fräulein Alice Herzog, Inhaberin der Boutique ›La Duchesse‹, Andersenstraße Ecke Wurmboldstraße in Schwabing. Die Nummer steht, *s'il vous plaît*, im Telefonbuch.«

Ohm Gregor und der Kommissar wechselten einen Blick. Ersterer stieg bereits aus dem Sattel.

Nachwort: »Wenn dieser Bobby sich meldet, geben Sie sich gar nicht mit ihm ab ... Verlangen Sie Alice!«

Sie probierten es – während so etwas wie eine Großfahndung eingeläutet wurde, auch nach dem Kollegen Junker – noch fast eine Stunde lang, aber mehr war aus Gustave Guillaume Conrade Mbuokwandengi nicht herauszukriegen.

Endlich, nach Mitternacht, schleifte man Junker Wolfram herbei. An eine Ähnlichkeit mit Marlene Dietrich, und wäre sie noch so entfernt gewesen, hätte auch der Böswilligste nicht mehr zu denken vermocht. Seine linke Backe war dermaßen angeschwollen, als hätte nicht Ramirez Radomski, sondern Muhammad Ali ihn vor Ewigkeiten empfangen. Aber es war nur ein Rückfall ins geläufige Leiden, Aufstand der unausrottbaren

Wurzeln: ein Schicksalsschlag mit radikaler Komponente, sozusagen.

»Wo ist Alice Herzog?« fragte Caspary.

Junker Wolfram wimmerte kläglich.

Ohm Gregor ahnte schon, was auf ihn zukam.

Kapitel 32

Die beiden Autos hatten sie einfach stehen lassen, da sie weder Mensch noch Fahrzeug behinderten. Alice war nämlich, im entscheidenden Moment total auf ihren Vordermann fixiert, ebenfalls brav in Bordsteinnähe eingeschwenkt, bevor sie ihn – Augen zu! – per Karambolage ›aufgespießt‹ hatte, wie sie es bei sich nannte. Das nunmehr zusammenhängende Doppelgebilde der beiden heterogenen Blechbuckel vermittelte allerdings (zumal von gütigen Schatten umschmeichelt) eher den Eindruck, als hätte sich ein unterprivilegierter Straßenköter allzu hartnäckig um die Gunst einer gräflichen Dogge bemüht.

Der arme Xenophon war wohl – daran gab es kaum etwas geradezubiegen – am Ende seiner irdischen Anabasis angelangt. Abschleppkosten, registrierte Alice. Und: Ob sie den Schrottwert übersteigen werden? Kaum. Der Kontrahent hingegen war schätzungsweise glimpflicher davongekommen: verbeulte Stoßstange, leicht angeknackster Kofferraum (nicht mal von selber aufgeklappt!), allenfalls noch der Auspuff im Eimer. Kann die Versicherung verkraften, dämpfte Alice das gelinde Flattern, das nachträglich von ihr Besitz ergriffen hatte. (Schwebte ihr allen Ernstes, in dieser Situation, eine gütliche Schadensbereinigung vor?)

Die Vorgartentür quietschte ungemein stilecht.

Warum gehe ich überhaupt mit? Worauf lasse ich mich da ein? Ich hätte doch lieber heimfahren sollen. Bobby wäre weniger anstrengend gewesen. Oh, ah. Indes, denk ich an Gustl, in der Nacht...

Hätte sie noch weglaufen können? Warum versuchte sie's

nicht einmal? Was bewog sie immer wieder – es gab ein paar Präzedenzfälle, harmlosere(?), auch Bobby gehörte dazu –, für streunende Globetrotter Kaffee zu kochen?

Auch dieses Haus (Jahrhundertwende, man war in Gern, und einiger Traditionsbestand hatte sich, gottlob, dem Preßluftbohrer der Zeit widersetzt) – auch dieses Haus betrat man über eine kleine Außentreppe, die zum Hochparterre-Eingang hinaufführte, wo eine schummerige Wandlaterne zusätzlich für Atmosphäre sorgte. Alice fühlte sich auf seltsame Weise an ihre Kindheit erinnert, als Papa noch am Leben und Mama nicht nach Tel Aviv übersiedelt war. Da hatten sie hier in dieser Gegend irgendwo gewohnt, vielleicht sogar gleich um die Ecke oder eine Straße weiter. Vergessen. Von den vier Milchglasscheiben der Wandlaterne vor der Haustür hatte sich jeweils der Schattenriß eines Tannenbaums abgehoben. ›Chateau Tannenbaum‹, hatte Papa gescherzt: Mama war eine geborene Tannenbaum, also was. Einer von diesen Zufällen.

Wernicke fummelte am Schlüsselloch herum. Dann klickte es.

»Nach Ihnen.«

Alice schaute sich noch einmal um, bevor sie eintrat. Hilfesuchend? Gleich darauf weiteten sich ihre Augen in jähem Wiedererkennen.

Von den Milchglasscheiben der Wandlaterne hob sich jeweils der Schattenriß eines Tannenbaums ab.

Innen keinerlei Überbleibsel von früher. Keine Spur, kein Hauch. Nur die Wände. Nicht mal die. Grüne Rauhfasertapeten im großen Wohnraum, Hintergrund für Geweihe aller Arten und Formen: in der Hauptsache wohl einheimisches Rotwild. Altdeutsches Mobiliar – echt oder nachempfunden, was spielte das für eine Rolle? Zinngefäße. Über der klobigen Anrichte, wo – auf einem brokatenen Deckchen aufgebahrt – ein Jagdhorn dem nächsten Horrido entgegenschlummerte, der unvermeidliche ausgestopfte Keilerkopf mit den unvermeidlichen Hauern. So hieß das doch? Daneben ein gutbestückter Gewehrschrank.

Nichts von Chagall. Welch ein Gedanke! Chagall, das war für

Papa gewesen, was für andere Beethovens Neunte. Sogar eine Monographie hatte er über ihn verfaßt. Alice hatte mit Chagall nie besonders viel im Sinn gehabt (auch nicht mit Beethovens Neunter), im Gegenteil, seine ständige Präsenz war ihr damals ziemlich auf die Nerven gegangen: Bei jedem Nachhausekommen hatte sie verstohlen aufs Dach gespäht, ob etwa einer von diesen aufdringlichen Fiedlern sich peinlicherweise darauf niedergelassen hatte. Aber jetzt, in diesem Augenblick, der schon viel zu lange dauerte, liebte sie Chagall, den so schmerzlich Abwesenden, heiß und mit wildem Überschwang.

Statt seiner Hugo Wernicke, wie er vor geschlossener Tür kurz auf den Fußspitzen wippte und sodann federnd auf einen der wuchtigen Lehnsessel zuschritt, wo er abermals innehielt.

»Nehmen Sie Platz.« Ungefähr so mochte der Torero seinem Widersacher die Stelle bezeichnen, wo er ihn zu erledigen gedachte. »Ihr Name ist mir noch immer nicht eingefallen.«

»Alice Herzog.«

»Ach ja. Nun? Also.«

Gelbliche Zähne des – zu anderer Stunde auch anderenorts in ganz anderem Zusammenhang erwähnten – Eichhörnchens, das sich mühsam ernährt, aber offenbar ganz gut über die Runden kommt.

Alice wählte das Sofa, bereute es gleich darauf, weil sie sich versinken fühlte oder zumindest ohne Rettungsring auf einem Ozean treibend, aber das hatte sie nun davon, warum war sie nicht geflohen. Sie griff nach ihrem Handtäschchen.

»Mal sehen, ob ich die Versicherungsnummer irgendwo notiert hab, dann könnten wir die Formalitäten hinter uns bringen.«

Wernicke deutete etwas an, wovon er hoffte, daß man es mit einem feinen Lächeln verwechseln konnte.

»Und Sie glauben, damit ist alles behoben?« Er stand noch immer hinter der Lehne des einen der beiden blumengemusterten Sitzungetüme, die Hand aufgestützt, die andere hinterm Rücken verborgen, als verstecke er dort Mantel und Degen. Im gleichen Tonfall, nach einer Kunstpause: »Darf ich Ihnen etwas anbieten?«

Alice schüttelte den Kopf, woraufhin er sich endlich setzte, die Beine übereinanderschlug und die Arme auf den hierfür gedachten gepolsterten Seitenleisten anordnete, deren geschnitzte Holzknäufe er allsogleich zu betasten, zu massieren, zu kneten begann, ohne den Oberkörper auch nur im geringsten dabei zu bewegen.

Alice, den linken Zeigefinger – sie hatte keine Ahnung, wie er dorthin kam – an der Nasenspitze, sagte: »Gut. Etwas anderes. Haben Sie zufällig heute mittag versucht, Herrn Mbuokwandengi mit dem Auto zu überfahren?«

Zunächst hatte es den Anschein, als sei der Fehdehandschuh in hohem Bogen im Aus gelandet. Hugo Wernicke dachte jedenfalls nicht im Traum daran, sich danach zu bücken.

»Wen, bitte?«

»Gustave Guillaume Conrade Mbuokwandengi aus Lomé in Togo. Der junge Mann, der im ›Black Panther‹ Klavier gespielt hat. Sie haben ihn seinerzeit wohl nicht persönlich kennengelernt. Sie haben sich immer mehr im Hintergrund gehalten. Aber Sie erinnern sich wenigstens an den ›Black Panther‹?«

»Das Lokal, in dem Sie heute Ihre Boutique betreiben. Ja. Ein gutes Geschäft. Für Sie auch, hoffe ich?«

»Dank der Nachfrage. Sie waren damals übrigens recht entgegenkommend. Wenn ich es auch gewesen wäre, vielleicht hätte ich noch günstigere Bedingungen bei Ihnen herausschlagen können. Sie hatten gerade gewisse Sorgen. Ihre Frau war kurz vorher ums Leben gekommen. Ihre Firma hatte nur sehr wenige Aktivposten aufzuweisen. Einer davon war ich. Die Hinterlassenschaft meines Vaters hat Sie sozusagen ... Muß ich Ihnen das wirklich erst alles wieder vorkauen?«

»Die Firma hat sich mittlerweile erholt.«

»Ach ja, gewiß. Wenn ich damals aufs richtige Pferd gesetzt hätte, wie Sie immer gemeint haben ... Warum wollen Sie nicht zugeben, daß die Kneipe eigentlich Ihnen gehört hat?«

»Ich bitte Sie ... Ist das wichtig?«

»Unter Umständen schon. Aber es läßt sich ja notfalls nachweisen, stimmt's? Ich meine, falls andere Leute sich dafür interessieren. Mir haben Sie's ja schon seinerzeit angedeutet, gesprächsweise, als es um das alte Klavier gegangen ist. Erinnern Sie sich noch an das alte Klavier?«

»Ich ... Ja. Sagen Sie bloß, es existiert noch!«

Erste Anzeichen von Gereiztheit? Um so besser. Alice kam sich ein wenig vor wie betrunken. Wußte nie genau, was als nächstes aus ihr hervorsprudeln würde.

»Aber sicher! Damals haben Sie's mir geradezu aufgedrängt, als Dreingabe, für fünf Mark oder so. Das war das Klavier, auf dem Herr Mbuokwandengi allabendlich die Gäste unterhalten hat. So war's doch. Herr Pichler hat gekocht und serviert, Frau Krasnjak stand hinter der Bar und Herr Mbuokwandengi hat Klavier gespielt. Herr Pichler, das war der Pächter, falls Sie das auch vergessen haben.«

»Aha.«

»Und Frau Krasnjak, das ist die Dame, die in dem Haus wohnt, aus dem Sie heute abend herausgekommen sind, kurz nachdem Herr Mbuokwandengi hineingegangen war. Ich frage mich, was Sie da wohl gemacht haben ...«

»In dem Haus wohnen sechs Parteien.«

»Gestatten Sie, daß ich bei Frau Krasnjak anrufe?«

Wernicke stülpte die Unterlippe vor und hielt den Kopf schräg, so daß die gußeiserne Hitlersträhne einen Millimeter tiefer in die Stirn rutschte.

»Nein«, gab er Bescheid.

Alice spürte, wie sie allmählich so etwas wie Orientierung gewann. Ohne Rettungsring auf einem Ozean ausgesetzt, hatte sie sich anfänglich treiben lassen, aber nun war Land in Sicht, eindeutig.

Sie mußte weitermachen, aufs Geratewohl. Sonderbarerweise fühlte sie sich dazu imstande. Sollte doch noch irgendwo, inmitten all des scheußlichen Gehörns, ein Überrest von Professor Simon Herzogs scharfsinniger Bildbetrachtung herumschwirren, von seiner Fähigkeit, Zeichen zu deuten und Pinselstriche zu interpretieren? Ein ätherisches Quentchen ›Chateau Tannenbaum‹, was ja nebenbei – auch dies einer von Papas milden Scherzen – so klang wie die nobelste aller jüdischen Sektmarken? War es das, was ihr moussierend zu Kopf stieg?

»Wie auch immer«, hörte sie sich fortfahren, »jedenfalls traf Herr Mbuokwandengi nach zweijähriger Abwesenheit, auf die wir noch zu sprechen kommen müssen, vorgestern wieder in München ein, begab sich stracks zu seinem Freund Pichler und übernachtete dort. Anderntags wurde Pichler, von Beruf nunmehr Inhaber einer Wurstbraterei, kaum daß Herr Mbuokwandengi an seine Theke getreten war, erschossen.«

Wernickes Finger kratzten und schabten unablässig an den vorderen Enden der Armlehnen herum.

»Dieser Herr mit dem exotischen Namen scheint anderen Leuten Unglück zu bringen. Finden Sie nicht?«

»Doch, doch«, gab Alice bereitwillig zu. »Vielleicht auch dem Fahrer des blauen Mercedes, der heute mittag versucht hat, Herrn Mbuokwandengi hinterrücks zu überfahren. Falls er nämlich nicht ein Alibi aus Stahlbeton hat. Haben Sie eins, Herr Wernicke?«

»Ich?«

»Eine andere Frage. Hätten Sie etwas dagegen, wenn irgend jemand, beispielsweise die Polizei, den Inhalt Ihres Waffenschrankes – ich meine den da drüben – unter die Lupe nähme?«

Wernicke leistete sich ein kurzes Grinsen.

»Behördliche Willkürakte kann ich nicht gutheißen.«

»Wär's im Zusammenhang mit dem Mordfall Pichler wirklich ein Willkürakt?«

Wernicke seufzte geradezu steinerweichend.

»Wen soll ich denn Ihrer Meinung nach noch alles umgebracht haben?«

Eine gewaltige Woge von ›Chateau Tannenbaum‹ rauschte heran und spülte Alice ans felsige Ufer.

»Ihre Frau«, sagte sie.

Diesmal gab Hugo Wernicke keine direkte Antwort. Er hörte abrupt mit seinen Fingerübungen auf, schlug die Beine zeitlupenhaft bedächtig andersherum übereinander und legte – eine

Geste, die absurderweise ungemein gefährlich wirkte – die Hände in den Schoß.

»Ich lausche«, verkündete er dann.

»Es ist nämlich so«, begann Alice langsam die Klippe empor zu krabbeln, von der irrwitzigen Hoffnung beseelt, sie möge sich nicht versteigen. »In dem Moment, als Pichler erschossen wurde, bückte Herr Mbuokwandengi sich gerade nach seiner Papierserviette. Deshalb traf die Kugel den Falschen. Eigentlich hatte sie Herrn Mbuokwandengi gegolten.«

»Interessant«, entfuhr es Wernicke.

»Der Verdacht liegt folglich nahe, daß irgend jemand – wer wohl? – Herrn Mbuokwandengi um jeden Preis beseitigen wollte. Schon seinerzeit in der Kneipe, als plötzlich, abrakadabra, ein Plastikbeutel mit Rauschgift im eingangs bereits erwähnten Klavier gefunden wurde. Damals ein voller Erfolg. Herr Mbuokwandengi verschwand von der Bildfläche... Jetzt aber war er wieder da, in voller Lebensgröße! Was tun?«

»Was denn wohl?«

Alice richtete sich – empört, verwirrt, auf der Hut? – kerzengerade auf und bugsierte Haar mit der linken Hand über die linke Schulter.

»Sie hätten etwas anderes fragen müssen«, tadelte sie. »Nämlich: Was, um Himmels willen, machte Herrn Mbuokwandengi aus Lomé in Togo so gefährlich, daß er um jeden Preis beseitigt werden mußte, sobald er sich in München wieder blicken ließ?«

Wernicke räusperte sich etwas unbeholfen.

»Ich frage es also. Um Himmels willen«, fügte er noch hinzu.

»Ich werde es Ihnen sagen. Herr Mbuokwandengi war, ohne es zu wissen, ohne es zu erkennen oder überhaupt für möglich zu halten, zum Zeugen eines anderen Mordes geworden, als er nämlich –«

»Das ist ja ein regelrechtes Blutbad, was Sie mir hier auftischen!« unterbrach Hugo Wernicke geradezu entrüstet.

Alice starrte ihn an. Allmählich begriff sie, mit wem sie es da zu tun hatte. Verdammt, woher kam dieses Kribbeln im Kreuz?

»Eines nachts überraschte nämlich im ›Black Panther‹ Herr Mbuokwandengi einen ihm Unbekannten, wie er sich über die

Leiche einer Frau beugte, die auf dem Boden der Kneipe lag. Von diesem alptraumähnlichen Erlebnis erzählte er seinen Kollegen und Freunden Andreas Pichler und Charlotte Krasnjak. Beide stießen, ohne zu zögern, ins selbe Horn: Er habe sich das eingebildet. Er möge das gleich wieder vergessen, was er auch tat. Zumal es in Afrika anderes gab, was ihn beschäftigte. Pichler und Charlotte Krasnjak aber haben bei der ganzen Sache per Saldo nicht schlecht abgeschnitten. Weil sie wußten, was gespielt wurde, nehme ich an. Der eine – zuletzt Besitzer einer gutgehenden Wurstbraterei. Die andere – Eigentümerin einer Komfortwohnung in Bogenhausen. Jetzt sollten Sie sagen: Interessant.«

Hugo Wernicke zog es vor, nichts zu sagen.

Alice sprach weiter. Sie wußte, sie durfte nicht unterbrechen, durfte nicht einmal nachdenken, mußte einfach drauflosreden, bevor die Wirkung des ›Chateau Tannenbaum‹ nachließ, weil der Faden sonst riß, ihr seidenes Rettungsseil, und dann stürzte sie ab, und ein zweitesmal würde sie sich diesem heillosen Ozean nicht mehr entwinden.

»Nehmen wir an, Herr Mbuokwandengi hat sich nicht getäuscht, und was er gesehen hat, war eine tote Frau mit ihrem Mörder. Er kommt nach München zurück, begibt sich zu Pichler, seinem einzigen Freund, wie er meint. Dieser, als Mitwisser dem Mörder von damals auf Gegenseitigkeit verpflichtet, erstattet Meldung. Ort und Zeit werden bestimmt – Wochenmarkt in Ludwigsried. Aber der Plan mißlingt. Der Komplize fällt statt dessen dem Anschlag zum Opfer. Der Hintermann, mutmaßend, wohin der arme Fittipaldi – ich meine: Herr Mbuokwandengi – sich wohl wenden wird, steigt in seinen blauen Mercedes und versucht es am nächsten Tag noch einmal auf andere Weise. Ihm ist jedes Mittel recht. Herr Wernicke! Was haben Sie mit Charlotte Krasnjak vereinbart? Welche Rolle spielt sie jetzt?«

Alice hatte immer gehetzter gesprochen, immer schriller, hatte diese letzten Fragen nur noch hinausgeschrien.

Wernicke schüttelte scheinbar ungerührt den Kopf.

»Wieso ich? Wie kommen Sie auf mich? Dürfte ich endlich erfahren, was ich mit all dem zu tun habe?«

»Die Leiche.« Alice hörte sich hastig atmen, spürte nun förmlich, wie der Gegner Oberwasser bekam, dieser eiskalte Schurke, trotz allem, obwohl sie's doch tatsächlich geschafft hatte, sich bis zum Gipfelkreuz hinaufzuschleppen. Sie keuchte geradezu. »Die tote Frau in der Kneipe. Rothaarig. Und sie trug ein grünes Kleid. Ihr Bild war kurz darauf in allen Zeitungen zu sehen. Als man sie dann gefunden hat, war sie noch immer rothaarig und trug noch immer ein grünes Kleid!«

Sie spürte, wie sie ausglitt, wie sie rutschte – aber nicht, wie sie fiel. Noch hing sie irgendwo zwischen Himmel und Erde. Zwischen Gipfel und Ozean.

»Ich weiß, man hat es damals für einen Unfall gehalten. Aber damals hatte man ja auch keine Ahnung von dem, was in jener Nacht im ›Black Panther‹ vor sich gegangen war...«

Er nickte. Nachsichtig. Wie ein besonders teurer Psychiater zu einer besonders teuren Patientin.

»Das Hirngespinst eines einfältigen Klavierspielers, der es offenbar verstanden hat, Eindruck bei Ihnen zu schinden. Aber bei mir? Wer hat Angst vorm schwarzen Mann? Ich etwa? Fräulein Herzog...«

Irgendwie kam sie hoch, mit letzter Kraft, stand auf den Beinen. Was hielt sie da in der Hand? Ach so, das Täschchen. Wozu? Ach so, sie hatte etwas vor.

»Und jetzt ruf ich die Polizei an«, sagte sie.

Hugo Wernicke verkörperte in diesem Moment ein Klischee ärgster Sorte. Er saß da und lächelte süffisant.

»Sie glauben doch nicht, daß ich es soweit kommen lasse, schöne Jüdin?«

Kapitel 33

Alles drunter und drüber. Es ging wieder einmal, wie schon oft, um Besetzungsprobleme. Den Amonasro wollte man ihm aufdrängen! Den Amonasro? Das kam ja schon gleich gar nicht in die Tüte. Diesmal hatte man schließlich einen Schwarzen zur

Verfügung, einen waschechten, also mochte dieser König von Äthiopien singen, der nach der Verwandlung im zweiten Akt, laut Libretto, von Radames als Gefangener auf die Bühne geführt wird. So stand's geschrieben! Und zwar, wohlgemerkt, zu den Klängen des Triumphmarsches, jawohl, falls man bis dahin die Noten kopiert hatte. Nein, also nein – entweder den, äh, den Radames, oder die äh, die Aufführung platzte, nicht wahr. Von wegen Tenor, von wegen Bariton... Was waren das für Argumente? Nur – Tücke und Hinterlist! – jetzt war's Aida, derer man nicht habhaft werden konnte: Angeblich auf altersschwachem Dromedar mit roter Satteldecke wüstenwärts aufgebrochen, ward sie seither nicht mehr gesehen... Unverschämtheit! Und hinter der Maske des Ramphis gar verbarg sich Tante Dorothee, in der Hand einen Monitor schwenkend, auf dem ein gesichtsloses Schleierwesen sich tummelte (nein, nicht Salome, das war eine andere Oper, sondern:) Amneris geheißen, dem Radames zugedacht, obwohl dieser noch nicht einmal in seiner Rolle bestätigt war und überdies heiser vom vielen Rauchen. Wie sollte er jemals ein C zur Hochstrecke bringen, diesen Joker noch über dem As? Für jedes verkickste C verfiel seine Gage dem Sparschwein... Schon durchpflügte Toscanini – oder war's Ohm Gregor in perfider Verkleidung? – den Orchestergraben und setzte sich rittlings vors Dirigentenpult. Brach den Stab. Die Klingel schrillte zum Auftritt.

Schweißgebadet erwachte Florian Caspary und versetzte dem Wecker einen Klaps aufs Dach.

Ein Blick aus dem Fenster im dritten Stock des nördlichen *Helios*-Turms, und der Tag schien gerettet: *ex oriente lux.* Blau spannte sich der Seidenhimmel, nicht mal mit Föhnwölkchen betupft, als läge Ludwigsried memphisgleich nahe dem Nil: *nil nisi bene.* Winterstürme waren gewichen.

Würziges, flüssiges Gelb kroch aus dem Frühstücksei, über jeden Tadel erhaben. Mochte Tante Dorothee immerhin den verzwickten Inhalt des Ganghofer-Films vor sich ausbreiten, dessen sie dank einer ambivalenten Fügung – in Bogenhausen hatte deshalb jemand ins Gras beißen müssen – teilhaftig geworden war; Neffe Flori hörte nur mit dem einen Ohr hin; mit dem anderen Auge überflog er die Morgenzeitung. Die Weltpolitik, von Afghanistan bis Zimbabwe. *La Bohème* an der Wiener Staatsoper. (Konnte man vielleicht übers Wochenende, falls zufällig niemand umgebracht wurde ...) Paul Breitner in Höchstform, das wollen wir hoffen. Und Emerson Fittipaldi gab's auch noch. Zwar saß er nicht mehr selbst hinterm Steuer, doch schickte er nun seine Wagen ins Rennen.

Der Nachrichtensprecher im Radio erzählte gerade irgend etwas von Zuwachsrate und Bundesanstalt für Arbeit.

Ach ja, Fittipaldi.

Als er, bepackt mit allerlei Ermahnungen, die Wohnungstür hinter sich zuzog, wurde gleichzeitig die nachbarliche geöffnet, und heraus trat Herr Strobl: hochrot im Gesicht, aber nicht vor Wut, sondern von der kanarischen Sonne am Strand von Maspalomas. Überdacht vom semmelblonden Schnurrbart ragte horizontal eine schwarze Linie hervor: die allseits mißbilligte Zigarre. Auf diese Weise brachte Herr Strobl in seinem Antlitz alle drei Farben der Republik unter einen Hut.

Unter einen Tirolerhut übrigens, den er erfreut lüftete.

»Ja, der Herr Kommissar! Ja, in alter Frische!«

»Wieder im Lande, Herr Strobl?« (Klang auch nicht umwerfend geistreich.) »Das trifft sich gut, ich hab nämlich ohnehin ...«

»Ja, hier haben sich aber haarsträubende Dinge getan, bei uns, während wir weg waren!« Herr Strobl hatte sich angewöhnt, seine positive Grundeinstellung zum Dasein vor jedem Satz, den er äußerte, akustisch zu signalisieren. »Ja, was Ihre Tante uns alles erzählt hat, kaum daß wir zur Tür herein waren ...«

Florian Caspary konnte es sich lebhaft vorstellen.

»Darum dreht sich's eben.«

Sie schritten gemeinsam zum Aufzug, Herr Strobl in der Tat eine untilgbare Duftmarke hinter sich zurücklassend.

»Ja, ein richtiger Mord, ja, direkt vorm Haus! Ja, aus welchem Fenster hat der Mörder denn jetzt geschossen?«

»Darum dreht sich's eben«, wiederholte der Kommissar und

drückte auf den ›Abwärts‹-Knopf. Irgendwo rumpelte es.

»Ja, wissen Sie's vielleicht noch gar nicht?«

»Ich wollte Sie nur fragen, wie das mit Ihren Wohnungsschlüsseln ist. Ob da vielleicht einer fehlt oder irgendwann mal verlorengegangen ist oder so.«

»Von meinen Wohnungsschlüsseln?«

Diese Möglichkeit versetzte seinem positiven Weltbild offenbar einen kleinen Dämpfer.

»Ja. Ich meine –«

Die Türhälften schoben sich auseinander. Man betrat die Kabine. Der Kommissar drückte auf den ›Tiefgaragen‹-Knopf.

»Ja, also Ihre Frau Tante hat einen gehabt, während wir auf Urlaub waren, weil sie doch freundlicherweise unsere Blumen gegossen hat –«

»Ich weiß.«

»Ja, aber den hat sie uns gleich gestern zurückgegeben.«

Caspary fühlte sich, abwärtsgleitend, dem Erstickungstod nahe. Trotzdem wollte er die Aussagewilligkeit des Zeugen nicht durch einen Hinweis auf das Rauchverbot aufs Spiel setzen. Immerhin, das Sparschwein auf der Korrespondenzablage würde heute voraussichtlich verschmachten.

»Ihre Wohnungsschlüssel sind also wieder komplett?«

»Ja. Und Sie glauben ... Das heißt – nein!« Aus Herrn Strobls nebelspeiendem Jasagermund klang dies wie ein Böllerschuß. »Meine Frau – wir haben's noch nicht herumerzählt, aber wir erwarten nämlich wieder Familienzuwachs. Ja, und deswegen suchen wir nämlich eine größere Wohnung. Auf dem Tauschweg. Zu fünft in drei Zimmern, das wäre ja – das muß jeder einsehn, gell? Ja, und für den Fall, daß ein Interessent auftaucht, während wir auf Urlaub sind, haben wir nämlich einen Schlüssel bei dem Wohnungsmakler gelassen, der wo die Sache für uns arrangieren soll. ›Inter-Im‹ Hugo Wernicke. In der Sonnenstraße. Gut, daß Sie mich dran erinnern. Ja. Ich werd gleich heut mal dort vorbeischauen und mir meinen Schlüssel ...« Die Tür ging auf. »Ja, wo rennen S' denn hin, Herr Kommissar?«

Kapitel
34

Roberto Ramirez Radomski betrachtete im Spiegel seine von widerlich dunkelvioletten Augenringen entstellten Züge. Der Ausdruck *caput mortuum* fiel ihm ein, Bezeichnung für eine Farbschattierung auf der Palette des Künstlers, als der zu debütieren ihm schon zu wiederholten Malen vom Schicksal verwehrt worden war. Sei's drum. Dieses Leben verdiente jedenfalls nicht länger, als solches in Erwägung gezogen zu werden.

Erst dieser hohlwangige Schlemihl mit seiner Aura von Jodtinktur und seinem Interesse für obdachlose Farbige. Da hatte er noch Hoffnungen gehegt, etwas bewirken zu können, des Exoten Entzauberung kraft behördlichen Einschreitens, zum Beispiel. Oder sei es auch nur Alicens baldige Rückkehr. Ob ersteres ihm gelungen war, entzog sich seiner Kenntnis. Letzteres jedenfalls hatte sich nicht ereignet.

Nervenzermürbende Stunden, einsam hingestreckt verdöst. Dann dieser andere, dieser bayrische Bär mit dem unverwechselbaren Volkston, der die Unverfrorenheit besessen hatte, an die Jalousien der Hinterstubenfenster zu pochen! Als stünde ein Pogrom vor der Tür. Aber nein, ob Fräulein Herzog nunmehr zugegen sei, und verneinendenfalls, wo sie weile. Das ihm! Von ihm begehrte man das zu erfahren! Von ihm, der bereit gewesen wäre, ihr alles (oder wenigstens: den Großteil) zu verzeihen, hätte sich ihm nur die Gelegenheit geboten! Oh, ah, nun, so sandte er ihr denn die Häscher hinterdrein, wiewohl jeglichen Fingerzeigs ermangelnd. Und genützt hatte es offenbar auch nichts.

Wissenschaftler jedweder Couleur behaupteten bocksteif, der Mensch träume in Farbe. Wie dem auch sei – er nicht. Seine Träume – im übrigen eine ganze Serie mit jeweils Fortsetzung folgt – hatten sich allesamt in Schwarz-Weiß abgespielt, und jetzt war er bedient. Unrasiert und fern der Heimat, was immer man sich darunter vorstellen mochte. Nicht unbedingt Venezuela.

Und abermals schepperten die Jalousien!

Ohm Gregor – nach knapp vier Stunden Schlaf schon wieder auf den Beinen – sah auch nicht viel besser aus. Grund: Seine Stimmung stand ihm ins Gesicht gemeißelt.

»Oh, ah, der bayrische Boris Karloff«, begrüßte ihn Bobby.

»Wer?«

Kruzi, noch so ein Ausländer, stöhnte Ohm Gregor innerlich. (Es gab Leute, die waren am frühen Morgen noch nicht so blitzartig auf Draht. Oder gingen ihr Leben lang nur selten ins Kino.)

»Den kennen Sie nicht. Seien Sie froh. Hat man Alice?«

»Wo denken Sie hin! Wär ich sonst hier?«

Allmählich schien er auf Touren zu kommen.

»April, April«, sagte Bobby. »Falsch verbunden.«

Er hätte gern auch das Glockenspiel noch einmal ertönen lassen, aber das ging nicht, denn da hätte er die Tür schließen müssen, und das ging erst recht nicht, denn da stand dieser Büffel im Weg und grunzte.

»Teifiteifiteifi ...«

Auch Bobby lief allmählich zu gewohnter Form auf.

»Sie meinen Tai-Fi, den chinesischen Lyriker des neunten Jahrhunderts?« improvisierte er drauflos.

Ohm Gregor schaute ihn an, als blicke er über den oberen Rand eines Kneifers hinweg.

»Von Ihnen laß ich mich fei noch lang nicht pflanzen, gell?« Und mit ebenso drohendem Unterton: »Kennen Sie eine gewisse Charlotte Krassinjack? He? Los, antworten Sie!«

Roberto Ramirez Radomski schüttelte eingeschüchtert den Kopf. Wer war das nun wieder? Wie sollte er sich die Namen sämtlicher weiblichen Wesen merken, die er jemals ...

»Und unser Mann aus Togo?« lenkte er instinktiv ab.

Ohm Gregor ließ ein kurzes Schmatzen vernehmen.

»Der sitzt.« Und: »Geben S' acht, sonst leisten S' ihm bald Gesellschaft.«

Sprach's, machte kehrt und ließ Bobby – zwar um ein Trostpflästerchen verschönt, aber gleichzeitig irgendwie nachdenklich gestimmt – sozusagen im eigenen Saft schmoren.

Gerade als er – zum letztenmal, das hatte er sich fest vorgenommen – schwankte, ob er den Laden überhaupt öffnen sollte, hielt unmittelbar vor dem Eingang so ein crèmefarbenes Cabriolet (ganz eindeutig mit C vorn und nur einem T hinten), so was auffallend Schnittiges, wohltuend Weltläufiges auf Weißwandreifen. Diesem Schlitten entstieg, was man so, hm, eine Dame nennt. Hochtoupiertes Kupferhaar, lila Kostüm, Schuhe, um Champagner daraus zu schlürfen. Alles gerundet bis an die Grenze des ästhetisch Vertretbaren. Für den Abendländer zuviel, für den Morgenländer zu wenig. (Roberto Ramirez Radomski empfand sich als Pendler zwischen den Hemisphären.)

Sie näherte sich schnurstracks der Tür, die Bobby dermaßen temperamentvoll aufriß, daß das Glockenspiel gar nicht erst loslegte. Dafür die Dame.

»Sehr freundlich. Eben stell ich fest, ich bin ohne Kopftuch aufgebrochen. Fahren Sie mal ohne Kopftuch bis Rom! Im offenen Wagen ...«

»Tz, tz, tz«, machte Bobby mitfühlend.

Sie marschierte herein. Bobbys Augen bildeten Spalier. Von hinten sah sie fast noch reizvoller aus als von vorn. Jedenfalls fünf Jahre jünger. Von allem anderen abgesehen.

»Ich nehme an, Sie haben so was?«

»Aber ja doch ... Oh, ah.« Er setzte den chromblitzenden Drehständer mit den aufgeknüpften Seidentüchern in rotierende Bewegung. »Frühling läßt sein blaues Band wieder flattern durch die Lüfte«, säuselte er dazu.

Die Dame schaute ihn an, dann die Ware.

»Eigentlich beinahe zu schade fürs Auto«, meinte sie.

»Fürs Auto schon. Für Sie nicht. Hier ...«

Er löste einigen Mondrian und Vasarely vom Häkchen und ließ ihn flattern durch die Lüfte. Die Dame schaute kurz die Ware an, dann fast nur noch Bobby.

Drei Stück kamen in die engere Wahl.

»Sie machen's mir wirklich schwer«, seufzte die Dame.

Bobby lächelte siegesgewiß; gewissermaßen gewinnend.

»Im Gegenteil. Ich schenk sie Ihnen alle drei. Oh, ah. Da, nehmen Sie. Abwechslung ist das halbe Leben.«

»Aber –«

»Glückliche Reise«, sagte Bobby verträumt. »Oh, ah. *Roma eterna.* Ich hab mal eine Zeitlang da studiert ...«

Er mußte bis zwölf zählen, wollte schon aufgeben, aber dann kam's.

»Hätten Sie Lust, mich zu begleiten?«

Den Schlüssel schick ich ihr mit der Post, dachte er, als er die Ladentür von außen zusperrte. Oh, ah. Schöne Grüße.

Kapitel 35

Hinterm Schreibtisch ein wildfremdes Mädchen. Haar und Augen haselnußbraun. Irgendwie lustig von Haus aus, aber momentan, wie es schien, etwas überfordert.

»Zu Herrn Wernicke«, sagte Kommissar Caspary und steuerte unverzüglich auf die rechte Tür zu.

»Der ist noch nicht da«, erklang es halb zurechtweisend, halb entschuldigend hinter ihm.

Er drehte sich um, stutzte. Jetzt erst.

»Wer sind Sie?«

Das Mädchen schaute ihn ebenso lieb wie verständnislos an. Vielleicht auch ein bißchen verwirrt.

»Stefanie Mayr. Wieso?«

Zuvörderst Maßnahmen.

»Caspary, Kriminalpolizei.« (Erschrecken. Echtes?) »Rufen Sie bei Wernicke zu Hause an, ob er zu kommen gedenkt, oder was los ist. Aber sagen Sie nichts von mir.«

Hüpfende Finger auf Tasten. Hörer am Ohr. Zwischenblikke, huschend, haselnußbraun.

»Es meldet sich niemand. Ich hab's schon vorhin ... Vielleicht ist er unterwegs hierher.«

»Verbinden Sie mich mit dem Polizeipräsidium.«

Er gab ihr die Nummer. Sie tippte sie ein, reichte ihm den Hörer.

»Bitte.«

Che gelida manina. (Erlaubt, daß ich es wärme?)

»Holen Sie Frau Miksch. Erklären Sie ihr, wie man den Chef zu Hause anruft. Sie soll es immer wieder probieren.«

Sie verschwand nach nebenan, und er gab Anweisungen durch, was er auch schon vom Autotelefon aus getan hatte. Aber die Lage changierte ja geradezu chamäleongleich. Erstens und letztens: Oberinspektor Ohm augenblicklich zu *Inter-Im*, Sonnenstraße. Dringend. Und eine Delegation in die Privatwohnung des Maklers.

(Immerzu dieses Bohren: Ob er Lunte gerochen hat? Ob er ausgerückt ist? Beschämt mußte der Kommissar sich eingestehen, daß er selbst ihm dazu keinerlei Veranlassung geliefert hatte. Humane Zeugenbefragung, na ja.)

Dann wurde Frau Miksch ans Fernsprechgerät angeschlossen. Wieder vergingen kostbare Minuten, bevor sie – heute übrigens analog, wenngleich in anderen Tartan gewandet – behauptete, es kapiert zu haben.

Jochen Bärlapp, der Auszubildende – hätte jemand ›Lehrling‹ zu ihm gesagt, wäre er dann mit geknickter Menschenwürde heulend zum Arbeitsgericht gerannt? –, Jochen Bärlapp störte zusätzlich durch bernsteinfarbene Blickpfeile von der Tür zur ›Buchhaltung‹ hin, an deren Rahmen er sich gummikauend lümmelte. Es kostete jede Menge Nerven, ihn nicht zu beachten.

Schließlich ergriff Kommissar Caspary das mittlerweile fast gänzlich verstörte Haselnußmädchen – er konnte noch immer nicht recht glauben, daß es wirklich *Steffi rediviva* war – sacht am Blusenärmel (Baumwolle, Kringelmuster, geknöpfte Manschette) und bugsierte sie vor sich her ins unbesetzte Chefbüro.

»Jetzt sagen Sie mir vor allem – wo kommen Sie auf einmal her?«

Sie schluckte, traute sich anscheinend nicht.

»Aus Istanbul«, hauchte sie dann.

»Aus Istanbul?« staunte der Kommissar, vor dem geistigen Auge die Skyline von Unterfranzing.

»Vor einer Stunde bin ich in Riem gelandet«, bestätigte Stefanie Mayr, wiewohl ziemlich kleinlaut und vom Duft der weiten

Welt eher verängstigt, was ihr (dies nebenbei) nicht übel zu Gesicht stand.

»Machen Sie öfter solche Trips?« erkundigte sich Caspary, seinerseits nicht unbeeindruckt.

Schmollmündchen. Tochter ihres Vaters, des Fingerhakelmatadors vom Dachauer Moos.

»Ich hab ja gar nicht wollen«, kroch es aus ihr heraus. »Nicht so Hals über Kopf. Und nicht allein. Aber der Hugo – also der Herr Wernicke – hat gemeint, es muß sein, und sofort. In ein paar Tagen kommt er nach, hat er mir hoch und heilig versprochen, dann machen wir Ferien am Schwarzen Meer und fliegen gemeinsam wieder zurück, bis dahin ist Gras drüber gewachsen, hat er auch noch gesagt, aber ich hab nicht gewußt, was er damit gemeint hat, und ich soll mich daweil umschauen, hat er gesagt, am Bosporus, aber vorsichtig, hat er mich noch ermahnt, wegen den ›Orientalen‹.« Sie kicherte, aber nur ganz verhalten, als täte sie etwas Unerlaubtes. »Als ob ich noch nie einen Türken gesehn hätt! Wo wir doch im Westend ein ganzes Mietshaus voll mit ihnen verwalten ...« Und als Nachtrag, ein bißchen versonnen: »Aber so ganz unrecht hat er natürlich nicht gehabt mit seiner Warnung.«

Der Kommissar ertappte sich beim kulinarischen Vergnügen des Lauschens. Geschichten vom Basar ... Er räusperte sich.

»Der Herr Wernicke hat Sie also Hals über Kopf nach Istanbul verfrachtet ... Wann genau?«

»Das war vorgestern. Ja. Vorgestern. Ich bin noch ein bisserl ...« Sie machte eine wischende Handbewegung vor den Augen. »Mattscheibe, Sie verstehn? Also, am Nachmittag, so gegen drei, halb vier, glaub ich, kommt er plötzlich an, der Hugo – der Herr Wernicke –, beinah außer Atem, wie ich ihn gar nicht kenn, und drückt mir ein Flugticket in die Hand, am selben Abend noch geht die Maschine, sagt er, und es steht nicht dafür, daß ich vorher noch nach Haus fahr. Meine Leute verständigt er schon. Und dann hat er gleich nach Istanbul telefoniert und ein Hotelzimmer bestellt, einfach so. Der hat nämlich überall seine Verbindungen, der Herr Wernicke.«

»Der Hugo«, modifizierte Caspary prompt.

Täuschte er sich, oder wurde Stefanie Mayr völlig altmodischerweise ein bißchen rot?

»Na ja.« Sie zuckte, irgendwie unbeholfen, die Schultern. »Er hat mal davon geredet, er will sich mit mir . . .«

»Verloben?« half der hauptberufliche Menschenkenner aus.

Sie schaute ihn geradezu dankbar an.

Kommissar Florian Caspary, Leiter der Mordkommission hatte noch nie das Bedürfnis verspürt, ein weibliches Wesen ›Mausi‹ zu nennen. Jetzt verspürte er's. Aber die Sterne standen nicht allzu günstig.

»Am ersten Abend bin ich sofort ins Bett gesunken und hab zehn Stunden geschlafen wie erschlagen«, berichtete Mausi – Pardon: Steffi – unaufgefordert weiter. »Am nächsten Tag bin ich dann spazieren gegangen. Fragen Sie mich nicht, wo! Da war so eine Brücke, die hat über ein Wasser geführt, auf beiden Seiten diese runden Kuppeln mit den Stecknadeltürmen, und auf der Brücke ein Verkehr, schlimmer als vorn am Stachus . . .« Sie machte eine Kopfbewegung zum Fenster hin, dessen leicht angetrübte Scheibe soeben von der Sonne gekitzelt wurde, nach der die Straße unten benannt war. (Oder nicht?) »Und alle die Menschen, dieses Gewimmel, ein Ameisenhaufen ist nichts dagegen! Und die Gerüche!« Dann verfinsterte sich ihre Miene. »Und auf einmal war das Tascherl mit dem ganzen Geld weg . . . Der Hugo – also – na ja, fünfhundert Mark waren drin; fürs erste, hat er gesagt. Futsch. In dem Gedränge . . . Halt eben der Orient, nicht wahr? Gott sei Dank hab ich das Ticket und meinen Paß innen in der Jacke gehabt, separat, und . . . Kaum, daß ich ins Hotel zurückgefunden hab. Da war's nämlich schon dunkel. Mindestens zehnmal hab ich versucht, in München anzurufen – nichts. Fragen Sie mich nicht, wie ich heute früh in Istanbul zum Flugplatz gekommen bin! Gott sei Dank hat's unterwegs in der Luft was zu essen gegeben. Ich war so durcheinander, ich hab kaum aus dem Fenster schauen können. Das Geld fürs Taxi von Riem hierher hab ich mir von der Mikschin ausborgen müssen, die hat mich vielleicht saudumm angeredet! Und jetzt . . .«

Und jetzt.

»Und jetzt«, raffte der Kommissar sich auf, unterbrach sich und fragte, selbst verdutzt, in bester Stroblscher Manier: »Ja, hat Ihnen denn niemand gesagt, was mit Ihrem Onkel Andreas Pichler passiert ist?«

Kein Tränenstrom, nein, eher glitzernde Feuchtigkeit, aber die hielt vor, war noch immer nicht versiegt. Caspary – *il fazzoletto!, 2. Akt, Othello* – hatte ihr sein unberührtes Ersatztaschentuch zur Verfügung gestellt, aber sie nahm es kaum in Anspruch.

»Das darf doch nicht wahr sein ...«

Du bist blaß, Luise. Verdammt, hatte Verdi diese Schillerzeile vertont oder nicht?

»Wie ist das nun«, hub er vorsichtig an. »Auf welche Weise haben Sie damals Ihre Stelle bei Herrn Wernicke bekommen? Ich meine, durch – hm – Fürsprache Ihres Onkels Andreas Pichler?«

Sie nickte, fast erstaunt, wie einer so naiv sein konnte.

»Natürlich. Wie denn sonst? Wer nimmt denn heutzutag ein Mädchen, frisch von der Handelsschule, gleich als Chefsekretärin?« Sie schniefte kurz, die voraussichtlich wohl ehemalige Chefsekretärin Stefanie Mayr. »Der Onkel Anderl und – und – also, die beiden waren immer ein Herz und eine Seele. Der Hugo, der Herr Wernicke, der hat sich für den Onkel Anderl fast ruiniert, ich hab's manchmal selber gar nicht glauben wollen, was der alles ... Die ganze Wurstbraterei, der Hänger mit allem Drum und Dran, der neue BMW ... Das hat er alles finanziert, ich weiß nicht, ob er daran beteiligt war, oder einfach spendabel, aus alter Freundschaft oder so. Der Onkel Anderl jedenfalls, wie damals das mit der Kneipe schiefgelaufen ist, die eigentlich ja dem Hugo seine war, hat's wieder mit der ›Wanderlust‹ gekriegt, wie er das genannt hat, früher war er ja Schiffskoch und ...«

Es verplätscherte. Was dem Kommissar Gelegenheit gab, eine weitere Frage anzubringen.

»Ist Ihnen jemals der Name Charlotte Krasnjak untergekommen?«

Steffi nickte abermals, jetzt sogar eifrig, irgendwie beflissen, oder vielleicht auch nur froh, nicht dauernd an Onkel Anderl erinnert zu werden.

»Freilich. Das ist – warten Sie – das ist auch jemand aus dem ›Black Panther‹. Für die hat sich der Hugo auch beinah zerrissen. Der hat er eine Wohnung in Bogenhausen verschafft, beste Lage, Eigentum, Interessenten wären genug dagewesen, kapitalkräftige sogar, aber nein, dieser Dame hat er sie zugeschanzt, und keinen Pfennig hat sie dafür hergeben müssen, das haben alles wir geregelt, also die Firma Wernicke, da stottern wir heute noch dran herum ... Manchmal hab ich wirklich gedacht, der Hugo spinnt ein bißchen. Einmal hab ich davon angefangen, da war, glaub ich, gerade wieder irgend so eine Zahlung fällig, und auf einmal ist er schrecklich abweisend geworden, wie soll ich sagen, zugeknöpft, und hat mich behandelt wie ein kleines Kind, weil ich angeblich von so was nichts versteh, und es gibt gewisse Investitionen, die rentieren sich langfristig eben doch, und er will nichts mehr davon hören. Also hab ich ihn damit in Ruh gelassen.«

»Und – hm – Fittipaldi?«

Sie hob den Kopf, wirkte einen Moment lang fast schon wieder fröhlich.

»Den kennen Sie auch?«

Caspary seufzte. »Den kenn ich auch.«

»Das ist ein lieber Kerl, gell?«

»Wie man's nimmt.« Und als er ihren überraschten Blick sah: »Nun gut. Von mir aus. Ja. Vielleicht kann man sich an ihn gewöhnen. Wie war seine Beziehung zu Ihrem Onkel?«

Schlagartig wurde sie wieder traurig. (Irgend jemand würde ihr auch noch hinsichtlich Pichlers den Star stechen müssen ... Irgend jemand. Florian Caspary, der Nichtentröster?)

»Für den Fittipaldi war der Onkel Anderl fast wie ein Stück Heimat. Weil er früher auch in Afrika war. In – in – in – wo der Fittipaldi halt her ist.«

»Lomé, Togo.«

»Genau. Wenn das auch so ähnlich ist wie Istanbul – also, pfüat di Gott ...«

Kommissar Caspary konnte sich ein Lächeln nicht verkneifen. Stefanie Mayr lächelte – etwas zaghaft – zurück, schaute dann auf das fremde Taschentuch in ihrer Hand und schneuzte (Tochter auch ihrer Mutter, der verehelichten Elfriede) kurz und heftig hinein.

»Damit's dafürsteht, wenn's in die Wasch kommt. Aber wie kriegen Sie's zurück?«

Amtliche Miene, so gut es ging.

»Ich werd Sie in mein Büro bitten, damit Sie ihre Aussage offiziell zu Protokoll geben. Da können Sie's dann mitbringen. Einverstanden?«

Im Nebenzimmer die polternde Stimme Ohm Gregors. Vorhang. Ab durch die Mitte.

Kapitel 36

Das mit der ›schönen Jüdin‹ hatte sie ihm übelgenommen. Ohne jeden rassistischen Beigeschmack, nicht mal ›mieser Goi‹ kam ihr dabei in den Sinn. Das gehörte sich einfach nicht. So etwas hätte Gustl zu ihr sagen dürfen, zähnefletschend, allenfalls Bobby, wenn's unbedingt sein mußte, oder sonst irgend jemand, der ihr auch nur von fern sympathisch war, aber nicht einer, der herumging und aus purem Egoismus Leute umbrachte, per Auto, per Schießgewehr. So einer ganz bestimmt nicht.

Aber gleichzeitig hatte Wernickes Ausrutscher auch etwas Gutes bewirkt: Alice war vollkommen ruhig geworden, von einer Sekunde zur anderen, fast unterkühlt, jegliches Flattern verflogen, kein Herzklopfen mehr. Oder doch, aber eben nicht hektisch. Keine Kurzatmigkeit. Oder doch, aber eben beinahe kontrolliert. Keine Panik. Überall sonst vielleicht, aber nicht im ›Chateau Tannenbaum‹.

Papa, steh mir bei. Mama, schau weg. Chagall, schick mir einen von deinen schwebenden Musikanten, damit er mir heimgeigt.

Sie wußte, wenn sie zur Tür ging, vertrat dieser Waidmann ihr den Weg, drehte ihr den Hals um, stach sie ab, zog ihr das Fell über die Ohren, etwas in der Preislage. Zur Tür aber mußte sie, da führte kein Weg dran vorbei. Also Ablenkung. Intermezzo. Pausenfüller. Der dumme August, während man den Raubtierkäfig aufbaute. Um das Raubtier zu entschärfen.

Kaum hatte sie den ersten Schritt getan, war er auch schon in der Höhe. Sprungbereit. Was sag ich, dachte Alice.

Bloß nicht auf die Tür zu. Nicht mal hinschauen. Alice trat an die Anrichte, griff nach dem Jagdhorn, kehrte zurück, baute sich vor diesem Hugo auf und hob es an die Lippen.

»Horrido«, sagte sie und atmete tief ein.

Wernicke grinste sichtlich amüsiert.

Alice holte aus und schmetterte ihm das beschissene Jagdhorn mitten in die Visage: den oberen Rand des Trichters direkt gegen die Nasenwurzel, den unteren voll in die Fresse.

Wernicke stieß einen Laut aus, der so ähnlich klang, als hätte Alice tatsächlich ins Horn gestoßen, und taumelte rückwärts, fürs erste kampfunfähig.

Aber da war Alice schon auf der Flucht.

An der Klinke hätte sie rütteln können bis morgen früh: Die Haustür war abgesperrt, der Schlüssel verborgen in den Tiefen von Hugo Wernickes Hosentasche, und wer mochte da schon hineinlangen, selbst wenn es möglich gewesen wäre.

Alice hatte das in Betracht gezogen. Es regte sie nicht einmal sonderlich auf. Dies war das ›Chateau Tannenbaum‹, hier kannte sie sich aus.

Da gab es zum Beispiel die verglaste Hintertür. Sie war nie verschlossen gewesen, warum denn, war es auch jetzt nicht. Und Lichtschalter blieben bestehen, bis die Wände einstürzten.

Die Treppe führte abwärts ins Souterrain. Das Linoleum – Dekor Schneematsch vermischt mit Urin – war offensichtlich noch immer dasselbe, nur etwas abgetretener.

Oben brüllte das Raubtier unverständlichen Unflat.

Papa, steh mir bei. Mach, daß der alte Luftschutzkeller noch da ist mitsamt seiner Eisenpforte, dieses gruselumwitterte Relikt aus barbarischen Zeiten, als du Flüchtling in Mexiko warst und ich noch lange nicht auf der Welt. Und Mama Kind in Theresienstadt. Deshalb hat sie diesen Raum auch niemals betreten. Aber du hast darin deine unbenutzten Bücher gestapelt, weil auf den Regalen kein Platz mehr war, und mir hast du ein Marionettentheater hineingestellt und ein Sofa, und später hab ich mir da meine Töpferwerkstatt einrichten dürfen und Dreck verspritzen nach allen Seiten. Da hab ich noch gedacht, ich werd ein zweiter Picasso. Der Mensch denkt. Hast du auch oft gesagt, Papa, und auf den Nachsatz verzichtet. In die Synagoge bist du auch nie gegangen. Aber der Geschmack von Schweinefleisch war dir suspekt. Warum fällt mir das jetzt ein, auf den letzten beiden Stufen? Jetzt bin ich auch ein Flüchtling, stell dir vor, aber nicht in Mexiko, sondern im ›Chateau Tannenbaum‹, stell dir vor, Papa, und auch nur, weil ich, blöd wie ich bin, für jemanden Kaffee gekocht hab, das war auch ein Flüchtling. Also mach, daß er noch da ist, der alte Luftschutzkeller aus dem Dritten Reich, komischer Name, und daß an der Eisenpforte innen der Riegel noch dran ist.

Ende der Treppe. Oben Keuchen, schleifende Schritte. Irgendwas wie ›Mistvieh‹.

Er war noch da. Auch der Riegel innen war noch dran.

Und ließ sich, mit einiger Mühe, sogar vorschieben.

Gerettet? Jedenfalls daheim, wenn auch vorläufig noch in pechschwarzer Finsternis. Danke, Papa. Danke, Chagall. Mach keine Geschichten, Mama, schau weg, lies deinen Goethe, den magst du doch so.

Diesmal war's mit dem Lichtschalter etwas schwieriger. Weil sie, mitten in der Dunkelheit, von einem Schwindel erfaßt worden war, und eine ungewisse Zeitspanne lang (eine Minute, weniger, mehr?) hatte das undurchdringliche Nichts ringsherum sich gedreht – unbegreiflicherweise, aber physisch nicht zu leugnen – und erst allmählich aufgehört. Und jetzt fand sie den Lichtschalter nicht.

Dann dämmerte es ihr. Aber nur im Hirn. Der Lichtschalter – warum auch immer, vielleicht wegen des Wasseranschlusses, oder weil der Architekt verrückt gewesen war –, der Lichtschalter befand sich draußen. In Augenhöhe neben der Tür, sie hätte ihn blind betätigen können. Aber eben draußen.

Also weiterhin umnachtet. Aber das wiederum, unberufen, nur körperlich. Monade in begrenztem All. Monade, das war von diesem Keksfabrikanten, diesem Leibniz. Halbe Sache. Zur Li-monade hat's nicht mehr gereicht ... Meschugge. Auf einmal spürte sie, wie ihr die Zunge am Gaumen klebte. Verdammt. Ich muß aufpassen.

Jetzt ging es draußen auf dem Gang los. Tapsen. Fluchen. Türenschlagen. Ein Tobsuchtsanfall. Dann Stille. Allenfalls rasche, pfeifende Atemzüge. Die eigenen? Die des anderen?

Alice machte eine Entdeckung, sozusagen indem sie nichts entdeckte: Die Umrisse der Eisenpforte, hinter der sie reglos verharrte (sich mit den Fingerspitzen der linken Hand dagegen abstützend, das reichte seltsamerweise fürs Gleichgewicht), diese Umrisse zeichneten sich durch keinerlei Lichtschimmer von der umgebenden Wand ab. Stand er, der andere, draußen auch im Finstern? Kaum anzunehmen. Also schloß die Pforte so dicht? In ihrem Gehirn knisterte ein Relais.

Etwas schabte. Berührte ihren Handrücken. Die eiserne Klinke wurde langsam heruntergedrückt. Plötzlich wieder losgelassen, als die Tür nicht nachgab. Schnapp.

Dann ein Aufheulen, Donnern, Krachen, als der Körper sich draußen gegen das Eisen warf, daß man es innen vibrieren spürte. Hielten die Türangeln, die vor Jahrzehnten, im Krieg wohl, angebrachten?

Was für eine Frage! Deutsche Wertarbeit.

Wieder Stille. Spannung.

Schließlich: »Hallo.« Pause. »Antworten Sie!« So etwas wie Anklopfen. Kommillfoh. Absurd. Und: »Ich weiß doch, daß Sie da drin sind.«

Noch mehr Spannung. Sollte sie reden? Sollte sie noch warten? So viel hing davon ab.

»Warum kommen Sie nicht heraus?«

Es galt, seinen Gemütszustand richtig einzuschätzen. Den Augenblick des erneuten Überkippens auf den Punkt genau zu erraten. (Ein Stichwort ...) Dann erst.

»Ich tu Ihnen nichts.« Von wegen. »Ehrenwort!« (Ehrenwort? Hatte sie sich wirklich nicht verhört?) »Man könnte sich doch irgendwie – einigen . . .«

Sie hielt sich den Mund zu, biß die Zähne zusammen. Das war noch nicht der Moment.

»Hören Sie mich? Man könnte sich einigen, hab ich gesagt! Ich meine das im Ernst. Ich hätte Ihnen einiges zu bieten . . .«

Ungeduld schwang mit. Brodeln. Wiederkehrende Gereiztheit. Gut. Sollte sie schon? Sie hielt es kaum mehr aus, die Zähne taten schon weh.

»Herrgott noch mal, wollen Sie da drin übernachten?«

Jetzt. Alles auf eine Karte.

»Mit Vergnügen. Ich find's hier sehr gemütlich.« (Bloß nicht mit der Stimme zittern! Schnippisch!) »Wirklich reizend . . .«

Draußen ein Knurren.

Dann flammte das Licht auf.

Es war so grell, Alice mußte die Augen schließen.

»Sie Schwein!« schrie sie gleichzeitig im höchsten Diskant. »Machen Sie sofort wieder das Licht an!«

Es blieb hell. Sie spürte es durch die geschlossenen Lider, zählte bis zehn. Bis zwanzig. Er war auf den Trick hereingefallen. Offenbar drang auch kein Schimmer nach draußen. Deutsche Wertarbeit – alles, was recht ist.

(Verzeih, Papa, du hast von Chuzpe nie viel gehalten. Aber du hast auch gesagt: Der Mensch denkt. Also, was willst du?)

Langsam öffnete sie die Augen.

Kleiner, der Raum. Viel kleiner als in ihren Kinder- und Mädchentagen. Aber das war's wohl: Ihr Bewußtsein hatte sich erweitert. Klartext: Sie war älter geworden. Die Perspektiven hatten sich verschoben. Na und?

Wände weiß, unterbrochen von Postergirls aus einem Coca-Cola-Kalender von vor fünf Jahren. Boden mausgrau, Fußabstreifermaterial. An den Wänden zwei scheußliche Plastikstühle, rosa. Daneben ein Kühlschrank. Gegenüber die Wasserleitung. Und ein Gestell mit sechs senkrecht emporragenden Stökken.

Ach so, Queues, denn: in der Mitte des Raums ein Billardtisch.

Hobbyraum. Refugium. Waidmanns Winterquartier.

Vor der Tür meckerndes Lachen.

»Na? Wie gefällt's Ihnen jetzt, mit Blindheit geschlagen?«

»Schwein!« heulte Alice sofort wieder los. »Schwein, Schwein, Schwein! Ich hasse Sie! Machen Sie das Licht an!«

Das Meckern verstärkte sich, brach dann ab.

»Also, wie haben wir's? Kommen Sie heraus?«

Alice zögerte mit Absicht ein paar Sekunden und sagte dann trotzig, aber um einen kläglichen Unterton bemüht: »Nein.«

Jetzt klang sein Lachen eher glucksend.

»Dann wünsche ich Ihnen eine gute Nacht.«

Schritte, die sich entfernten.

Er will mich zermürben, dachte Alice. Er glaubt, ich fürchte mich im Dunkeln. Soll er. Die Zunge klebte ihr wieder am Gaumen.

Ihr Blick fiel erneut auf den Kühlschrank. Nicht auszudenken, wenn ... (Notfalls blieb immer noch die Wasserleitung.) Sie ging hin, zog vorsichtig am Chromgriff, als fürchtete sie, eine Höllenmaschine auszulösen.

Was heißt? Im Kühlschrank stand mindestens ein Dutzend Pikkoloflaschen Sekt. Inländisch-gojischer, aber eine sehr gute Marke, und sie nannte ihn von Stund an nur noch ›Chateau Tannenbaum‹.

Ein Fläschchen war schnell geleert, Alice ein neuer Mensch, sie frischte sogar ihr spärliches Make-up auf, hatte ja das Handtäschen mit, auch Zigaretten und Feuerzeug (noch eine Lichtquelle!) waren drin, falls die Belagerung sich hinzog. Preisfrage: Wer belagerte hier eigentlich wen? Aber es konnte ja nicht ewig so weitergehen.

Dummerweise war ihre Uhr stehengeblieben. Wenn schon. Irgendwem schlägt keine Stunde. ›Dem Glücklichen‹ wäre übertrieben gewesen, aber was soll's. Noch ein Fläschchen. Genug da. Es prickelte. Alice mußte niesen.

»Gesundheit!«

Aha. Er war also zurückgekehrt. Hatte draußen Posten bezogen. *Cerberus ante portas.*

»Sie werden sich erkälten ...«

Keine Spur. Der Raum war angenehm temperiert. Vermutlich wegen des Billardtischs.

»Ich finde, wir sollten dieses Katz-und-Maus-Spiel bleiben lassen und uns statt dessen aussprechen wie zwei erwachsene Menschen.«

Schönes Wort, Menschen. Aber wieso zwei?

»He, Sie, da drin!« Ergrimmt, der Herr. Klopfen und Klinkenrütteln. »Schlafen Sie etwa?«

Alice prostete der Tür mit der Pikkoloflasche zu.

»Wie kann ich schlafen, wenn Sie dauernd reden?«

(Vorsicht, nicht so keck ...)

»Ah! Oh!« Fast wie Bobby, auch das noch. »Na, jedenfalls zürnen Sie mir nicht mehr.«

»Optimist!«

Schon wieder leer. Und nichts Festes im Magen. Jetzt aber genug. Übermut gereicht kaum je zum Wohle. (Zum Wohle? Ganz entschieden: Pause!)

Mittelding zwischen Meckern und Glucksen.

»Vorhin haben Sie mir ganz andere Bezeichnungen an den Kopf geworfen ...«

Komisch, wie klar sie jedes Wort verstand. Eine Stimme wie eine Säge. Hoffentlich keine Metallsäge.

»Ich bin müde. Das darf Sie nicht wundern. Der Besuch bei Ihnen hat mich angestrengt.«

Sie gähnte betont hörbar. Sie brauchte sich nicht einmal besonders viel Mühe zu geben.

»Schlafen Sie mir bloß nicht ein!«

Das Licht ging aus.

»Was soll das?« (Moment mal! Er dachte ja, jetzt sei's hell drin ...) »Bemerkenswert. Empfinden Sie etwa so eine Art von Mitleid?«

»Ich meine nur. Damit Sie nicht einschlafen.«

Das Licht ging wieder an.

»Hören Sie mal ...«

Wieder aus.

Alice tastete nach der Kühlschranktür, machte sie auf. Notbeleuchtung. (Köpfchen!)

Wieder an. Wieder aus. Wieder an. Wieder aus.

»Fast wie in der Diskothek, stimmt's?« erscholl es draußen. »Für Unterhaltung ist gesorgt!«

Alice angelte sich das dritte Fläschen aus dem Kühlschrank und ließ sich auf einem der beiden rosa Plastikstühle nieder. Auf dem anderen deponierte sie die Füße. Mochte der da draußen sich amüsieren.

»Ich hoffe, Sie sind beeindruckt. Wie wär's übrigens mit einer Partie Billard? Ich bring's Ihnen bei, wenn Sie Lust haben... Dazu müßten Sie mich allerdings hereinlassen.« Pause. »Nun?«

»Großmutter, warum hast du so einen großen Mund?« sagte Alice und setzte das Fläschchen an die Lippen.

»Auch recht.«

Das Licht ging wieder an.

»Scheißkerl!« schrie Alice prompt, wobei sie sich fast verschluckte.

»Sie werden's schon noch lernen«, sagte die Stimme, sich entfernend.

Alice zuckte die Achseln und machte die Kühlschranktür wieder zu.

So ging das in unregelmäßigen Abständen immer wieder. Ein Intermezzo jagte sozusagen das andere. Drohungen. Lockungen. Andeutungen, ins Ausland verschobene Gelder betreffend, Nummernkonten. Angebote: Teilhaberschaft an irgendwelchen Transaktionen im nahen oder ferneren Osten; oder alles hinschmeißen; ein neues Leben in Manila. Dergleichen. Unterstützt von Lichtspielchen: aus, an, aus, an. Mit der Zeit wurde es lästig. Wie spät mochte es sein? Alice gähnte immer häufiger.

Allmählich bekam Wernicke seine Ohnmacht immer deutlicher zu spüren. Es äußerte sich durch den immer schrilleren Klang seiner Stimme. Auch hinsichtlich seiner Wortwahl hatte er den Boden der Konvention längst verlassen. Trotzdem, so sehr Alice auch darauf lauerte: Inmitten all der Schmähungen und Schimpfkanonaden, die an ihr Ohr drangen, fand sich kein einziges antisemitisches Fanal. Es war direkt beunruhigend.

Manchmal gab sie Antwort, manchmal nicht. Auf der Platte des Kühlschranks war die Ehrengarde der Pikkoloflaschen mittlerweile auf sieben angewachsen. Der Höhepunkt der Party war längst überschritten.

Alice kletterte auf den Billardtisch, rollte sich zusammen, bettete den Kopf auf ihr Handtäschchen und rief im Ton höchster Verzweiflung: »Ich will ja gern weiter mit Ihnen verhandeln, aber – bitte, bitte, machen Sie das Licht an!«

Es ward finster. Da schlief sie auch schon.

Als sie die Augen wieder aufschlug, drang fahles Licht durch die Ritzen der im Inneren des Raumes angebrachten, verschlossenen Fensterläden. Ach ja, sie erinnerte sich: Souterrain, vor dem Fenster war ein Gitter, davor der schmale Lichtschacht in Höhe der Zufahrt zur Garage. Es kam ihr gar nicht so absonderlich vor, daß sie war, wo sie war.

Sie stieg vom Billardtisch, ächzte ein wenig, dehnte sich. Die Knochen taten ihr mehr weh als der Kopf. Sie schielte zum Kühlschrank, erwog sogar, trockenen Gaumens, gleich zum Frühstück überzugehen. Es war doch wohl Morgen? Nichts leichter, als sich dessen zu vergewissern ...

Sie mußte sich auf die Zehenspitzen stellen, um die Fensterläden zu erreichen. (Als Kind hatte sie das nie geschafft, als Mädchen kaum.) Sie knarrten noch genauso wie damals, wenn Papa –

Sie verlor das Gleichgewicht, fiel, die Wand bot keinen Halt –

Zwei Gewehrschüsse peitschten trocken auf, die Scheibe zersplitterte, Scherben regneten auf sie nieder.

Bin ich eine Tontaube? dachte sie noch.

Eine Ewigkeit später klopfte es an die Eisentür.

»Darf ich bitten? Caspary.«

Alice schob den Riegel zurück, öffnete.

Da stand dieser geradezu unverschämt gutaussehende Mensch, der ihr vorhin – was für eine Idee! – durchs Kellerfenster seinen

Dienstausweis gezeigt und auf Anhieb gewußt hatte, wer sie war. Er lächelte beruhigend, ein bißchen wie ein Zahnarzt, bevor er zu bohren anfängt. Ob sie ihm Sekt anbieten sollte?

»Alles vorbei«, sagte er. »Wir haben ihn. Er ist sogar geständig, zumindest in Ihrem Fall. Er plädiert auf Notwehr. Haben Sie ihn wirklich mit einem Jagdhorn so zugerichtet?«

Alice nickte nur flüchtig, fast verschämt.

»Was ist mit Gustl?« Sie erklärte, gegen ein Würgen ankämpfend: »Mit Herrn Mbuokwandengi?«

Sie mußte sich am Rockärmel dieses Polizisten festklammern.

»Kommen Sie mit«, sagte der Kommissar lakonisch, nach Polizistenart.

Kapitel 37

Alice war selbst überrascht, wie richtig sie gepokert hatte.

Gustl (mein Gott, er war ganz grau im Gesicht!) kommt nach München zurück und übernachtet bei Pichler. Pichler verständigt seinen Busenfreund und Gönner Wernicke. Wernicke schießt vom Fenster der Wohnung Strobl aus in Richtung Würstlstand, wobei er Pichler trifft, weil Gustl sich gerade bückt. Wernicke läßt – sicher ist sicher – Steffi Mayr verschwinden, damit sie nicht in aller Unschuld alles mögliche ausplaudert, und damit seine enge Verbindung zu Pichler geheim bleibt. Gustl flieht an den einzigen Ort, der ihm von früher vertraut ist: Schwabing, Andersenstraße Ecke Wurmboldstraße. Dort postiert sich Wernicke, solches erahnend, am nächsten Morgen, folgt Gustl und seiner Begleiterin kreuz und quer durch die Stadt, bis er ihn allein vorm Visier des dreizackigen Sterns hat. Wieder nichts mit Waidmanns Heil! Gustl wendet sich – letzte Möglichkeit, an früher anzuknüpfen – an Charlotte. Die läßt – hat er sich bei ihr gemeldet, sie sich bei ihm? – Wernicke wissen, sie spiele nicht länger mit. Also weg mit Charlotte, und Gustl am Tatort. Wer glaubt einem klavierspielenden Neger, wenn er nach Jahren schal gewordene Alpträume auftischt?

Caspary. Doch. Er lauschte geradezu fasziniert, was dieser Fittipaldi – man würde sich auf einen allgemeinverständlichen Namen einigen müssen! – aus dem *Black Panther* zu berichten hatte. (Von Alice besänftigt, ermuntert; gerade daß sie ihm nicht das desserttellergroße Händchen hielt...) Natürlich glaubte er ihm. Allzu gern glaubte er ihm. Ob er ihm auch geglaubt hätte, wenn er allein auf weiter Flur, von Hugo Wernicke weit und breit kein Indiz, mit seiner Gespensterstory herausgerückt wäre? Diese Frage würde er sich, das fürchtete er insgeheim, noch des öfteren vorlegen müssen.

La calumnia è un venticello... Rossini, *Barbier.* Am liebsten Schaljapin auf der alten Schellackplatte. Gleich heute abend würde er sie hervorkramen.

»Keine Sorge, Herr Mbuokwandengi.« (Am besten, man nannte ihn, wie er hieß. Ging doch schon ganz gut, oder?) »Der Ausweisungsbefehl von damals wird selbstverständlich rückgängig gemacht. Dafür verbürge ich mich persönlich.«

Wenn man sich auf ganz bestimmte Weise aus dem Fenster lehnte, konnte man einen Daumen breit Fußgängerzone erblikken. Caspary schaute ihnen nach, bis sie um die Ecke verschwanden.

Dann klingelte das Telefon. Heller Aufruhr. Xaver Anschütz, der ›Sendlinger Dampfhammer‹, hatte versucht, sich am Fenster seiner Zelle zu erhängen.

Jawohl, Herr Kommissar.

Ich werd verrückt. Ich geh mit Alice durch die Fußgängerzone, Richtung Marienplatz. Die Sonne scheint. Da klimpern welche auf der Gitarre und singen dazu. Kollegen. Muß man sich doch anhören. Dann reichen sie einen Hut herum. Eins fünfzig hab ich noch von gestern. Das kriegen sie. Was dann kommt, wird sich finden. Alice gibt ihnen auch was. Logisch. Die Sonne scheint. Komm, schlendern wir weiter. Dort drüben steht ein Polizist und schaut uns an. Warum zuck ich zusammen? Soll er mich gern haben. Ich dreh mich um, er schaut uns nach. Was gibt's da zu sehn? Ich bin der Gustl Mbuokwandengi aus Lomé in Togo und geh mit dieser wunderschönen Dame, einer gebürtigen Münchnerin, soviel ich weiß, in ihrer Heimatstadt spazieren. Ist das etwas Besonderes. Wer weiß, wie lang's dauert. Nicht dran denken. Oder doch? Was ist ihr bloß eingefallen, diesem verdammten Mörder nachzufahren und ihm ins Haus zu folgen? Was hätte nicht alles passieren können! Herrgott im Himmel, was hat sie davon, wenn sie so was macht? Warum also? Sie wird doch nicht... Hat das einen Sinn? Muß denn alles gleich einen Sinn haben? Kann's nicht einfach so sein, wie's ist? Tussonges... Ob sie was dagegen hat, wenn ich mich bei ihr einhäng? Herrgott im Himmel, ich werd verrückt, sie schaut mich an und lächelt!

Also, den Bobby schmeiß ich hinaus, keine Widerrede, das war schon längst fällig. Na schön. Und was weiter? Theatinerstraße. Das wär eine Geschäftslage! Feldherrnhalle. Da haben sie angeblich früher, das war lange vor meiner Zeit, immer den rechten Arm so heben müssen wie bei der Gymnastik, zum deutschen Gruß, von wegen, wenn sie dran vorbeigegangen sind. Meschugge. Wer's glaubt. Heute furzen sie mit ihren Autos in der Gegend herum. Auch nicht gerade lustig, aber man kann's wenigstens verstehn. Man ist ja selber auch nicht gescheiter. Man. Ich red schon wie Bobby. Der fliegt. Unverzüglich. Und wegen Xenophon muß ich was in die Wege leiten. Staatsbegräbnis. Mit Selbstbeteiligung. Schade. Na schön. Und was weiter? Ich könnt mir ja wieder so ein Vehikel kaufen, wieder so ein antiquarisches, die Moneten würden grad reichen, aber was mach ich mit Gustl? Der frißt mich in vierzehn Tagen arm, wie ich ihn kenn! Was heißt: ›wie ich ihn kenn‹? Wie kenn ich ihn denn? Kenn ich ihn überhaupt? Was heißt: ›in vierzehn Tagen‹? Wo wird der Gustl in vierzehn Tagen sein? Na, wo schon. Bei mir in der Boutique wird er sein, und seine Stinkadores wird er rauchen. Heiliger Chagall! Und Staub wird er saugen, jeden Morgen, sonst schmeiß ich ihn hinaus wie den Bobby. Na schön. Und was weiter? Jetzt hängt er sich bei mir ein. Gut. Warum soll er nicht? Wie schwarz er auf einmal wieder ist, wenn's ihm gut geht und die Sonne scheint! Phantastisch. Mama, schau weg. Und du, Papa, hilf mir, sag mir, was ich machen soll, ich glaub, ich laß mich da auf was ein, auf was fürchterlich Kompliziertes, und kein Mensch weiß, wie's ausgehen wird. Aber wer weiß denn jemals, wie was ausgeht... Der Mensch denkt, sagst du? Auch schon was.

Vor der ersten Wurstbraterei hinterm Siegestor blieb Gustl stehen und schnupperte. Schaute Alice an. Die wußte sofort, was jetzt kommen würde. Kommen mußte.

»Spendierst du mir ein Paar heiße Würstln mit Senf?« fragte er treuherzig.

Sie traten näher.

Ein Königreich für ein Stückchen Mokka-Baiser, dachte sie. Für eine einzige Nougat-Praline. Für ein winziges Splitterchen Mandel-Krokant. Aber, nun ja.

Sie sagte: »Zweimal heiße Würstln mit Senf, bitte.«